ORNEMENS

DE LA

MÉMOIRE.

LES ORNEMENS

DE LA MÉMOIRE,

ou

LES TRAITS BRILLANS

DES POÈTES FRANÇAIS LES PLUS CÉLÈBRES,

AVEC DES DISSERTATIONS SUR CHAQUE GENRE DE STYLE.

Ouvrage propre à orner l'esprit de la Jeunesse,
et à former son goût.

PAR ALLETZ.

NOUVELLE ÉDITION.

AVIGNON,

CHEZ SEGUIN AÎNÉ, IMPRIMEUR-LIBRAIRE,
rue Bouquerie, n° 3.

1836.

PRÉFACE.

Les beaux-arts sont la nourriture et le plaisir de l'ame. On les considère ici sous le rapport qu'ils ont à l'éducation. Mais comme on ne peut appliquer les jeunes gens qu'à un certain nombre de connaissances, il est naturel de leur faire cultiver celles qui s'acquièrent avec plus de facilité, qui rendent l'étude aimable, et qui perfectionnent le goût. Telle est la connaissance des poètes. Il est certain que les esprits s'élèvent dans cette lecture ; elle est d'ailleurs une occupation agréable qui peut même dans la suite devenir une ressource contre l'ennui. Quoi de plus propre à égayer innocemment l'esprit, que de s'entretenir avec les poètes, c'est-à-dire, avec ce que la littérature a jamais eu de plus spirituel et de plus délicat ? Les poètes ont fait dans tous les temps les délices de leur siècle et le charme des sociétés les plus illustres et les plus amusantes : ils vivent encore pour nous dans leurs ouvrages ; leur immortalité est notre bien : ainsi, rien de plus utile que de cultiver son esprit dans le commerce de ces grands hommes qui ont puisé eux-mêmes dans les sources de la belle antiquité, et dont les ouvrages communiquent et perpétuent ce même goût dans ceux qui en savent connaître les beautés.

C'est en conséquence de cette utilité, qu'on s'est proposé de fournir aux jeunes gens les morceaux de poésie les plus dignes d'orner leur mémoire ; mais on a cru devoir se borner aux poètes français, et, parmi ceux-là, ne choisir même que dans les plus illustres. Il est aisé d'en sentir la raison : les premières études qui servent de fondement à toutes les autres connaissances sont employées en partie à faire remarquer aux jeunes gens les beautés des poètes latins. Mais pourquoi les poètes français n'entreraient-ils pas dans le plan des études, surtout vers le temps de la rhétorique ? Plusieurs professeurs, hommes de goût, se sont mis au-dessus des anciennes coutumes : ils ont secoué les vieux préjugés qui semblaient exclure tout auteur français. C'est pour seconder leurs vues, et contribuer au bien de la jeunesse, qu'on a entrepris cet ouvrage. En effet, tous les poètes ne sont pas dangereux, ni toutes les parties des ouvrages de ceux qui le peuvent être. Il serait aisé de faire voir qu'on y peut trouver les principes de la saine éloquence, le goût du vrai, les sources du beau, l'art même d'insinuer les préceptes des mœurs. Les exemples qu'on a insérés dans ce recueil prouveront cette vérité mieux que tous les raisonnemens. On y verra à la tête de chaque genre de poésie une espèce de préliminaire court, mais instructif, qui contient les principes des grands maîtres sur la matière dont il est question ; ils pourront servir à donner une idée de tout ce qui contribue à la beauté du discours, à la persuasion des vérités, et à émouvoir les esprits : la vraie rhétorique n'a pas d'autre but.

Comme l'objet qu'on s'est proposé dans ce recueil a été qu'il fût pareillement utile aux jeunes personnes du sexe, on a cru qu'il n'y aurait rien de plus déplacé que de leur donner gravement des préceptes tout hérissés des termes de rhéteurs scholastiques (1), de leur parler des

---

(1) Rhétorique des demoiselles.

lieux oratoires, de la similitude, de la dubita-
tion, de la prosopopée, des parallèles, et de tant
d'autres noms qui ne sont pas faits pour se
montrer au grand jour ; et, de bonne foi, quel
profit y aurait-il là pour ces sortes de personnes ? Qu'elles seraient à plaindre de charger
leur mémoire de tous ces termes obscurs ! ce
serait leur donner un air de pédanterie incom-
patible avec les agrémens, de quelque nature
qu'ils soient. Des instructions dans ce genre
doivent se borner à leur former le goût, à leur
donner l'idée de ce qui est réellement beau,
vertueux, magnanime, et à leur orner l'esprit
de tout ce qu'il y a d'admirable dans les poètes.
Il est constant que les grands sentimens dont
les héros et les illustres princesses offrent de si
beaux exemples, élèvent notre ame, et lui
communiquent une certaine vigueur qui doit
tourner au profit des mœurs : ces mêmes sentimens ne peuvent que donner à de jeunes personnes une haute idée de la vertu, et les remplir d'une noble fierté, dont le principe doit
être, à la vérité, l'amour de la sagesse, et non
un secret applaudissement pour les dons exté-
rieurs de la nature. Et l'expérience ne leur ap-
prend-elle pas tous les jours que les charmes
sont inconstans, que leur règne est court,
qu'ils sont de funestes présens dès que l'innocence y trouve un écueil, et qu'au contraire,
lorsque la vertu les accompagne, elle leur
donne des grâces, et double leur prix? Enfin,
on doit avoir pour but, en les engageant à apprendre des vers sonores et bien frappés, de
leur faire contracter une manière de s'exprimer correcte, décente, pleine de dignité, qui
respire, pour ainsi dire, la belle éducation,
et de joindre ainsi les grâces du langage et de
l'esprit, à celles dont la nature les a pourvues;

car il est certain que l'esprit s'embellit par les
charmes de la poésie.

On s'est donc contenté de donner un ordre
clair et succinct à tous les matériaux qui sont
entrés dans ce recueil. Ce sont comme de beaux
tableaux épars çà et là dans les ouvrages des
poètes, et qu'on a exposés dans un même lieu ;
mais comme il a fallu en distinguer les des-
sins, on a, pour ainsi dire, décomposé les
pièces de poésie, surtout celles qui sont de
longue haleine.

Les pensées et leurs divers genres commen-
cent l'arrangement de l'ouvrage en lui-même ;
après viennent les grands sentimens : ce qui
comprend, comme on peut s'imaginer, toutes
les sources dont ils dérivent, comme la valeur,
la générosité, la grandeur d'ame, l'amour de
la vertu et de la patrie, l'équité, la compassion, la tendresse bien placée, etc. Il est certain qu'ils forment de si beaux caractères, et
présentent de si grands exemples, qu'ils ne
peuvent que produire un bon effet sur tous les
esprits raisonnables. De là, on a passé à tous
les morceaux brillans qui se peuvent facilement détacher d'un ouvrage, comme les narrations, les descriptions, les peintures vives,
les grandes images, les portraits, etc. ; ce qui
forme autant de tableaux variés et amusans.

Ensuite on a fait voir, par dés préceptes et
par des exemples, les trois divers genres qui
entrent dans les sujets de poésie, de même que
dans ceux qui sont en prose ; savoir : le genre
sublime, le genre tempéré, et le genre familier ; car tous les ouvrages sont dans quelqu'un de ces styles.

Et comme les jeunes gens, dans le temps de
leurs études, ne peuvent et ne doivent pas
même lire indifféremment les poètes en géné-

ral, on a extrait quelques scènes brillantes de
nos tragiques les plus connus, pour leur donner une idée du genre dramatique et du caractère de ces illustres auteurs, qui ont fait parler
leurs héros avec tant de dignité. On est en cela
du sentiment d'une dame célèbre (1) par son
esprit, laquelle dit que souvent nos meilleures
pièces de théâtre, en nous donnant des leçons
de vertu, nous laissent l'impression du vice. Il
est bon de remarquer qu'elle parlait à sa fille,
que ses leçons d'ailleurs n'ont rien de trop sévère : cependant elle pensait ainsi.

A l'égard de l'utilité de ce recueil en lui-
même, on a pour garant le sentiment de plusieurs personnes respectables, et dont l'autorité doit être d'un grand poids en fait d'instruction de la jeunesse.

M. Rollin, dans son Traité des Etudes (2),
après avoir dit qu'il doit y avoir un temps pour
la lecture des poètes français, s'exprime de
cette sorte : « Il ne serait pas raisonnable que
» les jeunes gens, uniquement occupés de
» l'étude des auteurs grecs et latins, demeu-
» rassent toujours étrangers dans leur propre
» pays. Cette lecture, pour être utile, demande
» un choix judicieux et de sages précautions,
» surtout pour ce qui regarde la pureté des
» mœurs. »

Cet homme, si connu par ses observations
périodiques, si redoutable aux médiocres auteurs, dont il relevait cruellement les fautes,
mais qui avait le goût si exquis, de l'aveu même
de ses plus grands adversaires, enchérit encore sur le sentiment de M. Rollin. Après avoir
dit que les jeunes gens doivent apprendre par

(1) La marquise de Lambert, *Avis d'une Mère*, etc.
(2) Tome I, page 305.

1*

cœur les plus beaux endroits de nos poètes,
il en donne de solides raisons (1) : « Les mor-
» ceaux de poésie, dit-il, qu'on a appris dans
» la jeunesse, restent gravés dans la mémoire
» tout autrement que la plus belle prose. Ce
» sont des pièces de comparaison dont l'esprit
» est muni, pour juger dans la suite de tous les
» ouvrages d'esprit. C'est comme un trésor
» d'éloquence et d'agrément qui se répand né-
» cessairement sur le style, sur l'ouvrage et
» sur les mœurs de celui qui le possède. Ajou-
» tez à cela que les poètes renferment quantité
» de sentences qui peuvent servir d'instruc-
» tions et de maximes de conduite. »

Il est certain que ce n'est qu'à l'école de ces
grands maîtres, que ce n'est qu'en les étu-
diant, qu'on peut apprendre à connaître un
bon ouvrage, et qu'ils sont la vraie pierre de
touche pour toutes les productions nouvelles.
C'est en les goûtant qu'on s'accoutume à n'estimer que le vrai, orné des couleurs qui lui
sont propres.

Enfin, la seule récitation des beaux vers
contribue beaucoup à la bonne prononciation ;
elle sert de moyen très-facile pour apprendre
aux jeunes gens à bien parler français ; elle
dénoue la langue à ceux qui ont un certain
embarras dans la parole ; et c'est, pour l'éducation, un avantage plus important qu'on ne
pense.

(1) Observations, tome 32, page 53. (*Des Fontaines.*)

LES ORNEMENS

DE LA MÉMOIRE.

CHAPITRE PREMIER.

SUJETS SACRÉS.

§. 1. SUR L'EXISTENCE DE DIEU.

LORSQU'ON remonte aux premiers temps où la poésie était pure et sans mélange, et qu'on examine les plus anciennes pièces que nous ayons en ce genre, on reconnaît que le premier usage de la poésie a été consacré à la Religion, à chanter les merveilles de la toute-puissance de Dieu, et à célébrer ses bienfaits: c'est ce qui paraît évidemment par le fameux cantique de Moïse sur le passage de la Mer Rouge, et par d'autres rapportés dans les saintes Ecritures, c'est-à-dire dans les livres les plus anciens du monde. Chez les peuples même idolâtres, la première matière de leur poésie a été les Hymnes en l'honneur des Dieux; on les chantait pendant les sacrifices et dans les festins qui en étaient la suite. On en voit la preuve par les Odes de Pindare et celles des autres poètes lyriques.

Dans l'abondance de sujets qu'offre la poésie française, rien n'est plus convenable au but que nous nous sommes proposé de fournir aux jeu-

nes gens les traits les plus admirables des poètes, pour en orner leur mémoire, que de commencer par leur mettre sous les yeux les sujets
qui regardent la Religion.

Dans le morceau suivant, ils verront comment le poète prouve l'existence d'un Dieu,
créateur de toutes choses : car, quoique l'Etre
suprême ne puisse pas être aperçu par nos
sens, la raison nous fait comprendre que les
créatures n'ont pu se donner elles-mêmes leur
existence : la vue seule de ce vaste univers,
dont les merveilles nous remplissent d'admiration, nous fait connaître qu'il doit avoir un
auteur qui, par l'effet de sa volonté seule, a
tiré du néant toutes les créatures, et les conserve par un effet continuel de sa puissance.

Mais qui est-ce qui révoque en doute cette
vérité? Personne, dit un homme célèbre (1),
ne nie la divinité, que ceux qui croient avoir
intérêt qu'il n'y en ait point. Dieu n'a jamais
fait de miracles pour convaincre les athées,
parce que ses ouvrages doivent suffire. L'a-
théisme est plutôt sur les lèvres que dans le
cœur, et les nations les plus barbares ont une
idée imparfaite de la Divinité. Cependant,
quoique tous les hommes soient convaincus de
l'existence de Dieu, c'est une douce satisfaction de voir avec quelles couleurs la poésie a
peint ce grand sujet, et il est bon que la mémoire soit ornée d'un pareil morceau. On y voit
que le poète a tiré les preuves de l'existence de
Dieu du spectacle de l'univers, et que les apo-
strophes qu'il fait, tantôt aux cieux et tantôt à la
terre, à la mer, sont l'effet de son enthousiasme.

(1) Bacon, chancelier d'Angleterre.

Oui, c'est un Dieu caché que le Dieu qu'il faut croire,
Mais tout caché qu'il est, pour révéler sa gloire ;
Quels témoins éclatans devant moi rassemblés !
Répondez, cieux et mers ; et vous, terre, parlez.
Quel bras peut vous suspendre, innombrables étoiles ?
Nuit brillante, dis-nous qui t'a donné des voiles.
O cieux ! que de grandeur et quelle majesté !
J'y reconnais un maître à qui rien n'a coûté,
Et qui dans nos déserts a semé la lumière,
Ainsi que dans nos champs il sème la poussière.
Toi qu'annonce l'aurore, admirable flambeau,
Astre toujours le même, astre toujours nouveau,
Par quel ordre, ô soleil, viens-tu, du sein de l'onde,
Nous rendre les rayons de ta clarté féconde ?
Tous les jours je t'attends, tu reviens tous les jours :
Est-ce moi qui t'appelle et qui règle ton cours ?
Et toi, dont le courroux veut engloutir la terre,
Mer terrible, en ton lit quelle main te resserre ?
Pour forcer ta prison tu fais de vains efforts ;
La rage de tes flots expire sur tes bords.
Fais sentir ta vengeance à ceux dont l'avarice
Sur ton perfide sein va chercher son supplice.
Hélas ! prêts à périr, t'adressent-ils leurs vœux ?
Ils regardent le ciel, secours des malheureux ;
La nature, qui parle en ce péril extrême,
Leur fait lever les yeux vers l'asile suprême :
Hommage que toujours rend un cœur effrayé
Au Dieu que jusqu'alors il avait oublié.
La voix de l'univers à ce Dieu me rappelle :
La terre le publie : Est-ce moi, me dit-elle,
Est-ce moi qui produis mes riches ornemens ?
C'est celui dont la main posa mes fondemens.
Si je sers tes besoins, c'est lui qui me l'ordonne :
Les présens qu'il me fait, c'est à toi qu'il les donne,
Je me pare des fleurs qui tombent de sa main ;
Il ne fait que l'ouvrir et m'en remplit le sein.

Pour consoler l'espoir du laboureur avide ,
C'est lui qui dans l'Egypte , où je suis trop aride,
Veut qu'au moment prescrit , le Nil, loin de ses bords ,
Répandu sur ma plaine y porte mes trésors....
Ainsi parle la Terre , et charmé de l'entendre ,
Quand je vois par ces nœuds, que je ne puis comprendre,
Tant d'êtres différens l'un à l'autre enchaînés ,
Vers une même fin constamment entraînés ,
A l'ordre général conspirer tous ensemble ,
Je reconnais partout la main qui les rassemble ,
Et d'un dessein si grand j'admire l'unité ,
Non moins que la sagesse et la simplicité.....
Le roi pour qui sont faits tant de biens précieux ,
L'homme élève un front noble , et regarde les cieux (1).
Ce front, comme un théâtre où l'ame se déploie ,
Est tantôt éclairé des rayons de la joie ,
Tantôt enveloppé du chagrin ténébreux.
L'amitié tendre et vive y fait briller ses feux ,
Qu'en vain veut imiter , dans son zèle perfide ,
La trahison que suit l'envie au teint livide.
Un mot y fait rougir la timide pudeur ,
Le mépris y réside ainsi que la candeur ,
Le modeste respect , l'imprudente colère ,
La crainte et la paleur , sa compagne ordinaire ,
Qui , dans tous les périls funestes à mes jours ,
Plus prompte que ma voix , appelle du secours.
A me servir aussi cette voix empressée ,
Loin de moi , quand je veux , va porter ma pensée ;
Messagère de l'ame , interprète du cœur ,
De la société je lui dois la douceur.
Quelle foule d'objets l'œil réunit ensemble !
Que de rayons épars ce cercle étroit rassemble !
Tout s'y peint tour à tour. Le mobile tableau.

(1) *Os homini sublime dedit , cœlumque tueri*
    Jussit , et erectos ad sidera tollere vultus. OVID.

Frappe un nerf qui l'élève et le porte au cerveau.
D'innombrables filets , ciel ! quel tissu fragile !
Cependant ma mémoire en a fait son asile ,
Et tient dans un dépôt fidèle et précieux ,
Tout ce que m'ont appris mes oreilles , mes yeux....
Mais qui donne à mon sang cette ardeur salutaire ?
Sans mon ordre il nourrit ma chaleur nécessaire....
Est-ce moi qui préside au maintien ds ces lois ?
Et pour les établir ai-je donné ma voix ?
Je les connais à peine : une attentive adresse
M'en apprend tous les jours et l'ordre et la sagesse.
De cet ordre secret reconnaissons l'auteur.
Fut-il jamais des lois sans un législateur ?....
Reconnaissons du moins celui par qui nous sommes ,
Celui qui fait tout vivre et qui fait tout mouvoir :
S'il donne l'être à tout , l'a-t-il pu recevoir ?
Il précède les temps. Qui dira sa naissance ?
Par lui , l'homme , le ciel , la terre , tout commence ,
Et lui seul , infini , n'a jamais commencé.
Quelle main , quel pinceau dans mon ame a tracé
D'un objet infini l'image incomparable ?
Ce n'est point à mes sens que j'en suis redevable.....
Et d'un être infini je me suis souvenu ,
Dès le premier instant que je me suis connu.

Racine le fils , Poème de la Religion.

Remarques. La peinture de la mer , qu'a faite
ici le poète, frappera tout homme de goût.
Quelle grandeur dans les différens attributs
qu'il donne à cet élément ! *Et toi dont le cour-*
roux veut engloutir la terre.... Il y peint admirablement l'effroi que la mer en fureur inspire
aux gens qui confient leur vie à cet élément.
Cette figure , qu'il emploie en faisant parler la
terre , fait une impression des plus vives sur
l'esprit : *Est-ce moi qui produis mes riches orne-*

mens ? Le portrait de l'homme est de main de maître ; tout y est fini ; on y voit tous les mouvemens de son ame peints sur son front. Le don admirable de la parole y est célébré comme le mérite un tel présent de l'Auteur de la nature. Ceux de la vue et de la mémoire ont leur coup de pinceau convenable. La conséquence qu'il tire de toutes les merveilles qu'étale ce vaste univers, c'est que nous devons reconnaître qu'il a un auteur, et que cet auteur n'est autre chose que Dieu.

§. 2. SUR LA PUISSANCE DE DIEU.

Le célèbre Rousseau dépeint ainsi les merveilles de la puissance de Dieu, qui éclate dans la création de l'univers. C'est une paraphrase d'une partie du Psaume 18.

Les cieux instruisent la terre
A révérer leur auteur ;
Tout ce que leur globe enserre
Célèbre un Dieu créateur.
Quel plus sublime cantique
Que ce concert magnifique
De tous les célestes corps !
Quelle grandeur infinie !
Quelle divine harmonie
Résulte de leurs accords !

De sa puissance immortelle
Tout parle, tout nous instruit ;
Le jour au jour la révèle,
La nuit l'annonce à la nuit.
Ce grand et superbe ouvrage
N'est point pour l'homme un langage
Obscur et mystérieux ;
Son admirable structure
Est la voix de la nature
Qui se fait entendre aux yeux.

Dans une éclatante voûte
Il a placé de ses mains,
Le soleil qui dans sa route
Eclaire tous les humains.
Environné de lumière,
Cet astre ouvre sa carrière
Comme un époux glorieux,
Qui, dès l'aube matinale,
De sa couche nuptiale
Sort brillant et radieux....

Remarques. On reconnaît ici la main de l'illustre Rousseau. Ce qui domine le plus dans ce poëte lyrique, c'est le ton sublime qu'il sait donner aux sujets qui demandent une grande élévation. C'est aussi là qu'il triomphe. Quelle grandeur dans les idées ! Quelle richesse et quelle magnificence dans les expressions ! **On peut dire**, en un sens, de ses odes, ce qu'il dit lui-même du soleil et des astres : *Quelle divine harmonie résulte de leurs accords !* Est-il rien de plus pompeux que cette image ; *Dans une éclatante voûte il a placé de ses mains, etc. ?* Peut-on rendre avec plus d'énergie et de beauté le verset de ce psaume : *Et ipse tanquàm sponsus procedens de thalamo suo ?*

Comme un époux glorieux, etc.

§. 3. SUR LA CRÉATION DE L'HOMME, ET SUR LES SUITES FUNESTES DU PÉCHÉ DU PREMIER HOMME.

Le soleil commençait ses routes ordonnées ;
Les ondes dans leur lit étaient emprisonnées.
Déjà le tendre oiseau, s'élevant dans les airs,
Bénissait son auteur par ses nouveaux concerts.
Mais il manquait encore un maître à tout l'ouvrage :

Faisons l'homme, dit Dieu, *faisons-le à notre image*.
Soudain, pétri de boue, et d'un souffle animé,
Ce chef-d'œuvre connut qu'un Dieu l'avait formé.
La nature attentive aux besoins de son maître,
Lui présenta les fruits que son sein faisait naître ;
Et l'univers, soumis à cette aimable loi,
Conspira tout entier au bonheur de son roi.
La fatigue, la faim, la soif, la maladie,
Ne pouvaient altérer le repos de sa vie ;
La mort même n'osait déranger ces ressorts
Que le souffle divin anima dans son corps.
Il n'eut point à sortir d'une enfance ignorante ;
Il n'eut point à dompter une chair insolente.
L'ordre régnait alors, tout était dans son lieu ;
L'animal craignait l'homme, et l'homme craignait Dieu.
Tel fut l'homme innocent : sa race fortunée
Des mêmes droits que lui devait se voir ornée,
Et, conçu chastement, enfanté sans douleurs,
L'enfant ne se fût point annoncé par ses pleurs.
Vous n'eussiez vu jamais une mère tremblante
Soutenir de son fils la marche chancelante,
Réchauffer son corps froid dans la dure saison,
Ni par les châtimens appeler sa raison.
Le démon contre nous eût eu de faibles armes.
Hélas ! ce souvenir produit de vaines larmes.
Que sert de regretter un état qui n'est plus,
Et de peindre un séjour dont nous fûmes exclus !
Pleurons notre disgrâce, et parlons des misères
Que sur nous attira la chute de nos pères.
Condamnés à la mort, destinés aux travaux,
Les travaux et la mort furent nos moindres maux.
Au corps, tyran cruel, notre ame assujettie,
Vers les terrestres biens languit appesantie.
De mensonge et d'erreur un voile ténébreux
Nous dérobe le jour qui doit nous rendre heureux.
La nature, autrefois attentive à nous plaire,

Contre nous irritée , en tout nous est contraire ;
La terre dans son sein resserre ses trésors :
Il faut les arracher ; il faut, par nos efforts ,
Lui ravir de ses biens la pénible récolte.
Contre son souverain l'animal se révolte ;
Le maître de la terre appréhende les vers ;
L'insecte se fait craindre au roi de l'univers.
L'homme, à la femme uni , met au jour des coupables,
D'un père malheureux héritiers déplorables,
Aux solides avis l'enfant toujours rétif ,
Par la seule menace y devient attentif ;
De l'âge et des leçons sa raison fécondée ,
A peine du vrai Dieu lui retrace l'idée.
Hélas ! à ces malheurs , par sa femme séduit ,
Adam , le faible Adam , avec nous s'est réduit :
Son crime fut le nôtre , et ce père infidèle
Rendit toute sa race à jamais criminelle.
Ainsi le tronc qui meurt voit mourir ses rameaux ,
Et la source infectée , infecte ses ruisseaux....
Mais malgré cette nuit sur l'homme répandue ,
On découvre un rayon de sa gloire perdue.
C'est du haut de son trône un roi précipité ,
Qui garde sur son front un trait de majesté.
Une secrète voix à toute heure lui crie
Que la terre n'est point son heureuse patrie ,
Qu'au ciel il doit attendre un état plus parfait.
Et lui-même ici-bas quand est-il satisfait ?
Digne de posséder un bonheur plus solide ,
Plein de biens et d'honneurs , il reste toujours vide ;
Il forme encor des vœux dans le sein du plaisir ,
Il n'est jamais enfin qu'un éternel désir.
D'où lui vient sa grandeur ? d'où lui vient sa bassesse ?
Et pourquoi tant de force avec tant de faiblesse ?
Réveillez-vous , mortels , dans la nuit absorbés ,
Reconnaissez du moins d'où vous êtes tombés.

Racine le fils.

Remarques. **On** doit convenir que toute cette matière est traitée avec la dignité qu'elle demandait. Les réflexions dont elle est variée sont également ingénieuses et solides. La portrait des maux qui furent la suite de la désobéissance de notre premier père, est d'un détail que le poète a su rendre intéressant, quoique nous soyons convaincus de ces vérités. Mais il ne faut pas passer cet endroit sans remarquer la juste et noble idée qu'il donne de l'homme après le péché : *C'est du haut de son trône un roi précipité.* Il en est de même de la peinture qu'il fait du cœur humain, et de ce composé inexplicable de grandeur et de faiblesse qu'on y aperçoit. On ne sera pas fâché de voir ici comment le célèbre Boileau a traité une partie du même sujet, c'est-à-dire, l'état d'innocence du premier homme, et les suites de son péché. Le morceau est beaucoup plus court ; mais il a ses beautés.

Hélas ! avant ce jour qui perdit ses neveux,
Tous les plaisirs couraient au-devant de ses vœux.
La faim aux animaux ne faisait point la guerre ;
Le blé, pour se donner, sans peine ouvrant la terre,
N'attendait pas qu'un bœuf, pressé de l'aiguillon,
Traçât à pas tardifs un pénible sillon ;
La vigne offrait partout des grappes toujours pleines ;
Et des ruisseaux de lait serpentaient dans les plaines.
Mais dès ce jour Adam, déchu de son état,
D'un tribut de douleur paya son attentat :
Il fallut qu'au travail son corps rendu docile,
Forçât son sol avare à devenir fertile.
Le chardon importun hérissa les guérets ;
Le serpent vénimeux rampa dans les forêts ;
La canicule en feu désola les campagnes ;
L'aquilon en fureur gronda sur les montagnes.

Alors pour se couvrir pendant l'âpre saison ,
Il fallut aux brebis dérober leur toison.
La peste , en même temps , la guerre et la famine ,
Des malheureux humains jurèrent la ruine. *Épit.*

Remarques. Ce qui doit frapper le plus dans
ce morceau, c'est la beauté des tours et des
expressions poétiques. Les personnes de goût
ne manqueront pas de faire attention à celle-ci :
Traçât à pas tardifs un pénible sillon , etc. *Un
tribut de douleur* , etc. *Hérissa les guérets* , etc.
Aux brebis dérober leur toison. Il ne faut avoir
pour cela que du sentiment ; et ces remarques
seraient inutiles , si elles n'étaient pas destinées pour les jeunes gens , à qui elles sont nécessaires pour leur former le goût.

§. 4. SUR L'IMMORTALITÉ DE L'AME.

M. Racine, dans les vers suivans, fait comprendre à tous les esprits raisonnables que
notre ame doit être immortelle.

Quand je pense , chargé de cet emploi sublime ,
Plus noble que mon corps , un autre être m'anime.
Je trouve donc qu'en moi , par d'admirables nœuds ,
Deux êtres opposés sont réunis entre eux.....
Mais sur l'ame la mort ne trouve point de prise ;
Un être simple et pur n'a rien qui se divise.
Comment périrait-il ? Le coup fatal au corps
Ne rompt que ses liens , dérange ses ressorts.
Qu'est-ce donc que l'instant où l'on cesse de vivre ?
L'instant où de ses fers une ame se délivre.
Le corps , né de la poudre , à la poudre est rendu ;
L'esprit retourne au ciel dont il est descendu.....
D'où nous vient du néant cette crainte bizarre ?
Rien n'y rentre ; en cela la nature est avare.
Si du sel ou du sable un grain ne peut périr ,

L'être qui pense en moi craindra-t-il de mourir ?
O mort ! est-il donc vrai que nos ames heureuses
N'ont rien à redouter de tes fureurs affreuses,
Et qu'au moment cruel qui nous ravit le jour,
Tes victimes ne font que changer de séjour ?
Quoi ! même après l'instant où tes ailes funèbres
M'auront enseveli dans de noires ténèbres,
Je vivrais ! Doux espoir ! que j'aime à m'y livrer !....
Des siècles à venir je m'occupe sans cesse ;
Ce qu'ils diront de moi, m'agite et m'intéresse ;
Je veux m'éterniser, et dans ma vanité
J'apprends que je suis fait pour l'immortalité.
Mais des biens d'ici-bas mon ame est mécontente :
Grand Dieu ! c'est donc à toi de remplir mon attente...
Quand sur la terre enfin je vois avec douleur,
Gémir l'humble vertu qu'accable le malheur,
J'élève mes regards vers un Etre suprême,
Et je le reconnais dans ce désordre même.
S'il le permet, il doit le réparer un jour.
Il veut que l'homme espère un plus heureux séjour.
Oui, pour un autre temps, l'Etre juste et sévère,
Ainsi que sa bonté, réserve sa colère.

RACINE, *Poème de la Religion.*

Remarques. On ne peut qu'admirer l'esprit de l'auteur, qui a su revêtir des couleurs de la poésie un sujet qui semblait n'en pouvoir pas être susceptible ; il faut certainement du travail pour avoir pu rendre en vers, et en vers très-bien frappés, des vérités qui sont fort au-dessus de l'empire de l'imagination, et qui ont toujours passé pour abstraites, puisqu'elles sont ordinairement démontrées par des raisonnemens métaphysiques. Les réflexions que l'auteur amène avec art sur une pareille matière, font naître dans l'esprit une noble idée de nous-mêmes, en réfléchissant que nous sommes nés

pour l'immortalité. Cette pensée inspire natu-
rellement un sentiment de joie, lorsque nous
sentons l'excellence de notre nature, que des
esprits noirs voudraient confondre avec celle
de la bête brute. C'est donc avec raison que
nous devons nous écrier avec le poète : *Doux
espoir ! que j'aime à m'y livrer !*

Les vers suivans sont sur le même sujet ; et
quoique d'une main différente, ils ne méritent
pas moins de trouver ici leur place. Il est bon
de voir une même vérité maniée par deux
beaux génies. Le poète les a mis dans la bouche
de Volcestre, ministre d'Edouard III, roi
d'Angleterre.

Ignore-t-on le sort que nous devons attendre,
Et sous quels cieux nouveaux notre esprit doit se rendre ?
Le désir du néant convient aux scélérats.
Non, je ne puis penser que la nuit du trépas
Eteigne avec nos jours ce flambeau de notre ame,
Qu'allume l'immortel d'une céleste flamme.
La vertu, malheureuse en ces jours criminels,
Annonce à ma raison ces siècles éternels.
Pour la seule douleur la vertu n'est point née :
Le ciel a fait pour elle une autre destinée.
Plein de ce juste espoir, je m'élève aujourd'hui
Vers l'être bienfaisant qui me créa pour lui....
Convaincu comme vous du néant de la vie,
Pourrais-je regretter de me la voir ravie (1) ?
Aveugle sur son être, incertain, accablé,
Dans ce séjour mortel le sage est exilé.
Il voit avec transport la fin de sa carrière,
Où doit naître à ses yeux l'immortelle lumière.

(1) Il était menacé de payer de sa tête le refus qu'il
faisait au roi d'une chose qui lui paraissait contraire à la
gloire de son prince.

Dans cette nuit d'erreur la vie est un sommeil ;
La mort conduit au jour, et j'aspire au réveil. GRESSET.

§. 5. SUR LA LOI NATURELLE.

Que la Loi naturelle est gravée dans le cœur de
tous les hommes.

Je l'apporte en naissant , elle est écrite en moi ;
Cette loi qui m'instruit de tout ce que je dois
A mon père , à mon fils , à ma femme , à moi-même
A toute heure je lis dans ce code suprême
La loi qui me défend le vol , la trahison ;
Cette loi qui précède et Lycurgue et Solon.
Avant même que Rome eût gravé douze tables ,
Métius et Tarquin n'étaient pas moins coupables.
Je veux perdre un rival : qui me retient le bras ?
Je le veux , je le puis , et je n'achève pas.
Je crains plus de mon cœur le sanglant témoignage
Que la sévérité de tout l'aréopage.   RACINE le fils.

§. 6. SUR LA LOI DE DIEU.

Dans les vers suivans , Rousseau paraphrase
quelques versets du psaume 18 , dans lesquels
le roi prophète exalte la beauté de la loi du Sei
gneur. Le mot de loi doit s'entendre ici de la
loi écrite , qui contient les divers commande-
demens que Dieu a faits aux hommes dans les
Livres saints. Comme le poète a réduit dans
une forme de prière le sens du psaume , il s'est
servi du genre tempéré , qui a quelque chose
de doux et d'insinuant , mais qui ne laisse pas
d'avoir ses grâces , ainsi que le sublime.

Soutiens ma foi chancelante,
Dieu puissant ! inspire-moi
Cette crainte vigilante (1)

(1) *Timor Domini sanctus , permanens in sæculum sæ-*
culi. Judicia Domini vera,.... Desiderabilia super aurum

Qui fait pratiquer ta loi ;
Loi sainte , loi désirable ,
Ta richesse est préférable
A la richesse de l'or ,
Et ta douceur est pareille
Au miel dont la jeune abeille
Compose son cher trésor.

Mais sans tes clartés sacrées ,
Qui peut connaître , Seigneur (1) ,
Les faiblesses égarées
Dans les replis de son cœur ?
Prête-moi tes feux propices ;
Viens m'aider à fuir les vices
Qui s'attachent à mes pas ;
Viens consumer par ta flamme
Ceux que je vois dans mon âme ,
Et ceux que je n'y vois pas.

Si de leur triste esclavage
Tu viens dégager mes sens ;
Si tu détruis leur ouvrage ,
Mes jours seront innocens.
J'irai puiser sur ta trace ,
Dans les sources de ta grâce ;
Et , de ses eaux abreuvé ,
Ma gloire fera connaître
Que le Dieu qui m'a fait naître
Est le Dieu qui m'a sauvé.

§. 7. SUR LES ORDRES IMPÉNÉTRABLES DE LA PROVIDENCE.

Le poète fait les réflexions suivantes à l'occasion des maux qui arrivent dans cette vie,

et lapidem pretiosum multum , et dulciora super mel et favum.... Ps. 18.

(1) *Delicta quis intelligit ? ab occultis meis munda me,* etc. Ps. 18.

et dont nous ne pouvons comprendre la cause
que par les lumières de la foi. Il fait voir que
cet état d'obscurité où nous sommes , est un
effet des profonds jugemens de Dieu , qui veut
que les hommes s'humilient sous sa main. Il
donne ensuite une idée très-sublime de la grandeur et de la puissance de Dieu. On peut dire
que cette image est d'autant plus belle, qu'elle
est prise sur les propres notions que les prophètes nous donnent de la majesté divine.

Les saisons en désordre et les vents en courroux
Fournissent à la mort des armes contre nous ;
Et toute la nature , en ce temps de souffrance ,
Captive , gémissante , attend sa délivrance (1) ,
Au criminel soumise obéit à regret ,
Se cache à nos regards , et soupire en secret.
Oui , tout nous est voilé jusqu'au moment terrible ;
Moment inévitable , où Dieu , rendu visible ,
Précipitant du ciel tous les astres éteints ,
Remplacera le jour , et sera pour ses Saints
Cette unique clarté si long-temps attendue.
Pour eux-mêmes sévère , ici-bas à leur vue
Il se montre , il se cache , et par l'obscurité
Conduit ceux qu'autrefois perdit la vanité.
De quoi se plaindre ? il peut nous ravir sa lumière :
Par grâce il ne veut pas la couvrir tout entière.
Qui la cherche , est bientôt pénétré de ses traits ;
Qui ne la cherche pas, ne la trouve jamais...
Qu'ici sans murmurer la raison s'humilie :
Dieu permet notre mort , ou nous laisse la vie :
Ne lui demandons point compte de ses décrets,
Qui pourra d'injustice accuser ses arrêts ?

(1) *Scimus quod omnis creatura ingemiscit et parturit
usque adhuc.* Rom. 8. *Exspectatio creaturæ revelationem
filiorum Dei exspectat.* Ibid.

L'homme, ce vil amas de boue et de poussière,
Soutiendrait-il jamais l'éclat de sa lumière ?
Ce Dieu d'un seul regard confond toute grandeur ;
Des astres devant lui, s'éclipse la splendeur ;
Prosterné près du trône où sa gloire étincelle,
Le Chérubin tremblant se couvre de son aîle.
Rentrez dans le néant, mortels audacieux.
Il vole sur les vents, il s'assied sur les cieux.
Il a dit à la mer : Brise-toi sur ta rive ;
Et dans son lit étroit la mer reste captive.
Les foudres vont porter ses ordres confiés,
Et les nuages sont la poudre de ses pieds.
C'est ce Dieu qui d'un mot éleva nos montagnes,
Suspendit le soleil, étendit nos campagnes ;
Qui pèse l'univers dans le creux de sa main.
Notre globe à ses yeux est semblable à ce grain
Dont le poids fait à peine incliner la balance.
Il souffle, et de la mer tarit le gouffre immense.
Nos vœux et nos encens sont dus à son pouvoir.
Cependant quel honneur en peut-il recevoir ?
Quel bien lui revient-il de nos faibles hommages ?
Lui seul il est sa fin, il s'aime en ses ouvrages.
Qu'a-t-il besoin de nous ? D'un œil indifférent
Il regarde, tranquille, et l'être et le néant....
Ce qu'il veut, il l'ordonne, et son ordre suprème
N'a point d'autre raison que sa volonté mème....
O sage profondeur ! ô sublimes secrets !
J'adore un Dieu caché, je tremble, et je me tais.

RACINE.

§. 8. IDÉE DE LA PUISSANCE DE DIEU.

Voici ce que dit Mardochée à Esther, pour l'engager à parler au roi Assuérus en faveur du peuple Juif.

Que peuvent contre lui tous les rois de la terre ?
En vain ils s'uniraient pour lui faire la guerre :

Pour dissiper leur ligue il n'a qu'à se montrer ;
Il parle , et dans la poudre il les fait tous rentrer.
Au seul son de sa voix la mer fuit , le ciel tremble ;
Il voit comme un néant tout l'univers ensemble ;
Et les faibles mortels, vains jouets du trépas ,
Sont tous devant ses yeux comme s'ils n'étaient pas.

Trag. d'Esther , *de* RACINE.

Joad ou Joïada, grand-prêtre des Juifs , parle ainsi à Abner , un des principaux officiers du roi de Juda. C'était pour lui faire comprendre qu'il ne devait pas craindre les mauvais desseins de la cruelle Athalie.

Celui qui met un frein à la fureur des flots ,
Sait aussi des méchans arrêter les complots.
Soumis avec respect à sa volonté sainte ,
Je crains Dieu, cher Abner, et n'ai point d'autre crainte.

Athal. RACINE.

§. 9. CONTRE LES PRÉTENDUS ESPRITS-FORTS.

Nous ne pouvons placer plus à propos qu'à la suite de ce sujet ce que dit M. Rousseau contre les prétendus esprits-forts , dans une épître à M. Racine, l'illustre auteur du poème sur la Religion. On verra avec quelle énergie il jette un ridicule sur leurs discours audacieux.

Mais en ce siècle , à la révolte ouvert ,
L'impiété marche à front découvert ;
Rien ne l'étonne , et le crime rebelle
N'a point d'appui plus intrépide qu'elle.
Sous ses drapeaux , sous ses fiers étendards ,
L'œil assuré , courent de toutes parts
Ces légions , ces bruyantes armées
D'esprits subtils , d'ingénieux pygmées ,
Qui sur des monts d'argumens entassés ,
Contre le ciel burlesquement haussés ,

De jour en jour, superbes Encelades,
Vont redoublant leurs folles escalades ;
Et jusques au sein de la Divinité
Portant la guerre avec impunité,
Viendront bientôt, sans scrupule et sans honte,
De ses arrêts lui faire rendre compte ;
Et, déjà même, arbitres de sa loi,
Tiennent en main, pour écraser la foi,
De leur raison les foudres toutes prêtes.
Y pensez-vous insensés, que vous êtes ?

§. 10.   SUR L'IMPIE.

M. Racine déplore pareillement l'abus que les prétendus esprits-forts font de leur raison, et il fait voir dans les vers suivans par quels degrés l'impiété vient à son comble. C'est après avoir dit que le désir de briller par l'affectation du bel-esprit, a altéré le bon goût qui doit régner dans les ouvrages.

Un excès plus fatal emporta la raison,
Qui, lasse de chérir son heureuse prison,
Pour vouloir tout apprendre, osa d'un pas rebelle
Sortir du cercle étroit que Dieu trace autour d'elle.
Plutôt que d'y rentrer, s'égarant pour jamais,
Elle espéra, malgré tant de brouillards épais,
Étendre son empire, en étendant sa vue.
La nuit l'enveloppa : sa fierté, confondue,
Au lieu de s'enrichir, perdit son propre bien ;
Et l'œil toujours ouvert, voyant tout, ne vit rien.
Dans ce trouble, usurpant son nom et sa puissance
Compagne du déisme et de la tolérance,
Par l'orgueil soutenue et par la volupté,
Sur un trône éclatant monta l'impiété.

RACINE, *Epit. à M. Rousseau.*

Les vers suivans ont quelque rapport avec le sujet précédent. Le poète y paraphrase deux

versets du psaume 36... *Vidi impium superexal-
tatum, et elevatum sicut cedros Libani : et tran-
sivi, et ecce non erat ; et quæsivi eum, et non
est inventus locus ejus.*

> J'ai vu l'impie adoré sur la terre :
> Pareil au cèdre il cachait dans les cieux
> Son front audacieux ;
> Il semblait à son gré gouverner le tonnerre ,
> Foulait aux pieds ses ennemis vaincus :
> Je n'ai fait que passer , il n'était déjà plus.

§. 11. SUR LA RÉVÉLATION FAITE A LA NATION JUIVE.

Le morceau suivant est rempli d'instruction , mais d'une instruction pleine d'énergie
et de force. Le poète y fait voir que Dieu a
révélé ses volontés à la nation Juive par les
prodiges de sa puissance ; que c'est lui-même
qui a appris aux hommes le culte qu'il voulait
qu'on lui rendît. Il exalte la grandeur du bien-
fait dont la bonté divine a comblé les hommes
en leur envoyant un Dieu sauveur. Il peint ensuite l'établissement de l'église et la propagation de la foi. Il y a dans ce morceau des coups
de maître qui ont mérité l'éloge des plus célèbres poètes de nos jours.

> Aux humains , qu'entraînait leur pente déréglée ,
> Que servait la raison par le crime aveuglée ?
> Pour trouver à leurs maux un remède vainqueur ,
> Il fallait pénétrer dans les sources du cœur ,
> Détromper des faux biens leur espérance avide ,
> Proposer à leurs vœux un bonheur plus solide ,
> Et , réglant leurs désirs par leur propre intérêt ,
> Pour les porter à Dieu , leur montrer ce qu'il est.
> Ce Dieu , dont l'univers avait perdu l'idée ,
> D'un rayon de sa grâce éclaira la Judée.

Aux Hébreux, que choisit son amour parternel,
Il apprit que lui seul était l'Être éternel,
Qui dispose à son gré des vents et du tonnerre,
Dont la main sur le vide a suspendu la terre,
Ouvre aux traits de l'aurore un chemin dans les airs,
Et soutient la barrière où se brisent les mers.
C'était peu que lui-même annonçât son essence :
Son bras aux yeux des Juifs confirma sa puissance.
Ils ont vu la nature attentive à ses lois,
En lui de son auteur reconnaître la voix,
Le soleil par son ordre interrompre sa course,
Le Jourdain, étonné, remonter vers sa source,
Des monts à son aspect la base s'ébranler,
Les mers se divisant, devant lui reculer.
Mais en vain pour fonder la foi de ses oracles,
Il s'explique à leurs yeux par la voix des miracles ;
Les prodiges divers qu'il produit chaque jour,
N'ont pu graver en eux la loi de son amour.
Dans l'esprit effréné de ce peuple indomptable,
La vérité s'éclipse et fait place à la fable :
De ses vœux criminels il ne porte l'ardeur
Qu'à des dieux qui sont nés du penchant de son cœur.
Ainsi des nations triomphent les prestiges.
Grand Dieu ! de ta justice il n'est plus de vestiges.
Qu'attends-tu pour punir ces forfaits éclatans ?
Leur cri jusqu'à son trône est monté dès long-temps.
Dans un trop long sommeil ta justice repose :
Lève-toi, Dieu vengeur, et viens juger ta cause.
De ton glaive enflammé fais sortir ces éclairs
Qui pénètrent les cieux et percent les enfers ;
Prends ces traits préparés pour le jour de la guerre ;
Sur les ailes des vents fait voler ton tonnerre,
Et qu'un noir tourbillon, dans les airs déployé,
Disperse les débris du monde foudroyé.
Mais, grand Dieu ! pour jamais perdras-tu ton ouvrage ?
Non : tu dois dans nos cœurs réparer ton image.

Hélas! quand viendra donc l'instant, l'heureux instant,
Où naîtra le Sauveur que l'univers attend?
Réforme la nature à ton culte opposée :
Commande que les cieux répandent leur rosée ;
De tes dons sur la terre épuise la faveur,
Et qu'un germe immortel enfante le Seigneur....
Enfin va s'accomplir l'auguste sacrifice
Qui doit du Tout-puissant désarmer la justice ,
Et de l'Être infini venger la majesté,
Par un hommage égal à son immensité.
De l'homme criminel quel Sang lave l'injure ?
Le Victime en mourant consterne la nature ;
Le ciel pâlit d'effroi , le soleil est voilé ,
Les tombeaux sont ouverts , le monde est ébranlé.
Des desseins du Très-Haut quels nouveaux interprètes
Lèvent le voile obscur qui couvrait les prophètes ?
Leurs discours sont suivis de prodiges fréquens :
Sans étude profonds , sans génie éloquens ,
Ils confondent les lois de la sagesse humaine :
L'enfer s'émeut et tremble à leur voix souveraine :
Quel étonnant projet à leurs soins est commis ?
Le Ciel veut que par eux l'univers soit soumis....
En vain , pour renverser ce merveilleux ouvrage ,
Les enfers déchaînés ont déployé leur rage :
La foi dans les tourmens fonde un règne plus sûr,
Et répand un éclat plus brillant et plus pur.
Des douleurs de la mort victime triomphante ,
Du sang de ses martyrs l'église se cimente.
Pour les suivre au séjour de l'éternel repos ,
De leur cendre renaît un peuple de héros.
Telle est , constante foi , ta puissance divine.
Lorsque l'homme a connu son auguste origine ,
Étranger sur la terre et citoyen des cieux ,
Sur des biens passagers il n'ouvre plus les yeux :
Pour lui les faux plaisirs ne sont plus qu'un fantôme ,
Les siècles un instant , l'univers un atome ,

Les grandeurs un éclair qui s'efface en naissant.
Dieu se montre , tout rentre en son premier néant.

ASSELIN.

§. 12. PEINTURE DU JUGEMENT DERNIER.

Un point aussi essentiel de la foi chrétienne,
que celui du jugement dernier, a paru digne
aux poètes d'être revêtu des couleurs de la
poésie. Lorsqu'ils ont travaillé à nous en faire
la peinture, on doit croire qu'ils ont eu pour
but de jeter un salutaire effroi dans le cœur
des chrétiens , et de leur donner lieu de penser à
un événement qui fera la décision de leur bonheur ou de leur malheur éternel. On sait que
les prophètes appellent ce jour, le jour de colère et de vengeance , et qu'ils emploient pour
le dépeindre, les expressions les plus fortes et
les plus capables d'inspirer la terreur. (1) La
peinture qu'en ont faite plusieurs poètes est
assez vive pour frapper les esprits, si l'on veut
y faire attention.

Déjà je crois le voir , j'en frémis par avance ,
Ce jour de châtiment comme de récompense.
Déjà j'entends des mers mugir les flots troublés ;
Déjà je vois pâlir les astres ébranlés.
Le feu vengeur s'allume , et le son des trompettes
Va réveiller les morts dans leurs sombres retraites.
Ce jour est le dernier des jours de l'univers.
Dieu cite devant lui tous les peuples divers ;
Et pour en séparer les Saints , son héritage ,

(1) *Juxtà est dies Domini magnus.... Vox diei Domini
amara.... Diei tribulationis et angustiæ.... In igne zeli ejus
devorabitur omnis terra. Sophon. 1.... Antequàm veniat
dies Domini magnus et horribilis. Joël. 2...., Ecce dies venit succensa quasi caminus , et erunt omnes superbi et omnes facientes impietatem , stipula. Malac. 4.*

2 *

De sa religion vient consommer l'ouvrage.
La terre, le soleil, le temps, tout va périr,
Et de l'éternité les portes vont s'ouvrir.
Elles s'ouvrent. Ce Dieu, si long-temps invisible,
S'avance précédé de sa gloire terrible ;
Entouré du tonnerre, au milieu des éclairs,
Son trône étincelant s'élève dans les airs.
Le grand rideau se tire, et ce Dieu vient en maître.
Malheureux qui pour lors commence à le connaître !
Ses anges ont partout fait entendre leurs voix ;
Et sortant de la poudre une seconde fois,
Le genre humain, tremblant, sans appui, sans refuge,
Ne voit plus de grandeur que celle de son juge.
Ebloui des rayons dont il se sent percer,
L'impie avec horreur voudrait les repousser.
Il n'est plus temps. Il voit la gloire qui l'opprime ;
Il tombe enseveli dans l'éternel abîme....
Et loin des voluptés où fut livré son cœur,
Ne trouve devant lui que la rage et l'horreur.
Le vrai chrétien lui seul ne voit rien qui l'étonne ;
Et sur ce tribunal que la foudre environne,
Il voit ce même Dieu qu'il a cru sans le voir,
L'objet de son amour, la fin de son espoir.
Mais il n'a plus besoin de foi ni d'espérance :
Un éternel amour en est la récompense.

Poëme de la Religion, de RACINE.

Remarques. Voilà un morceau de poésie qu'on peut appeler fini, tant il renferme de beautés. Ce sont là de grandes images, s'il en fut jamais. Quel tableau ! quelle force d'expressions ! Il est vrai que le sujet par lui-même ne pouvait que jeter le poëte dans un enthousiasme des plus vifs ; mais on peut dire qu'il rend parfaitement l'idée que les Livres saints nous donnent de ce grand jour. Remarquez ces figures:

*Déjà j'entends des mers mugir les flots troublés ;
déjà je vois pâlir les astres ébranlés , etc.* Cette
expression : *Ce Dieu si long-temps invisible ,* ne
ne doit-elle pas frapper l'esprit et le cœur ?
N'est-ce pas comme s'il disait : Ce Dieu , après
lequel les justes ont tant soupiré , se montre à
eux , ils le voient enfin : le temps de la foi est
fini. Il n'y a point de véritables chrétiens qui ne
se sentent émus et touchés à la récitation d'un
pareil morceau, surtout à l'endroit qui regarde
les élus , parce qu'il leur rappelle vivement le
temps de leur délivrance et la fin des maux
qu'ils éprouvent dans cette vie. On ne doit pas
oublier cette expression, où le poète , parlant
de l'impie , dit : *Il voit la gloire qui l'opprime.*
C'est une application très-juste de ce passage
de l'Ecriture : *Scrutator majestatis opprimetur
à gloriâ ;* et qui convient parfaitement à ces
esprits téméraires qui veulent pénétrer dans
les décrets éternels , et sonder la profondeur
des jugemens de Dieu.

Sur le même sujet.

Le poète fait ici une paraphrase du psaume 96:
Dominus regnavit , exultet terra ; et il ajoute
des traits qui ont rapport au jugement dernier.

Peuples , élevez vos concerts ;
Poussez des cris de joie et des chants de victoire !
Voici le roi de l'univers ,
Qui vient faire éclater son triomphe et sa gloire.

La justice et la vérité
Servent de fondement à son trône terrible :
Une profonde obscurité
Aux regards des humains le rend inaccessible.

Les éclairs , les feux dévorans

Font luire devant lui leur flamme étincelante ,
  Et ses ennemis expirans
Tombent de toutes parts sous sa foudre brûlante.

  Pleine d'horreur et de respect ,
La terre a tressailli sur ses voûtes brisées :
  Les monts , fondus à son aspect ,
S'écroulent dans le sein des ondes embrasées.

  De ses jugemens redoutés
La trompette céleste a porté le message ;
  Et dans les airs épouvantés
En ces terribles mots sa voix s'ouvre un passage :

  Soyez à jamais confondus ,
Adorateurs impurs des profanes idoles ,
  Vous qui , par des vœux défendus,
Invoquez de vos mains les ouvrages frivoles.

  Ministres de mes volontés ,
Anges , servez contre eux ma fureur vengeresse.
  Vous , mortels que j'ai rachetés ,
Redoublez à ma voix vos concerts d'allégresse.

  C'est moi qui , du plus haut des cieux ,
Du monde que j'ai fait règle les destinées ;
  C'est moi qui brise ces faux dieux,
Misérables jouets des vents et des années.

  Par ma présence raffermis ,
Méprisez du méchant la haine et l'artifice :
  L'ennemi de vos ennemis
A détourné sur eux les traits de leur malice.

  Venez donc , venez en ce jour
Signaler de vos cœurs l'humble reconnaissance ,
  Et par un respect plein d'amour ,
Sanctifiez en moi votre réjouissance.

                              ROUSSEAU.

§. 13. SUR L'ANCIENNE ET SUR LA NOUVELLE JÉRUSALEM.

Gémissemens des filles de Jérusalem pendant la captivité de Babylone.

Déplorable Sion , qu'as-tu fait de ta gloire ?
  Tout l'univers admirait ta splendeur :
Tu n'es plus que poussière , et de cette grandeur
Il ne nous reste plus que la triste mémoire.
Sion , jusques au ciel élevée autrefois ,
  Jusqu'aux enfers maintenant abaissée ,
   Puissé-je demeurer sans voix ,
  Si dans mes chants ta douleur retracée
Jusqu'au dernier soupir n'occupe ma pensée !
O rives du Jourdain ! ô champs aimés des cieux !
   Sacrés monts , fertiles vallées ,
   Par cent miracles signalées ,
   Du doux pays de nos aïeux
   Serons-nous toujours exilées ?

     RACINE , *Trag. d'Esther.*

Le même poète , dans les vers suivans, a rendu le sens de la prophétie d'Isaïe sur la grandeur future de l'Eglise et la propagation du christianisme.

  Quelle Jérusalem nouvelle
Sort du fond du désert brillante de clarté (1) ,
Et porte sur le front une marque immortelle ?
  Peuples de la terre , chantez ;
Jérusalem renaît plus charmante et plus belle.
  D'où lui viennent de tous côtés

(1) *Surge , illuminare , Jerusalem , quia venit lumen tuum , et gloria Domini super te orta est... Leva in circuitu oculos tuos , et vide.... Filii tui de longe venient.... Ambulabunt gentes in lumine tuo , et reges in splendore ortûs tui.* Is. chap. 60... *Et inimici ejus terram lingent.* Ps. 71... *Rorate , cœli , desuper , et nubes pluant justum.* Is. 45.

Ces enfans qu'en son sein elle n'a point portés ?
Lève , Jérusalem , lève ta tête altière ;
Regarde tous ces rois de ta gloire étonnés.
Les rois des nations, devant toi prosternés,
    De tes pieds baisent la poussière ;
Les peuples à l'envi marchent à ta lumière.
Heureux qui pour Sion d'une sainte ferveur
    Sentira son ame embrasée !
    Cieux , répandez votre rosée ,
Et que la terre enfante son Sauveur.

§. 14. SUR LA FOI CATHOLIQUE.

*A l'occasion de l'abjuration que fit Henri IV , roi
de France , lorsqu'il embrassa la foi de l'église
catholique , l'Auteur de la Henriade s'exprime
ainsi dans son poème.*

Henri, dont le grand cœur était formé pour elle (1),
Voit , connaît , aime enfin sa lumière immortelle ;
Il abjure avec foi ces dogmes séducteurs ,
Ingénieux enfans de cent nouveaux docteurs.
Il reconnaît l'église ici-bas combattue ,
L'église toujours une et partout étendue ,
Libre , mais sous un chef adorant en tout lieu ,
Dans le bonheur des Saints la grandeur de son Dieu.
Le Christ , de nos péchés victime renaissante ,
De ses élus chéris nourriture vivante ,
Descend sur les autels à ses yeux éperdus ,
Et lui découvre un Dieu sous un pain qui n'est plus.
Son cœur obéissant se soumet , s'abandonne....
Les remparts ébranlés s'entr'ouvrent à sa voix.
Il entre au nom du Dieu qui fait régner les rois.

Henriade de Voltaire.

Remarques. On peut dire que cette définition
de l'église est exacte, et que ce qui en fait le
prix, c'est de renfermer beaucoup de choses

(1) L'Église.

dans l'espace de huit vers. On voit que l'église ici-bas essuie des combats : on y apprend son unité , et la réunion de ses membres sous un seul chef. Peut-on mieux exprimer l'adorable sacrifice de nos autels ? *Le Christ , de nos péchés victime renaissante ;* et le sacrement de l'Eucharistie : *De ses élus chéris nourriture vivante.* Que cette idée est noble ! *Il entre au nom du Dieu qui fait régner les rois. Per me reges regnant ,* dit la Sagesse dans les Livres saints.

§. 15. PROFESSION DE FOI DE POLYEUCTE.

Je n'adore qu'un Dieu , maître de l'univers ,
Sous qui tremblent le ciel , la terre et les enfers :
Un Dieu qui , nous aimant d'une amour infinie ,
Voulut mourir pour nous avec ignominie ,
Et qui , par un effort de cet excès d'amour ,
Veut pour nous en victime être offert chaque jour.

CORNEILLE , trag. de Polyeucte.

Le même Polyeucte , ayant été mis en prison parce qu'il était chrétien , et près d'aller à la mort , fait les réflexions suivantes dans un monologue :

Source délicieuse en misères féconde , ,
Que voulez-vous de moi , flatteuses voluptés ?
Honteux attachemens de la terre et du monde ,
Que ne me quittez-vous quand je vous ai quittés ?
Allez , honneurs , plaisirs , qui me livrez la guerre ,
   Toute votre félicité ,
   Sujette à l'instabilité ,
   En moins de rien tombe par terre ;
   Et comme elle a l'éclat du verre ,
   Elle en a la fragilité.

Ainsi , n'espérez pas qu'après vous je soupire :
Vous étalez en vain vos charmes impuissans ;

Vous me montrez en vain par tout ce vaste empire
Les ennemis de Dieu pompeux et florissans ;
Il étale à son tour des revers équitables ,
    Par qui les grands sont confondus :
    Et les glaives qu'il tient pendus
    Sur les plus fortunés coupables ,
    Sont d'autant plus inévitables ,
    Que leurs coups sont moins attendus.

Saintes douceurs du ciel , adorables idées ,
Vous remplissez un cœur qui vous peut recevoir :
De vos sacrés attraits les ames possédées ,
Ne conçoivent plus rien qui les puisse émouvoir.
Vous promettez beaucoup , et donnez davantage :
    Vos biens ne sont pas inconstans ,
    Et l'heureux trépas que j'attends ,
    Ne nous sert que d'un doux passage
    Pour nous introduire au partage
    Qui nous rend à jamais contens.

Remarques. Ces trois stances sont admirables : elles expriment les sentimens d'une ame chrétienne prête à quitter cette vie , et qui en connaît le néant. La comparaison des honneurs de ce monde avec la fragilité du verre est ingénieuse , mais n'est peut-être pas exactement vraie. Quelle noblesse dans cette image des glaives que Dieu tient *suspendus* sur la tête des coupables ! La dernière stance est pleine de grandes idées sur le bonheur de la vie future , après laquelle une ame juste soupire.

§. 16.   ÉLOGE DES CHRÉTIENS DES PREMIERS SIÈCLES.

C'est un païen qui parle ainsi des chrétiens de son temps.

Les chrétiens n'ont qu'un Dieu , maître absolu de tout,
De qui le seul vouloir fait tout ce qu'il résout.

Mais si j'ose , entre nous , dire ce qu'il me semble ;
Les nôtres bien souvent s'accordent mal ensemble ;
Et me dût leur colère écraser à tes yeux ,
Nous en avons beaucoup pour être de vrais dieux.
Enfin chez les chrétiens les mœurs sont innocentes ,
Les vices détestés , les vertus florissantes.
Ils font des vœux pour nous qui les persécutons ;
Et depuis tant de temps que nous les tourmentons,
Les a-t-on vus mutins , les a-t-on vus rebelles ?
Nos princes ont-ils eu des soldats plus fidèles ?
Furieux dans la guerre , ils souffrent nos bourreaux ;
Et lions au combat, ils meurent en agneaux.

Et ailleurs une dame païenne parle ainsi des mêmes chrétiens :

Le trépas n'est pour eux ni honteux ni funeste :
Ils cherchent de la gloire à mépriser nos dieux ;
Aveugles pour la terre , ils aspirent aux cieux ,
Et , croyant que la mort leur en ouvre la porte ,
Tourmentés , déchirés , assassinés , n'importe ,
Les supplices leur sont ce qu'à nous les plaisirs ,
Et les mènent au but où tendent leurs désirs. *Polyeucte.*

§. 17. IMAGE DU CIEL,

Où du séjour des Bienheureux , d'après les notions de la Foi.

Au milieu des clartés d'un feu pur et durable ,
Dieu mit avant le temps son trône inébranlable ;
Le ciel est sous ses pieds ; de mille astres divers
Le cours toujours réglé l'annonce à l'univers.
La puissance , l'amour avec l'intelligence ,
Unis et divisés , composent son essence.
Ses Saints , dans les douceurs d'une éternelle paix ,
D'un torrent de plaisirs enivrés à jamais ,
Pénétrés de sa gloire et remplis de lui-même ,
Adorent à l'envi sa majesté suprême.

Devant lui sont ces dieux, ces brûlans séraphins,
A qui de l'univers il commet les destins (1).
Il parle, et de la terre ils vont changer la face :
Des puissances du siècle ils retranchent la race :
Tandis que les humains, vils jouets de l'erreur,
Des conseils éternels accusent la hauteur.
Ce sont eux dont la main, frappant Rome asservie,
Aux fiers enfans du nord a livré l'Italie,
L'Espagne aux Africains, Solyme aux Ottomans.
Tout empire est tombé, tout peuple eut ses tyrans.
Mais cette impénétrable et juste Providence
Ne laisse pas toujours prospérer l'insolence ;
Quelquefois sa bonté, favorable aux humains,
Met le sceptre des rois dans d'innocentes mains.

Henriade.

Remarques. Un pareil sujet ne pouvait être traité d'un ton plus sublime. Quelle majesté dans ces premiers vers ! *Au milieu des clartés d'un feu pur et durable,* etc. Quelle grandeur dans cette image ! *Le ciel est sous ses pieds,* etc. Un beau génie vient à bout d'exprimer, dans le langage de la poésie, tout ce qu'il y a de plus difficile. Peut-on mieux définir le profond mystère de la sainte Trinité ? *La puissance et l'amour avec l'intelligence, unis et divisés, composent son essence.* Le reste de cette image du ciel et du bonheur des Saints est de la même beauté ; et l'on peut dire que les expressions répondent à la majesté du sujet, autant que des paroles humaines en sont capables.

La lecteur ne désapprouvera peut-être pas que nous placions ici la traduction de l'hymne

(1) *Qui facis angelos tuos, spiritus ; et ministros tuos, ignem urentem.... Ps.* 103.... *Potentes virtute, facientes verbum illius ad audiendam vocem sermonum ejus.* Ibid... *Illuxerunt fulgura ejus orbi terræ. Ps.* 96.

admirable que l'église de Paris chante aux vê-
pres du dimanche, et qui commence par ces
mots : *O luce qui mortalibus*, *etc.* Comme tout
le monde n'est pas en état de sentir la beauté
de la poésie latine, on l'a traduite en vers à
l'occasion d'un petit livre de prières domestiques, intitulé : *La Journée du pieux Laïque.* Les
connaisseurs ont trouvé que cette traduction
approche fort de la beauté du texte. Le fond
du sujet, ce sont les sentimens d'une ame
chrétienne, à qui les jours de fêtes de l'église
rappellent le souvenir de la fête éternelle que
les élus célébreront un jour dans le ciel, et qui
soupire après cet heureux jour.

O Dieu, qui dans les feux des clartés éternelles,
Nous cachez ce séjour où les esprits heureux
Dans un saint tremblement se couvrent de leurs ailes,
Voyant de votre front l'éclat majestueux :

Dans ce bas univers, un voile épais et sombre
Couvre nos pas errans : la Foi seule nous luit.
Mais votre jour, Seigneur, dissipera cette ombre,
Et fera sans retour disparaître la nuit.

Ce jour, cet heureux jour, figuré par nos fêtes,
Vous nous le préparez, ô Dieu plein de bonté !
Le grand astre qui brille en son plein sur nos têtes
N'est qu'un faible rayon de sa vive clarté.

Que vous tardez long-temps pour une ame fidèle,
O jour après lequel nous devons soupirer !
Mais pour jouir de vous, ô lumière éternelle,
Du poids de notre corps il nous faut délivrer.

Ah, quand de ses liens notre ame dégagée
Jusque dans votre sein portera son essor,
Du torrent de vos biens saintement enivrée,
Vous louer, vous aimer. sera son heureux sort.

Suprême Trinité , faites , par votre grâce ,
Qu'à ce bonheur promis nos désirs soient fixés ,
Et qu'un jour éternel succède au court espace
De ceux qu'en cet exil vous nous avez prêtés.

§. 18.   SOUPIRS D'UNE AME VERS LE CIEL.

Les vers suivans ont une si étroite liaison avec les sujets ci-dessus, et les sentimens y sont exprimés avec tant de douceur, qu'on ne craint pas de fatiguer le lecteur , en les lui mettant sous les yeux.

Non , je ne suis point fait pour posséder la terre.
Quand ne serai-je plus avec moi-même en guerre ?
Qui me délivrera de ce corps de péché ?
Qui brisera la chaîne où je suis attaché ?....
Avec tant de faiblesse aisément on succombe.
Eh ! qui me donnera l'aile de la colombe ?
Loin de ce lieu d'horreur , de ce gouffre de maux ,
J'irais , je volerais dans le sein du repos :
Là , de ce corps impur les ames délivrées ,
De la joie ineffable à sa source enivrées ,
Et riches de ces biens que l'œil ne saurait voir ,
Ne demandent plus rien , n'ont plus rien à vouloir.
De ce royaume heureux Dieu bannit les alarmes ,
Et des yeux de ses Saints daigne essuyer les larmes.
C'est là qu'on n'entend plus ni plaintes ni soupirs :
Le cœur n'a plus alors ni craintes ni désirs.
L'église enfin triomphe , et , brillante de gloire ,
Fait retentir le ciel des chants de sa victoire.
Elle chante , tandis qu'esclaves désolés ,
Nous gémissons encor sur la terre exilés.
Près de l'Euphrate assis (1) , nous pleurons sur ses rives ;
Une juste douleur tient nos langues captives.
Et comment pourrions-nous , au milieu des méchans ,
O céleste Sion , faire entendre nos chants ? .

(1) *Super flumina Babylonis illic sedimus , etc.* Ps. 136,

Hélas ! nous nous taisons ; nos lyres , détendues ,
Languissent en silence aux saules suspendues.
Que mon exil est long ? O tranquille cité !
Sainte Jérusalem ! ô chère éternité !
Quand irai-je au torrent de ta volupté pure
Boire l'heureux oubli des peines que j'endure ?
Quand irai-je goûter ton adorable paix ?
Quand verrai-je ce jour qui ne finit jamais ? Racine.

Remarques. On peut voir par ce morceau et
par plusieurs autres que nous avons rapportés ,
que la poésie , travaillée par une main habile ,
est très-capable de parler le langage de la piété
la plus tendre et la plus affectueuse ; ce que
bien des personnes croient impossible.

§. 19. SONNET DE DESBARREAUX

C'est le langage d'un pécheur pénitent.

Grand Dieu , tes jugemens sont remplis d'équité ;
Toujours tu prends plaisir à nous être propice ;
Mais j'ai tant fait de mal , que jamais ta bonté
Ne me pardonnera qu'en blessant ta justice.

Oui , Seigneur , la grandeur de mon impiété
Ne laisse à ton pouvoir que le choix du supplice :
Ton intérêt s'oppose à ma félicité ,
Et ta clémence même attend que je périsse.

Contente ton désir , puisqu'il t'est glorieux ;
Offense-toi des pleurs qui coulent de mes yeux ;
Tonne, frappe, il est temps ; rends-moi guerre pour
      guerre.

J'adore en périssant la raison qui t'aigrit :
Mais dessus quel endroit tombera ton tonnerre ,
Qui ne soit tout couvert du sang de Jésus-Christ ?

Ce sonnet est un des plus beaux que la poésie française ait jamais produits.

Fin des Sujets sacrés.

3*

CHAPITRE II.

DE CE QUI CONTRIBUE A LA BEAUTÉ DE LA POÉSIE.

DES PENSÉES.

§. 1. DISSERTATION SUR LA NATURE DES PENSÉES.

LES pensées sont les images des choses ; car penser, c'est former en soi la peinture d'un objet spirituel ou sensible.

1° De ce principe, il suit que la première qualité (1) que doit avoir une pensée, c'est d'être vraie, puisque les images et les peintures ne sont véritables qu'autant qu'elles sont ressemblantes : ainsi, une pensée est vraie, lorsqu'elle représente les choses fidèlement ; et elle est fausse, quand elle les fait voir autrement qu'elles ne sont. Les pensées sont plus ou moins conformes à leur objet ; cette conformité fait la justesse de la pensée : une pensée juste est une pensée vraie de tous les côtés.

Mais, pour penser bien, il ne suffit pas que les pensées n'aient rien de faux ; car à force d'être vraies, elles sont quelquefois triviales : ainsi, outre la vérité qui contente l'esprit, il faut quelque chose qui le frappe et qui le surprenne. Mais comme toutes les pensées ingénieuses ne sauraient être nouvelles, il faut du moins que celles qui sont employées dans des ouvrages d'esprit ne soient point usées.

(1) Qualités que doivent avoir les pensées.

2° On peut dire que dans ce genre, et surtout en fait de poésie, la vérité, qui plaît tant ailleurs sans nul ornement, en demande ici nécessairement, et cet ornement n'est quelquefois qu'un tour nouveau qu'on donne aux choses par des figures, des comparaisons, des allégories, des métaphores et autres secours de l'art, qu'un esprit facile sait mettre en usage.

3° Elles doivent être proportionnées au sujet qu'on traite : ainsi dans une matière sérieuse et élevée, des pensées badines et familières seraient déplacées ; de même que dans un sujet gai et riant, on trouverait mauvais qu'un auteur employât des comparaisons qui ne sont propres qu'au genre sublime.

4° Elles doivent être claires et intelligibles ; autrement, quelque sublimes, quelque agréables, quelque délicates qu'elles soient, elles perdent tout leur prix, et l'on ne fait aucun cas de l'esprit de l'auteur. En toutes sortes de matières, l'obscurité est très-vicieuse. Ce que des personnes intelligentes ont peine à entendre, n'est point ingénieux ; on est obscur à mesure qu'on a le sens petit et le goût mauvais.

5° Il faut qu'elles laissent quelque chose à penser à ceux qui les lisent ou qui les entendent. Agir autrement et tourner trop long-temps autour d'une même pensée, c'est épuiser le sujet, et c'est tomber dans le défaut qu'on a si justement reproché à Ovide. Un des plus sûrs moyens de plaire, n'est pas tant de dire et de penser, que de faire penser et de faire dire. (1) Un auteur qui veut tout dire, ôte au lecteur un plaisir qui le charme, et pour

(1) Bouhours.

lequel il goûte les ouvrages d'esprit ; il le cho-
que même, parce qu'il lui donne sujet de croire
qu'on se défie de sa capacité : au lieu que
l'adresse de l'auteur est d'ouvrir seulement
l'esprit du lecteur, en lui préparant de quoi
produire et de quoi raisonner ; par-là le lecteur attribue ce qu'il pense à un effet de son
génie.

6° Elles doivent être naturelles. Les pensées
naturelles sont celles que la nature du sujet
présentent, qui naissent pour ainsi dire du sujet
même, où rien n'est tiré de loin, ni trop re-
cherché. Une pensée naturelle semble devoir
venir à tout le monde, et n'avoir presque rien
coûté à trouver. Rien n'est beau s'il n'est
naturel.

7° Enfin, elles doivent être nobles et délicates ; car, comme le vrai est l'ame d'une pensée, la noblesse et la délicatesse en sont l'ornement et en rehaussent le prix. Nous allons
voir ce qu'on doit entendre par ces deux qualités.

§. 2. DES PENSÉES NOBLES, GRANDES
ET SUBLIMES.

La noblesse des pensées vient, selon Hermo-
gène, de la majesté des choses dont elles sont
les images. Telle est la nature de celles qui
passent pour grandes et illustres parmi les
hommes, comme la puissance, la générosité,
l'esprit, le courage, les victoires, les triomphes, les grands traits de vertu et de magna-
nimité qui caractérisent les héros, etc. On doit
mettre dans la même espèce les pensées fortes
et sublimes : ce sont celles qui sont pleines
d'un grand sens, exprimé en peu de paroles,
d'une manière vive. On en verra des exemples

au chapitre des sentimens dans le genre sublime : ces sortes de pensées entraînent comme
par force notre jugement, et remuent toute
notre ame ; elles plaisent beaucoup , parce
qu'elles ont du grand, qui charme toujours
l'esprit.

Cette noblesse des pensées vient encore de la
nature des figures que l'on emploie pour peindre les objets. La métaphore , par exemple, est
une sorte de figure qui produit un merveilleux
effet sur notre imagination. Rien ne flatte plus
l'esprit que la représentation d'un objet sous
une image étrangère : comme dans cette pen-
ée : *Les lis ne filent point ; pour dire qu'en France
es filles ne succèdent point à la couronne. Il
n est de même des métaphores animées et qui
arquent de l'action ; telle est cette expression
e Malherbe, pour dire que la mort n'épargne
ersonne : *Et la garde qui veille aux barrières
u Louvre n'en défend pas nos rois ;* ou celle d'Ho-
ace , lorsqu'il veut faire entendre que les
rands ne sont point exempts de soucis, car il
es dépeint volants autour des lambris dorés :
t curas laqueata circum tecta volantes.* (1) Mais
faut observer que la véritable grandeur et la
oblesse des pensées doivent avoir de justes
esures ; tout ce qui excède est hors des règles
e la perfection.

§. 3. DES PENSÉES DÉLICATES.

Les pensées délicates ont cela de propre,
u'elles sont souvent renfermées en peu de pa-
oles, et que le sens qu'elles contiennent n'est
as si visible ni si marqué : il semble d'abord
u'elles le cachent en partie , afin qu'on le

(1) Liv. 2, ode 15.

cherche et qu'on le devine ; ou du moins elles
le laissent seulement entrevoir, pour nous
donner le plaisir de le découvrir tout-à-fait
quand on a de l'esprit. Ce petit mystère est
comme l'ame de la délicatesse des pensées ; en
sorte que celles qui n'ont rien de mystérieux
ni dans le fond, ni dans le tour, et qui se montrent tout entières à la première vue, ne sont
pas, à proprement parler, délicates, quelque
spirituelles qu'elles soient ; d'où l'on peut remarquer que la délicatesse ajoute je ne sais
quoi d'agréable au sublime même. Une réflexion
subtile et judicieuse tout ensemble contribue
beaucoup à cette délicatesse. Ces sortes de
pensées sont ordinairement exprimées d'une
manière vive, qui plaît infiniment par le tour
ingénieux et peu commun dont elles sont ren-
dues ; c'est ce tour même qui les fait souvent
appeler brillantes. Il est certain qu'elles enno-
blissent la matière traitée par l'auteur ; elles
donnent de la grâce et de l'élévation au discours. Mais outre la délicatesse des pensées,
qui vient de l'esprit seulement, il y en a une qui
vient des sentimens, et où l'affection a plus de
part que l'intelligence ; c'est ce qu'on verra
avec un peu plus de détail dans le Chapitre des
grands sentimens. Nous allons donner de suite
quelques exemples de pensées nobles et délicates.

Exemples.

Un de nos poètes termine ainsi l'épitaphe du
cardinal de Richelieu.

Il fut trop absolu sur l'esprit de son maître ;
Mais son maître par lui fut le maître des rois.

Dans un éloge de Louis XIV, non imprimé,
un poëte s'exprime ainsi :

> Son ame est au-dessus de sa grandeur suprême :
> La vertu brille en lui plus que le diadème ;
> Et quoiqu'un vaste état soit soumis à sa loi,
> Le héros en Louis est plus grand que le roi.

Après la publication d'une fameuse paix, on
parlait ainsi de Louis XIV :

> Un héros que le ciel fait naître
> Pour le bonheur de cent peuples divers,
> Aime mieux calmer l'univers,
> Que d'achever de s'en rendre le maître.
> Il cherche à rendre heureux jusqu'à ses ennemis :
> Tout est par ses travaux dans une paix profonde ;
> Et ce n'est plus à Mars qu'il peut être permis
> De troubler le repos du monde...
>
> *Ballet du Triomphe de l'Amour.*

> Il a fait sur lui-même un effort généreux :
> Il veut rendre le monde heureux ;
> Il préfère au bonheur d'en devenir le maître,
> La gloire de montrer qu'il mérite de l'être....
>
> *Persée, trag. en musique.*

> Les muses vont lui faire entendre
> Mille nouveaux concerts.
> De sa grandeur il se plaît à descendre :
> Il sait mêler les jeux à cent travaux divers.
> L'envie en vain frémit de voir les biens qu'il cause ;
> Une aimable paix est la loi
> Que ce vainqueur impose :
> Son tonnerre inspire l'effroi,
> Dans le temps même qu'il repose.
>
> *Phaéton, prologue.*

> Qu'il règne, ce héros, qu'il triomphe toujours !
> Qu'avec lui soit toujours la paix et la victoire !

Que le cours de ses ans dure autant que le cours
    De la Seine et de la Loire !
Qu'il règne , ce héros , qu'il triomphe toujours !
    Qu'il vive autant que sa gloire !

Ces derniers vers sont du grand Racine , et
terminent une idylle qu'il avait faite sur la paix ,
et qui fut chantée dans l'orangerie de Seaux,
devant le roi Louis XIV. Rien n'est plus naturel ni plus délicat que ce dernier vers : *Qu'il
vive autant que sa gloire !*

Autres exemples.

Boileau parle ainsi de Louis XIV, dans son
épître sur le fameux passage du Rhin :

Louis , les animant du feu de son courage ,
Se plaint de sa grandeur qui l'attache au rivage,....
Déjà du plomb mortel plus d'un brave est atteint.
Sous les fougueux coursiers l'onde écume et se plaint.
De tant de coups affreux la tempête orageuse
Tient un temps sur les eaux la fortune douteuse ;
Mais Louis d'un regard sait bientôt la fixer :
Le destin à ses yeux n'oserait balancer.

« Ces derniers vers paraissent d'abord har-
» dis , mais ils ne sont que forts , dit le père
» Bouhours , et ils ont une vraie noblesse qui
» les autorise. Le poète ne dit pas en général
» que les destins dépendent du roi ; il ne parle
» que du destin de la guerre. Comme le système
» de sa pensée est tout poétique , il a le droit
» de mettre la fortune en jeu ; et comme la
» présence d'un prince aussi magnanime ren-
» dait les soldats invincibles , c'est comme s'il
» disait : Dès que Louis paraît, on est assuré
» de la victoire. » Et plus bas il dit encore :

Quel plaisir de te suivre aux rives du Scamandre ,
D'y trouver d'Ilion la poétique cendre ,
De juger si les Grecs qui brisèrent ses tours ,
Firent plus en dix ans que Louis en dix jours !

On ne peut rien de plus délicatement pensé
que cette plainte que le même poète fait faire
à la Mollesse sur les travaux guerriers de ce
grand monarque ; on peut dire que rien n'est
mieux imaginé , et que le tour est nouveau.
Voici l'endroit :

Hélas, qu'est devenu ce temps, cet heureux temps ,
Où les rois s'honoraient du nom de fainéans ,
S'endormaient sur le trône , et me servant sans honte,
Laissaient leur sceptre aux mains ou d'un maire ou
    d'un comte ?
Aucun soin n'approchait de leur paisible cour ;
On reposait la nuit , on dormait tout le jour.
Seulement au printemps, quand Flore, dans les plaines,
Faisait taire des vents les bruyantes haleines ,
Quatre bœufs attelés , d'un pas tranquille et lent ,
Promenaient dans Paris le monarque indolent.
Ce doux siècle n'est plus : le ciel impitoyable
A placé sur le trône un prince infatigable.
Il brave mes douceurs , il est sourd à ma voix ;
Tous les jours il m'éveille au bruit de ses exploits.
Rien ne peut arrêter sa vigilante audace :
L'été n'a point de feu , l'hiver n'a point de glace.
J'entends à son seul nom tous mes sujets frémir.
En vain deux fois la paix a voulu l'endormir.
Loin de moi son courage entraîné par la gloire ,
Ne se plaît qu'à courir de victoire en victoire.
Je me fatiguerais à te tracer le cours
Des outrages cruels qu'il me fait tous les jours.
       Lutrin , chant II.

On doit dire à peu après la même 'chose du morceau suivant, surtout pour la délicatesse de la pensée. Boileau, dans une épître à **M.** de Lamoignon, où il fait l'éloge de la vie champêtre, feint qu'à son retour de la campagne un de ses amis lui parle des victoires du roi. Voici ce qu'il lui fait dire :

Dieu sait comme les vers chez vous s'en vont couler,
Dit d'abord un ami qui vient me cajoler,
Et dans ce temps guerrier et fécond en Achilles,
Croit que l'on fait les vers comme l'on prend les villes.
Mais moi dont le génie est mort en ce moment,
Je ne sais que répondre à ce vain compliment,
Et, justement confus de mon peu d'abondance,
Je me fais un chagrin du bonheur de la France.

Le même poète termine sa première épître au roi de la manière suivante :

Pour moi qui sur ton nom déjà brûlant d'écrire,
Sens au bout de ma plume expirer la satire
Je n'ose de mes vers vanter ici le prix.
Toutefois si quelqu'un de mes faibles écrits
Des ans injurieux peut éviter l'outrage,
Peut-être pour ta gloire aura-t-il son usage.
Et comme tes exploits, étonnant les lecteurs,
Seront à peine crus sur la foi des auteurs ;
Si quelque esprit malin les veut traiter de fables,
On dira quelque jour, pour les rendre croyables :
Boileau, qui, dans ses vers, plein de sincérité,
Jadis à tout son siècle a dit la vérité,
Qui mit à tout blâmer son étude et sa gloire,
A pourtant de ce roi parlé comme l'histoire.

Épît. I.

Le morceau suivant ne le cède point en délicatesse à ceux qu'on vient de voir. C'est ici

pareillement une manière indirecte de louer
Louis XIV. Le grand Corneille, dans sa pièce
héroïque de la Toison d'or, fait parler ainsi
la France à la déesse de la victoire :

Ah ! Victoire, pour fils n'ai-je que des soldats ?
La gloire qui les couvre, à moi-même funeste,
Sous mes plus beaux succès fait trembler tout le reste.
Ils ne vont au combat que pour me protéger,
Et n'en sortent vainqueurs que pour me ravager.
S'ils renversent des murs, s'ils gagnent des batailles,
Ils prennent droit par-là de ronger mes entrailles....
Mon roi, que vous rendez le plus puissant des rois,
En goûte moins le fruit de ses propres exploits :
Du même œil dont il voit ses plus nobles conquêtes,
Il voit ce qu'il leur faut sacrifier de têtes ;
De ce glorieux trône où brille sa vertu,
Il tend sa main auguste à son peuple abattu ;
Et comme à tout moment la commune misère
Rappelle en son grand cœur les tendresses d'un père,
Ce cœur se laisse vaincre aux vœux que j'ai formés,
Pour faire respirer ce que vous opprimez.

Le Père du Cerceau s'adresse à sa muse, et
lui parle de la manière suivante, dans une épître pour monseigneur le Dauphin, qui était
alors dans la plus tendre enfance, et qui fut
ensuite Louis XV. C'est après l'avoir exhorté à
n'approcher de l'auguste prince qu'avec beaucoup de respect. Le tour qu'il prend est tout-à-
fait ingénieux, noble et délicat.

Vous me direz : Prince, tant soit-il grand,
Si jeune encore, entrevoit-il son rang ?
De son berceau touchant à la couronne,
Distingue-t-il l'éclat qui l'environne ?
Et de Louis présomptif successeur,
De son destin connaît-il la grandeur ?

Muse, il la sent, s'il ne sait la connaître.
Dans les héros que pour régner fait naître
Des grands Bourbons la royale maison
Le sang inspire et prévient la raison.
Le noble instinct qui dans le cœur domine,
Rappelle en eux leur auguste origine,
Et de ce sang reçu de tant de rois,
La majesté réclame tous les droits.
Allez donc, Muse ; et désormais instruite,
Sur ces leçons réglez votre conduite ;
De ce soleil, sous l'enfance éclipsé,
N'approchez point d'un air trop empressé.
Souhaitez-lui les vertus de son père ;
Ajoutez-y les grâces de sa mère,
L'ame et le cœur du dauphin son aïeul,
De Louis tout, il comprend tout lui seul.

Le même poète, en faisant la description d'une campagne charmante, de laquelle on voit la machine de Marly, prend occasion de faire un éloge poétique de cette célèbre invention de l'art, et de donner adroitement, et comme en passant, une haute idée du grand roi pour qui elle avait été faite.

Mais, ô dieux ! qu'est-ce que je vois ?
Que de prodiges à la fois !
Quelle merveilleuse structure !
Je me trompe, ou l'art envieux
Semble vouloir en ces beaux lieux
Le disputer à la nature.
N'est-ce point un enchantement
Qui m'impose agréablement ?
L'onde s'élève par étage,
Montant par cent tuyaux divers,
Et, se faisant avec courage
Un nouveau chemin dans les airs,

S'empresser d'aller rendre hommage
Au plus grand roi de l'univers.
Ici , du haut d'une éminence ,
Je la vois se précipiter ,
Puis se répandre et serpenter
Dans ce charmant lieu de plaisance
Où Louis trouve tant d'attraits.
Là , redoublant sa violence ,
Elle entre en des conduits secrets ,
D'où vers le ciel elle s'élance :
Et , contribuant quelquefois
Au plaisir du meilleur des rois ,
Elle en fait à toute la France.

Les connaisseurs dans le genre de pensées nobles et délicates ont remarqué avec raison celle de l'empereur Titus , dans la tragédie de ce nom , par Racine. Il aimait la reine Bérénice ; mais il sentait bien qu'il ne pouvait l'épouser sans déplaire aux Romains. Parmi toutes les raisons qu'il allègue pour lui faire comprendre qu'il faut qu'ils se séparent , il lui parle ainsi :

Je sais tous les tourmens où ce dessein me livre ,
Je sens bien que sans vous je ne saurais plus vivre ,
Que mon cœur de moi-même est prêt à s'éloigner ;
Mais il ne s'agit plus de vivre : il faut régner.

Il y a une délicatesse infinie dans ce dernier vers , et tout homme de goût comprend le sens de ces mots : *Il ne s'agit plus de vivre.*

Voici comme un échantillon d'une pensée naturelle , c'est-à-dire , d'une pensée dont la force du sentiment fait tout le prix , où la nature toute pure se fait sentir sous l'apparence des expressions les plus simples : c'est un petit dialogue entre un passant et une tourterelle.

3 *

LE PASSANT.

Que fais-tu dans ces bois , plaintive tourterelle ?

LA TOURTERELLE.

Je gémis : j'ai perdu ma compagne fidelle.

LE PASSANT.

Ne crains-tu point que l'oiseleur
Ne te fasse mourir comme elle ?

LA TOURTERELLE.

Si ce n'est lui , ce sera ma douleur.

Il y a beaucoup de finesse dans le tour que prend M. de la Motte pour louer le duc d'Orléans , alors régent du royaume. Il lui parle ainsi dans une épître dédicatoire.

> Je rappelle ton premier âge ,
> Quand nous faisions l'apprentissage ,
> Moi d'auteur , et toi de héros :
> Phébus me souriait , et j'arrangeais des mots ;
> Mars au grand art de vaincre instruisait ton courage
> Et , leurs élèves , nous faisions ,
> Moi des discours , toi des actions.

On sent que cette comparaison du poète au prince , loin de choquer , tourne tout entière à la gloire du héros , puisque le poète affecte de faire sentir l'extrême disproportion du talent de l'un à celui de l'autre : *Moi des discours, toi des actions.*

Epitaphe du maréchal de Rantzau.

Le maréchal de Rantzau avait reçu tant de blessures à la guerre , qu'il en était tout mutilé : il avait perdu un bras, une jambe, un œil, une oreille. Après sa mort, il parut une épitaphe à ce sujet , qui est fort estimée pour le caractère de sublimité qui y règne. L'auteur s'adresse au tombeau de ce célèbre général.

Du corps du grand Rantzau tu n'as qu'une des parts ;
L'autre moitié resta dans les plaines de Mars :
Il dispersa partout ses membres et sa gloire.
Tout abattu qu'il fut, il demeura vainqueur.
Son sang fut en cent lieux le prix de sa victoire,
Et Mars ne lui laissa rien d'entier que le cœur.

CHAPITRE III.

DES SENTIMENS.

§. 1. DISSERTATION SUR LES GRANDS SENTI-MENS ET LEUR UTILITÉ.

La matière dont nous allons parler a un rapport immédiat avec la précédente ; car avoir de grands sentimens, c'est penser noblement : mais comme le terme de penser, à proprement parler, s'entend des productions de l'esprit, et que celui des sentimens s'entend des affections du cœur, nous avons cru devoir séparer ces deux objets. Nous allons donc considérer les pensées relativement aux différentes impressions de notre ame et dans l'ordre des sentimens, mais des sentimens que l'esprit a su rendre souvent avec beaucoup de délicatesse. On sait, comme nous l'avons déjà remarqué, qu'outre la délicatesse dans les pensées, qui vient purement de l'esprit, il y en a une qui vient des sentimens, et où l'affection a plus de part que l'intelligence : ainsi, nous n'envisageons ici les pensées que comme les expressions des grands sentimens dont nous nous sommes proposé de donner des exemples. Telles sont les pensées qui expriment le sentiment d'une noble ambition, d'une gloire bien placée, d'une tendresse vive, même d'une haine forte, et en général de toutes celles qui peignent quelque grande agitation de l'ame. Le sentiment fait tout l'effet dans ces sortes de pensées ; il en est l'objet principal et dominant ; le tour que le poète a pris pour le rendre, n'en est que l'accessoire. Ce n'est pas de ce côté-là qu'on doit arrêter son esprit ; car souvent les sentimens sont exprimés en deux ou trois mots fort simples par eux-mêmes. On en verra des exemples dans le genre sublime.

A l'égard de l'utilité dont ces sortes d'exemples peuvent être aux jeunes gens, on peut dire, en un sens, des sentimens ce qu'on a dit de l'étude ; savoir, qu'ils nourrissent et fortifient l'esprit par les sublimes vérités qu'ils lui présentent. Les grands sentimens nous élèvent au-dessus de nous-mêmes ; ils multiplient nos idées, et les rendent plus variées et plus vives ; ils nous déploient, pour ainsi dire ' toute l'ame des grands hommes de l'antiquité: nous y voyons comment ils pensaient, et sur quel ton, s'il est permis de s'exprimer ainsi, leurs entretiens étaient montés. On est ravi d'entendre des discours pleins de cette grandeur et de cette noblesse romaine, qui, selon la remarque d'un homme célèbre (*Rollin*), ne se trouve presque plus que dans les livres. Or, comme il arrive qu'on prend le sentiment de ceux avec qui ont vit ordinairement, il est vrai de dire que les jeunes gens ne peuvent que profiter de ces sortes d'exemples qu'on leur met sous les yeux : ils s'accoutument par-là à sentir le beau, et à goûter des maximes de

sagesse. Ils peuvent prendre de ces grands
hommes cette noblesse, cette grandeur d'ame,
cet amour de la justice et du bien public, qui
éclatent dans tous leurs discours; en un mot,
c'est une vérité incontestable, que les grands
sentimens élèvent l'ame et nourrissent le courage. En écoutant le langage des princes et des
grands hommes, en lisant tous les traits sentencieux qui partaient de leur bouche, on
prend insensiblement du goût pour la vertu,
et il se fait sur l'esprit une impression sensible
qui tourne au profit des mœurs. La pente aux
vices se corrige par l'exemple de vertus.

§. 2. SENTIMENS DIGNES DES ROIS.

Le poëte fait parler l'empereur Titus dans le
morceau suivant :

Je ne prends point pour juge une cour idolâtre,
Paulin, je me propose un plus ample théâtre ;
Et, sans prêter l'oreille à la voix des flatteurs,
Je veux par votre bouche entendre tous les cœurs.
Vous me l'avez promis.... Le respect et la crainte
Ferment autour de moi le passage à la plainte.
Pour mieux voir, cher Paulin, et pour entendre mieux,
Je vous ai demandé des oreilles, des yeux :
J'ai mis même à ce prix mon amitié secrète ;
J'ai voulu que des cœurs vous fussiez l'interprète ;
Qu'au travers des flatteurs votre sincérité
Fît toujours jusqu'à moi passer la vérité.

Et ailleurs le même empereur dit :

Sont-ce là ces projets de grandeur et de gloire
Qui devaient dans les cœurs consacrer ma mémoire ?
Depuis huit jours je règne, et jusques à ce jour
Qu'ai-je fait pour l'honneur? j'ai tout fait pour l'amour.
D'un temps si précieux quel compte puis-je rendre ?

Où sont ces heureux jours que je faisais attendre ?
Quels pleurs ai-je séchés ? Dans quels yeux satisfaits
Ai-je déjà goûté le fruit de mes bienfaits ?
L'univers a-t-il vu changer ses destinées ?
Sais-je combien le ciel m'a compté de journées ?
Et de ce peu de jours si long-temps attendus ,
Ah ! malheureux , combien j'en ai déjà perdus !

Bérénice , de RACINE.

Langage d'un Roi.

Ce sont les justes dieux qui , tout rois que nous sommes ,
Punissent nos forfaits ainsi que ceux des hommes ,
Et qui ne nous font part de leur sacré pouvoir ,
Que pour le mesurer aux règles du devoir....
Heureux est donc le prince , heureux sont ses projets ,
Quand il se fait justice ainsi qu'à ses sujets !

Andromède , de CORNEILLE.

Que les Rois doivent préférer les intérêts de leurs Sujets à tout autre devoir.

Mais la reconnaissance et l'hospitalité
Sur les ames des rois n'ont qu'un droit limité.
Quoi que doive un monarque , et dût-il sa couronne ,
Il doit à ses sujets encor plus qu'à personne ,
Et cesse de devoir , quand la dette est d'un rang
A ne point s'acquitter qu'aux dépens de leur sang.

Mort de Pompée , de CORNEILLE.

Il importe aux monarques
Qui veulent aux vertus rendre de dignes marques ,
De les savoir connaître , et non pas ignorer
Ceux d'entre leurs sujets qu'ils doivent honorer.

Don Sanche , de CORNEILLE.

Condition des Rois.

Triste destin des rois ! Esclaves que nous sommes
Et des rigueurs du sort et des discours des hommes ,

Nous nous voyons sans cesse assiégés de témoins,
Et les plus malheureux osent pleurer le moins.

Iphigénie, de Racine.

L'empereur Phocas dépeint de cette manière le fardeau de la royauté à un de ses confidens :

Crispe, il n'est que trop vrai, la plus belle couronne
N'a que de faux brillans dont l'éclat l'environne :
Et celui dont le ciel pour un sceptre fait choix,
Jusqu'à ce qu'il le porte, en ignore le poids.
Mille et mille douceurs y semblent attachées,
Qui ne sont qu'un amas d'amertumes cachées :
Qui croit les posséder, les sent s'évanouir,
Et la peur de les perdre empêche d'en jouir.

Héraclius, de Corneille.

§. 3. RÉFLEXIONS SUR LE POIDS DU MINISTÈRE D'UN ÉTAT.

Le poète fait parler dans les vers suivans un ministre d'état, qui fait le portrait des soins pénibles de son emploi.

Hélas ! que dites-vous ? apparence trop vaine !
Le bonheur est-il fait pour le rang qui m'enchaîne ?
Vous ne pénétrez point les sombres profondeurs
Des maux qui sont cachés sous l'éclat des grandeurs.
Quel accablant fardeau ! Tout prévoir, tout conduire ;
Entourés d'envieux unis pour nous séduire,
Responsables du sort et des événemens,
Des misères du peuple et des brigues des grands ;
Réunir seul enfin, par un triste avantage,
Tous les soins, tous les maux que l'empire partage :
Voilà le joug brillant auquel je suis lié :
Sort toujours déplorable, et toujours envié.
Ma fortune est un poids que chaque jour aggrave.
Maître et juge de tout, de tout on est esclave ;
Et régir des mortels le destin inconstant,

N'est que le triste droit d'apprendre à chaque instant
Leurs méprisables vœux, leurs peines dévorantes,
Leurs vices trop réels, leurs vertus apparentes,
Et de voir de plus près l'affreuse vérité
Du néant des grandeurs et de l'humanité.

GRESSET, Edouard III, trag.

L'empereur Galba parle ainsi à ses ministres,
à qui il avait demandé leur avis, et qui étaient
de différens sentimens :

Qu'un prince est **malheureux**, quand de ceux qu'il
  écoute
Le zèle cherche à prendre une diverse route,
Et que l'attachement qu'ils ont au propre sens,
Pousse jusqu'à l'aigreur des conseils différens !
Ne me trompé-je point ? et puis-je nommer zèle
Cette haine à tous deux obstinément fidèle,
Qui peut-être, en dépit des maux qu'elle prévoit,
Seule en mes intérêts se consulte et se croit ?

Othon, de CORNEILLE.

*Réponse d'un Roi à un de ses Courtisans qui lui
  demandait la permission de se battre en duel.*

Un roi dont la prudence a de meilleurs objets,
Est meilleur ménager du sang de ses sujets :
Je veille pour les miens, mes soucis les conservent,
Comme le chef a soin des membres qui le servent.
Ainsi, votre raison n'est pas raison pour moi ;
Vous parlez en soldat, je dois agir en roi.

Le Cid, de CORNEILLE.

Grimoald, comte de Bénévent, qui avait
conquis le royaume de Lombardie sur Pertharite, parle ainsi à un de ses confidens qui lui
proposait d'user de son autorité et de son pouvoir dans une circonstance où cette voie aurait
été odieuse.

Laissons aux mauvais rois leurs damnables maximes :
Je hais l'art de régner qui se permet des crimes.
De quel front donnerais-je un exemple aujourd'hui,
Que mes lois dès demain puniraient en autrui ?
Le pouvoir absolu n'a rien de redoutable,
Dont à sa conscience un roi ne soit comptable :
L'amour l'excuse mal, s'il règne injustement,
Et l'amant couronné doit n'agir qu'en amant.

Pertharite, *de* CORNEILLE.

Que le sacré caractère des Rois est ineffaçable.

Un véritable roi qu'opprime un sort contraire,
Tout opprimé qu'il est, garde son caractère :
Ce nom lui reste entier sous les plus dures lois ;
Il est, dans les fers même, égal aux plus grands rois.

Attila, *de* CORNEILLE.

Même maxime à l'occasion d'un Roi détrôné par
un usurpateur.

Un roi, quoique vaincu, garde son caractère :
Aux fidèles sujets sa vue est toujours chère :
Au moment qu'il paraît, les vainqueurs les plus grands,
Pour vertueux qu'ils soient, ne sont que des tyrans ;
Et dans le fond des cœurs sa présence fait naître
Un mouvement secret qui les rend à leur maître.
Le tenir dans les fers avec le nom de roi,
C'est soulever pour lui les peuples contre moi.

(*C'est Grimoald qui parle de Pertharite*,
dans la pièce de ce nom.)

Réponse d'Arsace, fondateur de l'empire des Par-
thes, à son fils, qui lui conseillait de ne pas
craindre les Rois ses voisins, sur ce qu'il ne
tiendrait pas les traités faits avec eux.

Prince, on n'est pas toujours suivi de la victoire.
Un roi ne doit jamais, s'enivrant de la gloire,

Négliger l'équité , parce qu'il est heureux ;
La fortune souvent a des retours fâcheux ;
Et tel a vu long-temps sa grandeur infinie ,
Que le sort à la fin couvre d'ignominie.
Ce n'est pas que , frappé d'une indigne terreur ,
Je craigne de ces rois l'envie et la fureur ;
Mais s'il faut avec eux recommencer la guerre ,
Justifions nos droits au reste de la terre ;
Otons un vain prétexte à leur inimitié ,
Et des Parthes lassés prenons quelque pitié.
Je sais qu'en triomphant les états s'affaiblissent ;
Le monarque est vainqueur et les peuples gémissent :
Dans le rapide cours de ses vastes projets ,
La gloire dont il brille accable ses sujets.
Il faut donc détourner une guerre odieuse ,
Peut-être également funeste et glorieuse.

                Tiridate , *de* CAMPISTRON.

Prusias, roi de Bithynie , prince faible , parle ainsi de son fils Nicomède :

Il n'est plus mon sujet qu'autant qu'il le veut être ;
Et qui me fait régner , en effet est mon maître.
Pour paraître à mes yeux , son mérite est trop grand :
On n'aime point à voir ceux à qui l'on doit tant.

                Nicomède , *de* CORNEILLE.

Autres Sentimens dignes des Rois.

Qu'un monarque est heureux, quand parmi ses sujets,
Ses yeux n'ont point à voir de plus nobles objets ;
Qu'au-dessus de sa gloire il ne connaît personne ,
Et qu'il est le plus digne enfin de sa couronne !

                Suréna , *de* CORNEILLE.

Même sujet.

Tous les rois sont jaloux du souverain pouvoir ;
Ils aiment qu'on leur doive , et ne peuvent devoir.
On n'a jamais de droit sur leur reconnaissance ,

Et rien à leurs sujets n'acquiert l'indépendance :
Ils ont pour qui les sert, des grâces, des faveurs,
Et règlent à leur choix l'emploi des plus grands cœurs.

Agésilas, de CORNEILLE.

Même sujet.

Un confident parle ainsi à un roi :

Soutenez votre sceptre avec l'autorité
Qu'imprime au front des rois leur propre majesté.
Un roi doit pouvoir tout, et ne sait pas bien l'être
Quand au fond de son cœur il souffre un autre maître.

Pertharite, de CORNEILLE.

Même sujet.

On parle à un roi :

Ne hasardez, Seigneur, que dans l'extrémité
Le redoutable effet de votre autorité.
Alors qu'il réusssit, tout fait jour, tout lui cède :
Mais aussi quand il manque, il n'est plus de remède;
Il faut, pour déployer le souverain pouvoir,
Sûreté tout entière, ou profond désespoir.

Othon, de CORNEILLE.

Un prince, quoique ayant une ambition, excessive, ne doit jamais la satisfaire par une lâcheté ou par un crime. Le poète met les paroles suivantes dans la bouche de la célèbre Cléopâtre, reine d'Egypte.

J'ai de l'ambition, et, soit vice ou vertu,
Mon cœur sous son fardeau veut bien être abattu;
J'en aime la chaleur, et la nomme sans cesse
La seule passion digne d'une princesse.
Mais je veux que la gloire anime ses ardeurs,
Qu'elle mène sans honte au faîte des grandeurs;
Et je la désavoue alors que sa manie
Nous présente le trône avec ignominie.

Mort de Pompée, de CORNEILLE.

Les sentimens de gloire que donne aux princes le haut rang où ils sont élevés, sont un
grand frein pour réprimer leurs passions. C'est
cette même Cléopâtre qui répond à ces paroles : *L'amour, certes, sur vous a bien peu de
puissance.*

Les princes ont cela de leur haute naissance :
Leur ame dans leur sang prend des impressions
Qui dessous leur vertu rangent leurs passions.
Leur générosité soumet tout à leur gloire ;
Tout est illustre en eux quand ils daignent se croire ;
Et si le peuple y voit quelques dérèglemens ,
C'est quand l'avis d'autrui corromp[leurs sentimens ,

Camille, dame romaine, du temps de Tullus,
un des premiers rois de l'ancienne Rome , qui
permit le combat des trois Horaces et des trois
Curiaces, s'exprime ainsi.

Les dieux à notre prince ont inspiré ce choix,
Et la voix du public n'est pas toujours leur voix ;
Il descendent bien moins dans de si bas étages
Que dans l'ame des rois , leurs vivantes images ,
De qui l'indépendante et sainte autorité
Est un rayon secret de leur divinité.

Les Horaces , de CORNEILLE.

Sentimens de grandeur d'ame.

Je suis reine sans sceptre , et n'en ai que le titre :
Le pouvoir m'en en dû, le temps en est l'arbitre.
Si vous m'avez servie en généreux amant,
Quand j'ai reçu du ciel le plus dur traitement,
J'ai tâché d'y répondre avec toute l'estime
Que pouvait en attendre un cœur si magnanime.
Pouvais-je en cet exil davantage sur moi ?
Je ne veux point d'époux que je n'en fasse un roi :

Et je n'ai point une ame assez basse et commune,
Pour en faire l'appui de ma triste fortune.

Dom Sanche d'Aragon, de Corneille.

Dans la tragédie de Zaïre, on vient annoncer
à Orosmane, soudan de Jérusalem, le retour
d'un esclave chrétien, qui avait passé en France
sur sa foi, et qui demandait audience. Orosmane dit qu'il peut entrer, et demande pourquoi il ne se présente pas. L'officier qui l'avait
annoncé, dit ces paroles :

Dans la première enceinte il arrête ses pas ;
Seigneur, je n'ai pas cru qu'aux regards de son maître,
Dans ces augustes lieux un chrétien pût paraître.

Réponse d'Orosmane.

Qu'il paraisse : en tous lieux, sans manque de respect,
Chacun peut désormais jouir de mon aspect.
Je vois avec mépris ces maximes terribles
Qui font de tant de rois des tyrans invisibles.

Zaïre, de Voltaire.

Suite du même sujet.

Orosmane parle ainsi à Nérestan, chevalier
français, qui lui apportait la rançon de plusieurs de ses compatriotes, esclaves à Jérusalem.

Chrétien, je suis content de ton noble courage ;
Mais ton orgueil ici se serait-il flatté
D'effacer Orosmane en générosité ?
Reprends ta liberté, remporte les richesses ;
A l'or de ces rançons joins mes justes largesses :
Au lieu de dix chrétiens que je dus t'accorder,
Je t'en veux donner cent, tu peux les demander.
Qu'ils aillent sur tes pas apprendre à ta patrie
Qu'il est quelques vertus au fond de la Syrie ;

Qu'ils jugent, en partant, qui méritait le mieux,
Des Français ou de moi, l'empire de ces lieux. *Ibid.*

Erixe, reine de Gétulie, parle ainsi au sujet
de Massinissa, roi de Numidie. On peut remarquer dans cet endroit l'élévation des sentimens
et la pompe des vers.

Je sais bien que des rois la fière destinée
Souffre peu que l'amour règle leur hyménée,
Et que leur union, souvent pour leur malheur,
N'est que du sceptre au sceptre, et non du cœur au
       cœur :
Mais je suis au-dessus de cette erreur commune :
J'aime en lui sa personne autant que sa fortune ;
Et je n'en exigeai qu'il reprît ses états,
Que de peur que mon peuple en fît trop peu de cas.
Des actions des rois ce téméraire arbitre
Dédaigne insolemment ceux qui n'ont que le titre.
Jamais d'un roi sans trône il n'eût souffert la loi,
Et ce mépris peut-être eût passé jusqu'à moi.
Il fallait qu'il lui vît sa couronne à la tête,
Et que ma main devînt sa dernière conquête,
Si nous voulions régner avec l'autorité
Que le juste respect doit à la dignité.

                Sophonisbe, de CORNEILLE.

L'empereur Titus aimait la reine Bérénice :
il aurait voulu l'épouser ; mais il ne pouvait le
faire sans déplaire aux Romains, qui n'approu-
vaient pas ce choix. C'est à cette occasion qu'il
tient ce langage :

    Moi, qui n'ai que les dieux au-dessus de ma tête,
    Qui ne vois plus de rang digne de ma conquête,
    Du trône où je m'assieds puis-je aspirer à rien,
    Qu'à posséder un cœur qui n'aspire qu'au mien ?

Flavian, son confident, lui répond par ces
vers :

Quand aux feux les plus beaux un monarque défère,
Il s'en fait un plaisir et non pas une affaire,
Et regarde l'amour comme un lâche attentat,
Dès qu'il veut prévaloir sur la raison d'état.
Son grand cœur, au-dessus des plus dignes amorces,
A ce devoir pressant laisse toutes leurs forces,
Et son plus doux espoir n'ose lui demander
Ce que sa dignité ne lui peut accorder.

Tite et Bérénice, de CORNEILLE.

Le poète fait parler ainsi une reine (1) aimée de deux princes, et qui pouvaient lui être d'un grand secours.

Celles de ma naissance ont horreur des bassesses :
Leur rang tout généreux hait ces molles adresses.
Quel que soit le secours qu'ils (2) me puissent offrir,
Je croirai faire assez de le daigner souffrir.
Je verrai leur amour, j'éprouverai sa force,
Sans flatter leurs désirs, sans leur jeter d'amorce :
Et s'il est assez fort pour me servir d'appui,
Je le ferai régner, mais en régnant sur lui....
Plus la haute naissance approche des couronnes,
Plus cette grandeur même asservit nos personnes.
Nous n'avons point un cœur pour aimer ni haïr :
Toutes nos passions ne savent qu'obéir.

Rodogune, de CORNEILLE.

Pulchérie, sœur d'Héraclius, lui faisait une sorte de reproche de ce qu'il ne haïssait pas le tyran Phocas autant qu'il l'aurait dû : car il est bon de savoir que Phocas croyait qu'Héraclius était son fils, lors même que celui-ci protestait qu'il était Héraclius, et non Mar-

---

(1) Rodogune, princesse des Parthes.
(2) Antiochus et Séleucus, fils de Cléopâtre, reine de Syrie.

tian, fils de Phocas. Héraclius répond ainsi à
Pulchérie :

La générosité suit la belle naissance :
Dans cette grandeur d'ame un vrai prince affermi,
Est sensible au malheur même d'un ennemi.
La haine qu'il lui doit ne le saurait défendre,
Quand il se voit aimé, de s'en laisser surprendre,
Et trouve assez souvent son devoir arrêté
Par l'effort naturel de sa propre bonté.

Héraclius, de Corneille.

Les vers suivans peuvent nous faire conjecturer qu'un prince tel, par exemple, que le fils
d'un roi, qui ignorerait la noblesse de son
origine et serait élevé dans une condition obscure, éprouverait des sentimens dignes de sa
naissance, et infiniment au-dessus de celle
dont il croirait par erreur descendre.

C'est un prince tel qu'on vient de le dire,
qui ne connaissait pas sa véritable origine, et
qui était persuadé d'en avoir une très-basse,
qui répond ainsi à des personnes qui lui demandent s'il se connaît bien. On doit remarquer combien ce morceau est travaillé, tant
les vers sont harmonieux.

Si j'étais quelque enfant épargné des tempêtes,
Livré dans un désert à la merci des bêtes,
Exposé par la crainte ou par l'inimitié,
Rencontré par hasard et nourri par pitié,
Mon orgueil à ce bruit prendrait quelque espérance
Sur votre incertitude et sur mon ignorance ;
Je me figurerais ces destins merveilleux
Qui tiraient du néant ces héros fabuleux,
Et me revêtirais des brillantes chimères
Qu'osa former pour eux le loisir de nos pères,
Car enfin je suis vain, et mon ambition

Ne peut pas s'exhaler sans indignation ;
Je ne puis regarder sceptre ni diadème ,
Qu'ils n'emportent mon ame au-delà d'elle-même :
Inutiles élans d'un vol impétueux ,
Que pousse vers le ciel un cœur présomptueux....
Je suis fils d'un pêcheur , et non pas d'un infame :
La bassesse du sang ne va pas jusqu'à l'ame ,
Et je renonce aux noms de comte et de marquis
Avec bien plus d'honneur qu'aux sentimens de fils.

Don Sanche , de CORNEILLE

Réponse d'un homme de grande naissance , à une
reine qui voulait exiger de lui une chose qu'il
regardait comme une tache pour son nom.

Lorsque le déshonneur souille l'obéissance ,
Les rois peuvent douter de leur toute-puissance.
Qui la hasarde alors n'en sait pas bien user ;
Et qui veut pouvoir tout , ne doit pas tout oser....
Jamais un souverain ne doit compte à personne
Des dignités qu'il fait et des grandeurs qu'il donne.
S'il est d'un sort indigne ou l'auteur ou l'appui ,
Comme il le fait lui seul , la honte est toute à lui.
Mais disposer d'un sang que j'ai reçu sans tache...
Avant de le souiller il faut qu'on me l'arrache ,
J'en dois compte aux aïeux dont il est hérité ,
A toute leur famille , à leur postérité.

Don Sanche , de CORNEILLE.

Campistron , dans la tragédie d'Alcibiade.
fait parler ainsi ce célèbre général athénien à
Palmis, fille d'Artaxerce, roi de Perse :

Souvenez-vous , madame ,
Que si dans mes aïeux je ne vois point de rois ,
J'ai fait connaître au moins mon nom par mes exploits
Que si pour vous aimer il faut une couronne ,
Ce n'est pas la vertu , c'est le sort qui la donne ;

4

Qu'enfin , s'il n'a pas mis un sceptre dans ma main ,
Je ne dois point rougir des fautes du destin.

La même pensée est dans le portrait suivant.

Portrait du grand prince de Condé.

J'ai le cœur comme la naissance ;
Je porte dans les yeux un feu vif et brillant ;
J'ai de la foi , de la constance ;
Je suis prompt , je suis fier , généreux et vaillant.
Rien n'est comparable à ma gloire ;
Le plus fameux héros qu'on vante dans l'histoire
Ne me le saurait disputer :
Si je n'ai pas une couronne ,
C'est la fortune qui la donne ,
Il suffit de la mériter.

§. 4. SENTIMENS DE VALEUR.

Un poète met les vers suivans dans la bouche
du vaillant Achille , à qui Agamemnon venait
de déclarer qu'il fallait renoncer au siége de
Troie , parce que les oracles avaient déclaré
qu'il y périrait.

Moi , je m'arrêterais à de vaines menaces !
Et je fuirais l'honneur qui m'attend sur vos traces !
Les Parques à ma mère , il est vrai , l'ont prédit ,
Lorsqu'un époux mortel fut reçu dans son lit.
Je puis choisir , dit-on , ou beaucoup d'ans sans gloire ,
Ou peu de jours suivis d'une longue mémoire.
Mais , puisqu'il faut enfin que j'arrive au tombeau ,
Voudrais-je , de la terre inutile fardeau ,
Trop avare d'un sang reçu d'une déesse ,
Attendre chez mon père une obscure vieillesse ;
Et , toujours de la gloire évitant le sentier ,
Ne laisser aucun nom et mourir tout entier ?
Ah ! ne nous formons point ces indignes obstacles :
L'honneur parle , il suffit ; ce sont là nos oracles.

Les dieux sont de nos jours les maîtres souverains ;
Mais, seigneur, notre gloire est dans nos propres mains.
Pourquoi nous tourmenter de leurs ordres suprêmes ?
Ne songeons qu'à nous rendre immortels comme eux-
      mêmes ,
Et , laissant faire au sort , courons où la valeur
Nous promet un destin aussi grand que le leur.
C'est à Troie , et j'y cours , etc. *Iphigénie* , *de* Racine.

Une vertu parfaite a besoin de prudence ,
Et doit considérer , pour son propre intérêt ,
Et les temps où l'on vit , et les lieux où l'on est :
La grandeur du courage en une ame royale ,
N'est , sans cette vertu , qu'une vertu brutale.

               Nicomède , *de* Corneille.

Image de la noble fierté et de la grandeur d'ame
   que conserve un souverain , même après avoir
   été vaincu par ses ennemis.

   C'est Mithridate qui parle :

Je suis vaincu : Pompée a saisi l'avantage
D'une nuit qui laissait peu de place au courage.
Mes soldats , presque nus , dans l'ombre intimidés ;
Les rangs de toutes parts mal pris et mal gardés ;
Le désordre partout redoublant les alarmes ;
Nous-mêmes contre nous tournant nos propres armes ;
Les cris que les rochers renvoyaient plus affreux ,
Enfin toute l'horreur d'un combat ténébreux..
Que pouvait la valeur dans ce trouble funeste ?
Les uns sont morts , la fuite a sauvé tout le reste ;
Et je ne dois la vie , en ce commun effroi ,
Qu'au bruit de mon trépas que je laisse après moi.
Ah ! pour tenter encor de nouvelles conquêtes ,
Quand je ne verrais pas des routes toutes prêtes ,
Quand le sort ennemi m'aurait jeté plus bas ,
Vaincu, persécuté, sans secours, sans états ,

                    4.

Errant de mers en mers , et moins roi que pirate ,
Conservant pour tous biens le nom de Mithridate ,
Apprenez (1) que , suivi d'un nom si glorieux ,
Partout de l'univers j'attacherais les yeux :
Et qu'il n'est point de rois , s'ils sont dignes de l'être ,
Qui , sur le trône assis , n'enviassent peut-être ,
Au-dessus de leur gloire un naufrage élevé ,
Que Rome et quarante ans ont à peine achevé.

Mithridate , *de* RACINE.

§. 5. AMOUR DE LA PATRIE.

Idée de la vertu romaine.

Avant que le combat célèbre des trois Horaces et des trois Curiaces se donnât, un des Curiaces , se voyant obligé de se battre contre un
des Horaces qui était son beau-frère , lui
adresse ces paroles :

Ce triste et fier honneur m'émeut sans m'ébranler ;
J'aime ce qu'il me donne , et je plains ce qu'il m'ôte ;
Et si Rome demande une vertu plus haute ,
Je rends grâces aux dieux de n'être pas Romain ,
Pour conserver encor quelque chose d'humain.

Mais Horace lui répond :

Si vous n'êtes Romain , soyez digne de l'être ;
Et si vous m'égalez , faites-lesmieux paraître.
La solide vertu dont je fais vanité ,
N'admet point de faiblesse avec sa fermeté....
Contre qui que ce soit que mon pays m'emploie ,
J'accepte aveuglément cette gloire avec joie.
Celle de recevoir de tels commandemens
Doit étouffer en nous tous autres sentimens.
Qui , près de le servir , considère autre chose ,
A faire ce qu'il doit lâchement se dispose :

(1) Il parle à Monime qu'il voulait épouser.

Ce droit saint et sacré rompt tout autre lien.
Rome a choisi mon bras , je n'examine rien.
Avec une allégresse aussi pleine et sincère
Que j'épousai la sœur , je combattrai le frère ;
Et pour trancher enfin des discours superflus ,
Albe vous a nommé , je ne vous connais plus.

Les Horaces , de CORNEILLE.

Camille , nièce de l'empereur Galba , voulait inspirer à ce prince de nommer Othon pour son successeur, et de le préférer à Pison, qu'elle n'aimait point, au lieu qu'elle aimait Othon. Il est bon de remarquer avec quelle dignité le grand Corneille fait parler cette princesse sur une pareille matière, et quelle tournure adroite il prête aux raisons qu'elle allègue pour venir à son but.

Il est d'autres héros (1) dans un si vaste empire.
Il en est qu'après vous on se plairait d'élire ,
Et qui sauraient mêler , sans vous faire rougir ,
L'art de gagner les cœurs au grand art de régir.
D'une vertu sauvage on craint un dur empire ;
Souvent on s'en dégoûte au moment qu'on l'admire ;
Et puisque ce grand choix me doit faire un époux ,
Il serait bon qu'il eût quelque chose de doux ;
Qu'on vît en sa personne également paraître
Les grâces d'un amant et la fierté d'un maître ,
Et qu'il fût aussi propre à donner de l'amour
Qu'à faire ici sous lui trembler toute sa cour....
Je ne veux point d'un trône où je suis leur captive (2),
Où leur pouvoir m'élève ; et quoi qu'il en arrive ,
J'aime mieux un époux qui sache être empereur,
Qu'un époux qui le soit et souffre un gouverneur.

Othon , de CORNEILLE.

(1) Que Pison.
(2) Des ministres de la Cour.

Vorcestre, ministre d'Edouard III, roi d'Angleterre, avait été mis en prison par un effet de la jalousie de ses ennemis. Sa fille parle ainsi en sa faveur à un de ceux qui osaient le calomnier :

Arrêtez ; à ses mœurs votre respect est dû :
La vertu dans les fers est toujours la vertu.
Sa probité toujours éclaira sa puissance.
Que pour des cœurs voués au crime, à la vengeance,
Le premier rang ne soit que le droit détesté
D'être injuste et cruel avec impunité :
Pour les cœurs généreux que l'honneur seul inspire,
Ce rang n'est que le droit d'illustrer un empire,
De donner à son roi des conseils vertueux,
Et le suprême bien de faire des heureux.
Toi qui, peu fait sans doute à ces nobles maximes,
Oses ternir l'honneur par le soupçon des crimes,
Tu prends pour en juger des modèles trop bas :
Respecte le malheur, si tu ne le plains pas.
Apprends que dans les fers la probité suprême
Commande à ses tyrans, et les juge elle-même.

Tragédie d'Edouard III, de GRESSET.

§. 6. QU'IL N'EST PAS PERMIS DE SE DONNER LA MORT.

Le poète fait parler un homme illustre par ses emplois, et que la calomnie était venue à bout de rendre criminel en apparence. Il était menacé de perdre la vie sur un échafaud. Un de ses amis lui conseillait de prévenir cette honte par une mort volontaire ; mais il lui répond en ces termes :

Quelque honneur qu'à ce sort la multitude attache,
Attenter sur ses jours est le destin d'un lâche.
Savoir souffrir la vie et voir venir la mort,

C'est le devoir du sage, et ce sera mon sort.
Le désespoir n'est point d'une ame magnanime :
Souvent il est faiblesse, et toujours il est crime.
La vie est un dépôt confié par le ciel :
Oser en disposer, c'est être criminel.
Du monde où m'a placé la sagesse immortelle,
J'attends que dans son sein son ordre me rappelle :
N'outrons point les vertus par la férocité :
Restons dans la nature et dans l'humanité.

Edouard III, *trag. de* Gresset.

§. 7.   SUR LA VERTU.

Qu'il ne faut pas s'exposer à la perdre.

C'est Pauline, femme de Polyeucte, qui déclare qu'elle ne verra plus Sévère, dont elle était aimée.

La vertu la plus ferme évite les hasards.
J'assure mon repos que troublent ses regards ;
Et pour vous en parler d'une manière ouverte,
Qui s'expose au péril veut bien trouver sa perte.
Depuis qu'un vrai mérite a pu nous enflammer,
Sa présence toujours a droit de nous charmer ;
Outre qu'on doit rougir de s'en laisser surprendre,
On souffre à résister, on souffre à s'en défendre :
Et bien que la vertu triomphe de ses feux,
La victoire est pénible, et le combat douteux.

Porus, roi d'une partie des Indes, voyant Alexandre dans ses états, après avoir subjugué tous les autres, s'emporte avec une noble fierté contre l'ambition de ce fameux conquérant, et fait éclater des sentimens dignes d'un grand roi.

Que vient chercher ici le roi qui vous envoie ?
Quel est ce grand secours que son bras nous octroie ?

De quel front ose-t-il prendre sous son appui
Des peuples qui n'ont point d'autre ennemi que lui ?
Avant que sa fureur ravageât tout le monde ,
L'Inde se reposait dans une paix profonde.....
Vit-on jamais chez lui nos peuples en courroux
Désoler un pays inconnu parmi nous ?
Faut-il que tant d'états , de déserts , de rivières,
Soient entre nous et lui d'impuissantes barrières ?
Et ne saurait-on vivre au bout de l'univers ,
Sans connaître son nom et le poids de ses fers ?
Quelle étrange valeur , qui , ne cherchant qu'à nuire ,
Embrase tout sitôt qu'elle commence à luire ;
Qui n'a que son orgueil pour règle et pour raison ;
Qui veut que l'univers ne soit qu'une prison ;
Et , que maître absolu de tous tant que nous sommes ,
Ses esclaves en nombre égalent tous les hommes ?
Plus d'états , plus de rois : ses sacriléges mains
Dessous un même joug rangent tous les humains.
Dans son avide orgueil je sais qu'il nous dévore.
De tant de souverains nous seuls régnons encore.
Mais que dis-je , nous seuls ? il ne reste que moi
Où l'on découvre encor les vestiges d'un roi.
Mais c'est pour mon courage une illustre matière :
Je vois d'un œil content trembler la terre entière ,
Afin que par moi seul les mortels secourus ,
S'ils sont libres , le soient de la main de Porus.

Alexandre , de RACINE.

Il s'agit dans les vers suivans d'un héros qui avait rendu de grands services à une reine dans sa mauvaise fortune.

Qui vous aima sans sceptre et se fit votre appui ,
Quand vous le recouvrez est bien digne de lui...
Si le cœur a choisi , vous pouvez faire un roi.

Elle répond :

Madame , je suis reine , et dois régner sur moi.

Le rang que nous tenons , jaloux de notre gloire ,
Souvent dans un tel choix nous défend de nous croire ,
Jette sur nos désirs un joug impérieux ,
Et dédaigne l'avis et du cœur et des yeux.

Don Sanche d'Arragon , de CORNEILLE.

§. 7. SENTIMENS DE FIDÉLITÉ CONJUGALE.

Zénobie, comptant ne plus revoir Rhadamiste , son époux, qui l'avait jetée dans un
fleuve après l'avoir poignardée, avait commencé d'écouter les vœux du prince Arsame,
et a prendre du goût pour lui ; mais à peine
elle retrouve Rhadamiste, qu'elle ne songe
qu'à bannir de son cœur une passion naissante.
Elle parle de la sorte :

Etouffons sans regret une honteuse flamme ;
C'est à mon époux seul à régner sur mon ame.
Tout barbare qu'il est , c'est un présent des dieux ,
Qu'il ne m'est pas permis de trouver odieux.
Hélas ! malgré mes vœux , malgré sa barbarie ,
Je n'ai pu le revoir sans en être attendrie.
Que l'hymen est puissant sur les cœurs vertueux !

Rhadamiste , de CRÉBILLON.

§. 8. SENTIMENS DE TENDRESSE.

Lusignan, prince du sang des anciens rois
de Jérusalem, après avoir langui dans les pri-
sons du Soudan de cette ville , en est retiré par
Zaïre, esclave aimée du Soudan. A certains
signes, il reconnaît qu'elle est sa fille ; il apprend qu'elle suit la religion des Musulmans :
il déplore son malheur, et lui parle ainsi pour
l'engager à se faire chrétienne :

Ton Dieu que tu trahis, ton Dieu que tu blasphèmes ,
Pour toi, pour l'univers est mort en ces lieux mêmes ,
En ces lieux où mon bras le servit tant de fois ,

4 *

En ces lieux où son sang te parle par ma voix.
Vois ces murs : vois ce temple envahi par tes maîtres :
Tout annonce le Dieu qu'ont vengé tes ancêtres.
Tourne les yeux : sa tombe est près de ce palais.
C'est ici la montagne où lavant nos forfaits,
Il voulut expirer sous les coups de l'impie.
C'est là que de sa tombe il rappela sa vie.
Tu ne saurais marcher dans cet auguste lieu,
Tu n'y peux faire un pas, sans y trouver ton Dieu ;
Et tu n'y peux rester sans renier ton père,
Ton honneur qui te parle, et ton Dieu qui t'éclaire.
Je te vois en mes bras et pleurer et frémir,
Sur ton front pâlissant Dieu met le repentir.
Je vois la vérité dans ton cœur....

ZAÏRE.

              Ah, mon père,
Cher auteur de mes jours ; parlez, que dois-je faire ?

LUSIGNAN.

M'ôter par un seul mot ma crainte et mes ennuis ;
Dire : Je suis chrétienne.

ZAÏRE.

        Oui.... Seigneur.... je le suis.

LUSIGNAN.

Dieu ! reçois son aveu du sein de ton empire.

Zaïre, de VOLTAIRE.

§. 8. EXPRESSIONS DES SENTIMENS DE HAINE ET DE VENGEANCE.

Rodogune, princesse des Parthes, ayant appris que Cléopâtre, dont elle était haïe mortellement, voulait la faire périr, s'excite elle-même à la vengeance, et forme le dessein de la prévenir. Mais elle voulait en même temps venger la mort de Démétrius Nicanor, son époux, qui avait été auparavant celui de Cléopâtre, et que cette dernière avait fait tuer en haine de son mariage avec Rodogune.

Sentimens étouffés de colère et de haine ;
Rallumez vos flambeaux à celle de la Reine ;
Et d'un oubli contraint rompez la dure loi ,
Pour rendre enfin justice aux mânes d'un grand roi.
Rapportez à mes yeux son image sanglante ,
D'amour et de fureur encore étincelante ;
Telle que je le vis , quand , tout percé de coups,
Il me cria : *Vengeance, adieu, je meurs pour vous.*
Chère ombre ; hélas ! bien loin de t'avoir poursuivie ,
J'allai baiser la main (1) qui t'arracha la vie ;
Rendre un respect de fille (2) à qui versa ton sang.
Mais pardonne aux devoirs que m'impose mon rang,
Après avoir armé pour venger cet outrage ,
D'une paix mal conçue on m'a faite le gage ;
Et moi fermant les yeux sur ce noir attentat,
Je suivais mon destin en victime d'état.
Mais aujourd'hui qu'on voit cette main parricide ,
Des restes de ta vie (3) insolemment avide ,
Vouloir encore percer ce sein infortuné,
Pour y chercher le cœur que tu m'avais donné ,
De la paix qu'elle rompt je ne suis plus le gage ;
Je brise avec honneur mon illustre esclavage ;
J'ose reprendre un cœur pour aimer et haïr ,
Et ce n'est plus qu'à toi que je veux obéir.
Le consentiras-tu cet effort sur ma flamme ,
Toi , son vivant portrait , qui règnes sur mon ame ;
Cher prince (4), dont je n'ose en mes plus doux souhaits,
Fier encor le nom aux murs de ce palais ?
Je sais quelles seront tes douleurs et tes craintes ;
Je vois déjà tes maux , j'entends déjà tes plaintes.
Mais pardonne aux devoirs qu'exige enfin un roi
A qui tu dois le jour qu'il a perdu pour moi.

Rodogune , de CORNEILLE.

(1) En faisant sa paix avec Cléopâtre.
(2) En épousant un fils de Cléopâtre.
(3) De sa vie à elle.
(4) Seleucus, fils de Cléopâtre.

CHAPITRE IV.

DES NARRATIONS.

§. 1. **DISSERTATION SUR LES NARRATIONS
ET LES DESCRIPTIONS.**

LES peintures vives sont ordinairement étalées dans les narrations et dans les descriptions ;
elles sont employées tantôt pour orner le récit
de quelque fait important , par exemple , la
relation d'une bataille , d'une tempête, de la
mort d'un héros ou de quelque autre accident
tragique ; tantôt pour présenter l'image des
différentes passions, comme de la colère, de
la vengeance , de la trahison, etc. ; tantôt pour
embellir les grands sujets et tout ce qui doit
frapper l'imagination. Elles doivent présenter des tableaux si frappans , et dont les couleurs soient si vives et si naturelles, qu'on
ne croie plus entendre le poète , mais que , par
une agréable illusion , on se voie transporté
dans le lieu où la chose dont on parle s'est
passée , ou qu'on s'imagine voir les personnes
ou les choses dont il est question dans le sujet.
Les objets les plus pitoyables , même les plus
affreux , ont de quoi plaire s'ils sont bien exprimés ; le plaisir qu'on a de voir une belle
imitation ne vient pas précisément de l'objet ,
mais de la réflexion que fait l'esprit, qu'il n'y
a rien en effet de plus ressemblant. Les exemples suivans feront sentir l'effet que doivent
produire les peintures vives.

Cinna raconte à Emilie les progrès de la
conspiration qu'il avait formée contre Auguste.

Jamais contre un tyran entreprise conçue
Ne permit d'espérer une si belle issue.
Jamais de telle ardeur on n'en jura la mort,
Et jamais conjurés ne furent mieux d'accord.
Plût à Dieu que vous-même eussiez vu de quel zèle
Cette troupe entreprend une action si belle !..
Amis, leur ai-je dit, voici le jour heureux
Qui doit conclure enfin nos desseins généreux.
Le ciel entre nos mains a mis le sort de Rome,
Et son salut dépend de la perte d'un homme.....
Au seul nom de César, d'Auguste et d'Empereur,
Vous eussiez vu leurs yeux s'enflammer de fureur....
Là, par un long récit de toutes les misères
Que pendant notre enfance ont enduré nos pères,
Renouvelant leur haine avec leur souvenir,
Je redouble en leur cœur l'ardeur de le punir...
J'ajoute à ce tableau la peinture effroyable
De leur concorde impie, affreuse, inexorable,
Funeste aux gens de bien, aux riches, au sénat,
Et, pour tout dire enfin, de leur triumvirat.
Mais je ne trouve point de couleurs assez noires,
Pour en représenter les tragiques histoires;
Je les peins dans le meurtre à l'envi triomphans;
Rome entière noyée au sein de ses enfans ;
Les uns assassinés dans les places publiques,
Les autres dans le sein de leurs dieux domestiques ;
Le méchant par le prix au crime encouragé ;
Le mari par sa femme en son lit égorgé ;
Le fils tout dégouttant du meurtre de son père,
Et, sa tête à la main, demandant son salaire ;
Sans pouvoir exprimer par tant d'horribles traits
Qu'un crayon imparfait de leur sanglante paix.
Vous dirai-je les noms de ces grands personnages
Dont j'ai dépeint les morts pour aigrir leurs courages?..

J'ajoute en peu de mots : toutes ces cruautés ,
La perte de nos biens et de nos libertés ,
Le ravage des champs , le pillage des villes ,
Et les proscriptions et les guerres civiles ,
Sont les degrés sanglans dont Auguste a fait choix ,
Pour monter sur le trône et nous donner des lois.
Mais nous pouvons changer un destin si funeste ,
Puisque des trois tyrans c'est le seul qui nous reste ,
Et que , juste une fois , il s'est privé d'appui ,
Perdant pour régner seul deux méchans après lui.
A peine ai-je achevé , que chacun renouvelle
Par un noble serment le vœu d'être fidèle :
L'occasion leur plaît ; mais chacun veut pour soi
L'honneur du premier coup que j'ai choisi pour moi.

Cinna , de CORNEILLE.

L'oracle de Calchas avait prononcé que les Grecs faisaient de vains efforts pour prendre la ville de Troie, et qu'ils devaient sacrifier Iphigénie , fille d'Agamemnon, chef des princes Troyens , pour obtenir un vent favorable qui les conduisît à Troie. Dans le récit suivant, Ulysse raconte à Clytemnestre, mère d'Iphigénie , comment sa fille a échappé à la mort, et comment l'oracle a eu néanmoins son accomplissement.

Jamais jour n'a paru si mortel à la Grèce.
Déjà de tout le camp la Discorde maîtresse ,
Avait sur tous les yeux mis son bandeau fatal ,
Et donné du combat le funeste signal.
De ce spectacle affreux votre fille alarmée ,
Voyait pour elle Achille , et contre elle l'armée :
Mais , quoique seul pour elle , Achille , furieux ,
Epouvantait l'armée et partageait les dieux.
Déjà de traits en l'air s'élevait en nuage ;
Déjà coulait le sang , prémice du carnage.

Entre les deux partis Calchas s'est avancé,
L'œil farouche, l'air sombre et le poil hérissé,
Terrible et plein du Dieu qui l'agitait sans doute :
« Vous, Achillea-t-il dit, et vous Grecs, qu'on m'écoute.
» Le Dieu qui maintenant vous parle par ma voix,
» M'explique son oracle et m'instruit de son choix.
» Un autre sang d'Hélène, une autre Iphigénie,
» Sur ce bord immolée, y doit laisser sa vie.
» Thésée, avec Hélène uni secrètement,
» Fit succéder l'hymen à son enlèvement.
» Une fille en sortit, que sa mère a célée.
» Du nom d'Iphigénie elle fut appelée.....
» Elle me voit, m'entend, elle est devant vos yeux ;
» Et c'est elle en un mot que demandent les dieux. »
Ainsi parle Calchas. Tout le camp, immobile,
L'écoute avec frayeur et regarde Eriphile.
Elle était à l'autel, et peut-être en son cœur
Du fatal sacrifice accusait la lenteur.
Elle-même tantôt d'une course subite
Etait venue aux Grecs raconter votre fuite.
On admire en secret sa naissance et son sort.
Mais puisque Troie enfin est le prix de sa mort,
L'armée à haute voix se déclare contre elle,
Et prononce à Calchas sa sentence mortelle.
Déjà pour la saisir Calchas lève le bras.
« Arrête, a-t-elle dit, et ne m'approche pas ;
» Le sang de ces héros dont tu me fais descendre,
» Sans tes profanes mains saura bien se répandre. »
Furieuse elle vole, et sur l'autel prochain
Prend le sacré couteau, le plonge dans son sein.
A peine son sang coule et fait rougir la terre,
Les dieux font sur l'autel entendre le tonnerre ;
Les vents agitent l'air d'heureux frémissemens,
Et la mer leur répond par ses mugissemens....
Tout s'empresse, tout part : la seule Iphigénie

Dans ce commun bonheur pleure son ennemie.
Des mains d'Agamemnon venez la recevoir :
Venez : Achille et lui brûlent de vous revoir.

Iphigénie, de RACINE.

§. 2. PEINTURES VIVES.

Pauline, femme de Polyeucte, seigneur arménien, raconte à une de ses confidentes un songe qui lui donnait de grandes alarmes sur le compte de son mari. Or il est bon de savoir que Polyeucte avait embrassé depuis peu le christianisme ; mais il n'en faisait pas encore profession ouvertement, et Pauline, sa femme, qui était païenne, ne savait encore rien de ce changement : dans ce moment elle venait d'apprendre à sa confidente, qu'avant d'être mariée, elle avait aimé Sévère, chevalier romain, parce que Félix, son père, le lui avait d'abord destiné pour époux. Le bruit avait couru qu'il avait été tué depuis peu à la guerre. C'est dans ces circonstances qu'elle a le songe qu'on va voir décrit, et qui est dépeint avec cette noblesse et ces images magnifiques avec lesquelles le grand Corneille savait si bien tracer ses figures.

Je l'ai vu cette nuit, ce malheureux Sévère,
La vengeance à la main, l'œil ardent de colère.
Il n'était point couvert de ces tristes lambeaux
Qu'une ombre désolée emporte des tombeaux :
Il n'était point percé de ces coups pleins de gloire
Qui, retranchant sa vie, assurent sa mémoire.
Il semblait triomphant, et tel que sur son char,
Victorieux dans Rome, entre notre César.
Après un peu d'effroi que m'a donné sa vue :
« Porte à qui tu voudras la faveur qui m'est due,
» Ingrate, m'a-t-il dit ; et ce jour expiré,
» Pleure à loisir l'époux que tu m'as préféré. »

A ces mots j'ai frémi, mon ame s'est troublée.
Ensuite, des chrétiens une impie assemblée,
Pour avancer l'effet de ce discours fatal,
A jeté Polyeucte aux pieds de son rival.
Soudain à son secours j'ai réclamé mon père.
Hélas ! c'est de tout point ce qui me désespère :
J'ai vu mon père même un poignard à la main,
Entrer le bras levé, pour lui percer le sein.
Là ma douleur trop forte a brouillé ces images ;
Le sang de Polyeucte a satisfait leurs rages.
Je ne sais ni comment ni quand ils l'ont tué,
Mais je sais qu'à sa mort tous ont contribué.
Voilà quel est mon songe.

Le récit suivant peint vivement l'indignation
dont est saisie une personne zélée pour sa religion, et qui vient de voir profaner l'objet de
son culte et de son respect. C'est la confidente
de Pauline qui vient lui raconter de quelle manière Polyeucte et son ami Néarque ont profané les autels dans un sacrifice public, en se
déclarant ouvertement chrétiens.

Cette scène se passe entre deux femmes éle-
vées dans le Paganisme. La confidente qui fait
le récit représente admirablement le caractère
d'une femme prévenue pour sa religion, et
dévouée au culte des dieux, que dans son erreur elle croit et qu'elle respecte de tout son
cœur.

PAULINE.

Hé bien, ma Stratonice,
Comment s'est terminé ce pompeux sacrifice ?
Ces rivaux généreux au temple se sont vus ?

STRATONICE.

Ah, Pauline !

PAULINE.

Mes yeux ont-ils été déçus ?

J'en vois sur ton visage une mauvaise marque.
Se sont-ils querellés ?

STRATONICE.

Polyeucte , Néarque ,

Les chrétiens...

PAULINE.

Parle donc : les chrétiens...

STRATONICE.

Je ne puis.

PAULINE.

Tu prépares mon ame à d'étranges ennuis.

STRATONICE.

Vous n'en sauriez avoir une plus juste cause.

PAULINE.

L'ont-ils assassiné ?

STRATONICE.

Ce serait peu de chose.

Tout votre songe est vrai , Polyeucte n'est plus....

PAULINE.

Il est mort ?

STRATONICE.

Non , il vit ; mais , ô pleurs superflus !

Ce courage si grand , cette ame si divine ,
N'est plus digne du jour , ni digne de Pauline.
Ce n'est plus cet époux si charmant à vos yeux ,
C'est l'ennemi commun de l'état et des dieux...

PAULINE.

Pourrai-je donc savoir ce qu'ils ont fait au temple ?

STRATONICE.

C'est une impiété qui n'eut jamais d'exemple ;
Je ne puis y penser sans frémir à l'instant ;
Et crains de faire un crime en vous la racontant.
Apprenez en deux mots leur horrible insolence :
Le prêtre avait à peine obtenu du silence ,
Et devers l'orient assuré son aspect ,
Qu'ils ont fait éclater leur manque de respect.

A chaque occasion de la cérémonie,
A l'envi l'un et l'autre étalait sa manie,
Des mystères sacrés hautement se moquait,
Et traitait de mépris les dieux qu'on invoquait.
Tout le monde en murmure, et Félix s'en offense.
Mais tous deux s'emportant à plus d'irrévérence :
« Quoi ! lui dit Polyeucte, en élevant la voix :
» Adorez-vous des dieux ou de pierre ou de bois ? »
Ici dispensez-moi du récit des blasphèmes
Qu'ils ont vomis tous deux contre Jupiter même :
L'adultère et l'inceste en étaient les plus doux.
» Ecoutez, a-t-il dit, vous, peuple, écoutez tous.
» Le Dieu de Polyeucte et celui de Néarque
» De la terre et du ciel est l'absolu monarque ;
» Seul être indépendant, seul maître du destin,
» Seul principe éternel et souveraine fin.
» C'est ce Dieu des chrétiens qu'il faut qu'on remercie
» Des victoires qu'il donne à l'empereur Décie :
» Lui seul tient en sa main le succès des combats ;
» Il le peut élever, il le peut mettre à bas.
» Sa bonté, son pouvoir, sa justice est immense :
» C'est lui seul qui punit, lui seul qui récompense.
» Vous adorez en vain des monstres impuissans. »
Se jetant à ces mots sur le vin et l'encens,
Après en avoir mis les saints vases par terre,
Sans crainte de Félix, sans crainte du tonnerre,
D'une fureur pareille ils courent à l'autel.
Cieux ! a-t-on vu jamais, a-t-on rien vu de tel ?
Du plus puissant des dieux nous voyons la statue
Par une main impie à leurs pieds abattue,
Les mystères troublés, le temple profané :
La fuite et les clameurs d'un peuple mutiné,
Qui craint d'être accablé sous le courroux céleste ;
Félix... Mais le voici qui vous dira le reste.

Polyeucte, de CORNEILLE.

§. p3. RÉCIT DE LA MORT D'HIPPOLYTE.

Thésée, roi d'Athènes et père d'Hippolyte,
avait épousé en secondes noces Phèdre, fille
de Minos et de Pasiphaé. Comme il craignait
que son fils ne regardât pas de bon œil sa
belle-mère et les enfans qu'il en aurait, il
l'envoya chez son aïeul Pitthée, à Trézène.
Phèdre y vit Hippolyte dans un voyage où elle
accompagna Thésée. Là elle conçut une vio-
lente passion pour ce jeune prince, et elle osa
la lui déclarer : mais comme elle vit qu'elle
ne lui inspirait que de l'horreur, sa fureur,
jalouse la porta à l'accuser auprès de Thésée d'avoir voulu attenter à son honneur. Ce
malheureux roi la crut, et dans un mouvement de colère, il pria Neptune de venger
ce crime prétendu. Le dieu l'exauça. C'est
Théramène, qui avait été gouverneur d'Hippolyte, qui raconte à Thésée le cruel accident
de la mort de son fils ; et c'est le sujet de la
narration suivante, qui est si célèbre. Tout le
monde convient qu'elle est magnifique ; on a
trouvé même que si elle pèche par quelque
endroit, c'est qu'elle est trop fleurie, étant
dans la bouche d'un homme saisi de douleur,
et qui raconte à un père la mort de son fils.
Mais ce n'est pas dans ce point de vue qu'il faut
l'examiner ici.

A peine nous sortions des portes de Trézène,
Il était sur son char. Ses gardes affligés
Imitaient son silence autour de lui rangés.
Il suivait tout pensif le chemin de Mycènes.
Sa main sur ses chevaux laissait flotter les rênes....
Un effroyable cri, sorti du sein des flots,
Des airs en ce moment a troublé le repos.....

Cependant sur le dos de la plaine liquide
S'élève à gros bouillons une montagne humide.
L'onde approche, se brise, et vomit à nos yeux
Parmi des flots d'écume un monstre furieux.
Son front large est armé de cornes menaçantes ;
Tout son corps est couvert d'écailles jaunissantes ;
Indomptable taureau, dragon impétueux,
Sa croupe se recourbe en replis tortueux...
Tout fuit, et sans s'armer d'un courage inutile,
Dans le temple voisin chacun cherche un asile.
Hippolyte lui seul, digne fils d'un héros,
Arrête ses coursiers, saisit ses javelots,
Pousse au monstre, et, d'un dard lancé d'une main sûre,
Il lui fait dans le flanc une large blessure.
De rage et de douleur le monstre bondissant,
Vient au pied des chevaux tomber en mugissant,
Se roule, et leur présente une gueule enflammée
Qui les couvre de feu, de sang et de fumée.
La frayeur les emporte ; et, sourds à cette fois,
Ils ne connaissent plus ni le frein ni la voix...
A travers les rochers la peur les précipite.
L'essieu crie et se rompt : l'intrépide Hippolyte
Voit voler en éclats tout son char fracassé.
Dans les rênes lui-même il tombe embarrassé.
Il veut les rappeler, et sa voix les effraie.
Ils courent. Tout son corps n'est bientôt qu'une plaie
De nos cris douloureux la plaine retentit.
Leur fougue impétueuse enfin se ralentit.....
J'arrive, je l'appelle, et me tendant la main,
Il ouvre un œil mourant qu'il referme soudain.
« Le ciel, dit-il, m'arrache une innocente vie.
» Prends soin après ma mort de la triste Aricie (1).

(1) Aricie était une princesse du sang royal d'Athènes.
Elle était aimée d'Hippolyte, qui se proposait de
l'épouser.

» Cher ami , si mon père , un jour désabusé ,

» Plaint le malheur d'un fils faussement accusé,

» Pour apaiser mon sang et mon ombre plaintive ,

» Dis-lui qu'avec douceur il traite sa captive ,

» Qu'il lui rende..... A ces mots , ce héros expiré

N'a laissé dans mes bras qu'un corps défiguré ;

Triste objet où des dieux triomphe la colère ,

Et que méconnaîtrait l'œil même de son père.

Phèdre , *de* RACINE.

§. 4. NARRATION CÉLÈBRE DE LA MORT DE POMPÉE.

C'est un officier de Cléopâtre , sœur de Ptolémée , roi d'Egypte , qui fait ce récit à cette
princesse :

Madame , j'ai couru par votre ordre au rivage ;

J'ai vu la trahison , j'ai vu toute sa rage.

Du plus grand des mortels j'ai vu trancher le sort ;

J'ai vu dans son malheur la gloire de sa mort.

Monté sur ses vaisseaux et voyant nos galères ,

Il croyait que le roi , touché de ses misères ,

Par un beau sentiment d'honneur et de devoir ,

Avec toute sa cour le venait recevoir.

Mais voyant que ce prince , ingrat à ses mérites ,

N'envoyait qu'un esquif rempli de satellites.....

Il réduit tous ses soins , dans ce pressant ennui ,

A ne hasarder pas Cornélie avec lui.

« N'exposons , lui dit-il , que cette seule tête

» A la réception que l'Egypte m'apprête ;

» Et tandis que moi seul j'en courrai le danger , .

» Songe à prendre la fuite , afin de me venger. »

Pendant que leur amour en cet adieu conteste ,

Achillas à son bord joint son esquif funeste.

Septime se présente et lui tendant la main ,

Le salue empereur en langage romain :

Et comme député de ce jeune monarque :

« Passez , seigneur , dit-il , passez dans cette barque :
» Les sables et les bancs cachés dessous les eaux ,
» Rendent l'accès mal sûr à de plus grands vaisseaux. »

Ce héros voit la fourbe , et la brave en son ame.
Il reçoit les adieux des siens et de sa femme ,
Leur défend de le suivre et s'avance au trépas.
Avec le même front qu'il donnait les états ;
La même majesté , sur son visage empreinte ,
Entre ses assassins montre un esprit sans crainte....
On l'amène , et du port nous le voyons venir ,
Sans que pas un d'entr'eux daigne l'entretenir.
Ce mépris lui fait voir ce qu'il en doit attendre.
Sitôt qu'on a pris terre , on l'invite à descendre.
Il se lève , et soudain pour signal Achillas.
Derrière ce héros tirant son coutelas ,
Septime et trois des siens , lâches enfans de Rome ,
Percent à coups pressés les flancs de ce grand homme.
Tandis qu'Achillas même , épouvanté d'horreur ,
De ces quatre assassins admire la fureur....
Mais voyez ce que fait ce généreux courage :
D'un des pans de sa robe il couvre son visage.
Aucun gémissement à son cœur échappé ,
Ne le montre en mourant digne d'être frappé...
Sa vertu dans leur crime augmente ainsi son lustre ,
Et son dernier soupir est un soupir illustre ,
Qui , de cette grande ame achevant les destins ,
Etale tout Pompée aux yeux des assassins.
Sur les bords de l'esquif sa tête enfin penchée ,
Par le traître Septime indignement tranchee ;
Passe au bout d'une lance en la main d'Achillas ,
Ainsi qu'un grand trophée après de grands combats.
La triste Cornélie , à cet affreux spectacle ,
Par de long cris aigus tâche d'y mettre obstacle ,
Défend ce cher époux de la voix et des yeux ,
Puis , n'espérant plus rien , lève les mains aux cieux ,

Et cédant tout à coup à la douleur plus forte ,
Tombe dans sa galère , évanouie ou morte......
Mais la mort de Pompée a produit un effet
Dont notre roi ne peut être fort satisfait.
Ses vaisseaux en bon ordre ont éloigné la ville ,
Et pour joindre César n'ont avancé qu'un mille.
Il venait à plein voile , et si dans les hasards
Il éprouva toujours pleine faveur de Mars ,
Sa flotte , qu'à l'envi favorisait Neptune ,
Avait le vent en poupe ainsi que sa fortune.
Dès le premier abord , notre prince étonné
Ne s'est plus souvenu de son front couronné ;
Sa frayeur a paru sous sa fausse allégresse :
Toutes ses actions ont senti la bassesse.
J'en ai rongi moi-même , et me suis plaint à moi
De voir là Ptolémée , et n'y voir point de roi ;
Et César qui lisait sa peur sur son visage ,
Le flattait par pitié pour lui donner courage.
Lui, d'une voix tremblante , offrant ce don fatal :
« Seigneur , vous n'avez plus , lui dit-il , de rival ;
» Ce que n'ont pu les dieux dans votre Thessalie ,
» Je vais mettre en vos mains Pompée et Cornélie :
» En voici déjà l'un , et pour l'autre elle fuit ;
» Mais avec six vaisseaux un des miens la poursuit. »
A ces mots Achillas découvre cette tête ;
Il semble qu'à parler encore elle s'apprête ;
Qu'à ce nouvel affront un reste de chaleur
En sanglots mal formés exhale sa douleur.....
César , à cet aspect , comme frappé de foudre,
Et comme ne sachant que croire ou que résoudre ,
Immobile , et les yeux sur l'objet attachés ,
Nous tient assez long-temps ses sentimens cachés.
S'il aime la grandeur , il hait la perfidie ;
Il se juge en autrui , se tâte , s'étudie ,
Examine en secret sa joie et ses douleurs ,
Les balance , choisit , laisse couler des pleurs,

Lâche deux ou trois mots contre cette insolence ,
Puis, tout triste et pensif, il s'obstine au silence ;
Ensuite il fait ôter ce présent de ses yeux ,
Lève les mains ensemble et les regards au cieux.
Enfin, ayant pris terre avec trente cohortes,
Il se saisit du port , il se saisit des portes ,
Met des gardes partout, et des ordres secrets ;
Fait voir sa défiance ainsi que ses regrets ,
Parle d'Égypte en maître ; et de son adversaire ,
Non plus comme ennemi, mais comme son beau-père.
Voilà ce que j'ai vu.   *Mort de Pompée* , *de* Corneille.

§. 5.   DES IMAGES.

Les images sont une des grandes sources de
la beauté des descriptions, et des narrations ,
en un mot, de toutes les peintures vives : elles
consistent à donner, pour ainsi dire, du corps
et de la réalité aux choses dont on parle, et à
les peindre par des traits visibles qui remuent
l'imagination et qui montrent un objet sensible.
Les images sont, à proprement parler, cette
figure que les rhétoriciens appellent *hypoty-*
pose, et dont le propre est de peindre les choses avec des couleurs si vives, qu'on s'imagine
les voir de ses yeux , et non simplement en
entendre le récit. Leur effet est d'émouvoir et
d'affecter notre ame au gré du poète. Elles
sont soutenues par des métaphores, des comparaisons et autres figures de l'art ; car la poésie est toute en riches images. Et qu'on ne s'é-
tonne pas de cet effet admirable des images :
ces sortes de peintures, frappant notre imagination , excitent des sentimens dans notre
cœur par le rapport , l'analogie qu'elles ont
avec nos différentes affections. Nous sommes
lents à saisir ce qui ne touche point nos sens ;

il faut donc, si l'on veut nous plaire, intéresser
notre imagination et remuer notre cœur. D'ailleurs les grandes images ont pour nous un
grand charme ; elles tiennent toujours par
quelque coin au merveilleux. Or, le merveilleux a un grand pouvoir sur nous ; il maîtrise
notre imagination avec une force impérieuse.
On doit ajouter à cela, que l'harmonie qui règne dans les vers contribue à les rendre plus
belles, parce qu'elle nous les présente par
tous les côtés les plus gracieux, c'est-à-dire,
les oreilles et l'imagination.

Josabeth, tante de Joas, roi de Juda, raconte
au grand-prêtre Joad comment elle sauva ce
jeune prince du carnage qu'Athalie fit faire
des enfans d'Ochozias, qui étaient ses petit-fils :

Hélas ! l'état horrible où le ciel me l'offrit ,
Revient à tout moment effrayer mon esprit.
De princes égorgés la chambre était remplie ;
Un poignard à la main, l'implacable Athalie
Au carnage animait ses barbares soldats ,
Et poursuivait le cours de ses assassinats.
Joas, laissé pour mort, frappa soudain ma vue ;
Je me figure encor sa nourrice éperdue,
Qui devant les bourreaux s'était jetée en vain,
Et, faible, le tenait renversé sur son sein.
Je le pris tout sanglant. En baignant son visage,
Mes pleurs du sentiment lui rendirent l'usage,
Et, soit frayeur encore, ou pour me caresser,
De ses bras innocens je me sentis presser.
Grand Dieu ! que mon amour ne lui soit point funeste !
Du fidèle David c'est le précieux reste.
Nourri dans ta maison, en l'amour de ta loi,
Il ne connaît encor d'autre père que toi.

Athalie, de RACINE.

Athalie raconte à Abner et à Mathan le songe
qu'elle a eu.

Un songe; (me devrais-je inquiéter d'un songe?)
Entretient dans mon cœur un chagrin qui le ronge ;
Je l'évite partout, partout il me poursuit.
C'était pendant l'horreur d'une profonde nuit.
Ma mère Jézabel devant moi s'est montrée,
Comme au jour de sa mort, pompeusement parée ;
Ses malheurs n'avaient point abattu sa fierté ,
Même elle avait encor cet éclat emprunté
Dont elle eut soin de peindre et d'orner son visage,
Pour réparer des ans l'irréparable outrage.
Tremble, m'a-t-elle dit, fille digne de moi,
Le cruel dieu des Juifs l'emporte aussi sur toi :
Je te plains de tomber dans ses mains redoutables,
Ma fille.... En achevant ces mots épouvantables,
Son ombre vers mon lit a paru se baisser ;
Et moi je lui tendais les bras pour l'embrasser :
Mais je n'ai plus trouvé qu'un horrible mélange
D'os et de chair meurtris et traînés dans la fange (1),
Des lambeaux pleins de sang, et des membres affreux,
Que des chiens dévorans se disputaient entre eux.

ABNER.

Grand Dieu !

ATHALIE.

Dans ce désordre à mes yeux se présente
Un jeune enfant couvert d'une robe éclatante,
Tel qu'on voit des Hébreux les prêtres revêtus.
Sa vue a ranimé mes esprits abattus.
Mais lorsque, revenant de mon trouble funeste,
J'admirais sa douceur, son air noble et modeste ,

(1) Jézabel fut précipitée du haut d'une fenêtre par
l'ordre de Jéhu. Son corps fut foulé aux pieds par des
chevaux et dévoré par des chiens. Elle avait cruellement
persécuté tous les prophètes du Seigneur.

J'ai senti tout à coup un homicide acier
Que le traître en mon sein a plongé tout entier.
De tant d'objets divers le bizarre assemblage
Peut-être du hasard vous paraît un ouvrage :
Moi-même quelque temps, honteuse de ma peur,
Je l'ai pris pour l'effet d'une sombre vapeur.
Mais de ce souvenir mon ame possédée,
A deux fois en dormant revu la même idée ;
Deux fois mes tristes yeux se sont vu retracer
Ce même enfant toujours tout prêt à me percer.

Elle raconte ensuite que pour se délivrer de cette funeste pensée, elle était allée dans le temple des Juifs pour apaiser leur dieu.

J'entre. Le peuple fuit. Le sacrifice cesse.
Le grand-prêtre vers moi s'avance avec fureur.
Pendant qu'il me parlait, ô surprise ! ô terreur !
J'ai vu ce même enfant dont je suis menacée,
Tel qu'un songe effrayant l'a peint à ma pensée.
Je l'ai vu, son même air, son même habit de lin,
Sa démarche, ses yeux et tous ses traits enfin :
C'est lui-même. Il marchait à côté du grand-prêtre ;
Mais bientôt à ma vue on l'a fait disparaître.
Voilà quel trouble ici m'oblige à m'arrêter,
Et sur quoi j'ai voulu tous deux vous consulter.
Que présage, Mathan, ce prodige incroyable ?

MATHAN.

Ce songe et ce rapport, tout me semble effroyable.

Athalie, de RACINE.

§. 6.   PEINTURE D'UN COEUR DÉCHIRÉ PAR LES REMORDS.

C'est Phèdre qui parle à sa confidente, c'est-à-dire une reine atteinte d'une fatale passion, qui s'exprime ainsi au milieu des agitations que lui cause la honte d'un penchant criminel:

J'ai conçu pour mon crime une juste terreur ;
J'ai pris la vie en haine et ma flamme en horreur.
Je voulais en mourant prendre soin de ma gloire,
Et dérober au jour une flamme si noire....
Il n'est plus temps. Il sait mes ardeurs insensées ;
De l'austère pudeur les bornes sont passées.
J'ai déclaré ma honte aux yeux de mon vainqueur,
Et l'espoir malgré moi s'est glissé dans mon cœur....
Moi, régner ! moi, ranger un état sous ma loi,
Quand ma faible raison ne règne plus sur moi,
Lorsque j'ai de mes sens abandonné l'empire,
Quand sous un joug honteux à peine je respire !....
..... Insensée, où suis-je ? et qu'ai-je dit ?
Où laissé-je égarer mon cœur et mon esprit ?
Je l'ai perdu : les dieux m'en ont ravi l'usage.
OEnone, la rougeur me couvre le visage.
Je te laisse trop voir mes honteuses douleurs ;
Et mes yeux malgré moi se remplissent de pleurs...
Grâces au ciel, mes mains ne sont point criminelles
Plût aux dieux que mon cœur fût innocent comme elles !
..... Juste ciel ! qu'ai-je fait aujourd'hui ?
Mon époux va paraître, et son fils avec lui...
Il se tairait en vain : je sais mes perfidies,
OEnone, et ne suis point de ces femmes hardies,
Qui goûtant dans le crime une tranquille paix,
Ont su se faire un front qui ne rougit jamais.
Je connais mes fureurs, je les rappelle toutes :
Il me semble déjà que ces murs, que ces voûtes,
Vont prendre la parole, et, prêts à m'accuser,
Attendent mon époux pour le désabuser.
Mourons. De tant d'horreurs qu'un trépas me délivre
Est-ce un malheur si grand que de cesser de vivre ?
La mort au malheureux ne cause point d'effroi ;
Je ne crains que le nom que je laisse après moi.

Et ailleurs elle dit :

Mon époux est vivant ; et moi je brûle encore !
Pour qui ? Quel est le cœur où prétendent mes vœux ?
Chaque mot sur mon front fait dresser mes cheveux ;
Mes crimes désormais ont comblé la mesure :
Je respire à la fois l'inceste et l'imposture (1).
Des homicides mains, promptes à me venger,
Dans le sang innocent brûlent de se plonger.
Misérable ! et je vis, et je soutiens la vue
De ce sacré soleil dont je suis descendue !
J'ai pour aïeul le père et le maître des dieux ;
Le ciel, tout l'univers est plein de mes aïeux.
Où me cacher ? Fuyons dans la nuit infernale.
Mais que dis-je ? mon père y tient l'urne fatale ;
Le sort, dit-on, l'a mise en ses sévères mains :
Minos juge aux enfers tous les pâles humains.
Ah ! combien frémira son ombre épouvantée,
Lorsqu'il verra sa fille à ses yeux présentée,
Contrainte d'avouer tant de forfaits divers,
Et de crimes peut-être inconnus aux enfers !
Que diras-tu, mon père, à ce spectacle horrible ?
Je crois voir de ta main tomber l'urne terrible,
Je crois te voir, cherchant un supplice nouveau,
Toi-même de ton sang devenir le bourreau.
Pardonne : un dieu cruel a perdu ta famille.
Reconnais sa vengeance aux fureurs de ta fille.
Hélas ! du crime affreux dont la honte me suit,
Jamais mon triste cœur n'a recueilli le fruit...

Et comme sa confidente voulait la calmer sur ses remords par des conseils pernicieux et impies, elle lui répond :

Je ne t'écoute plus. Va-t-en, monstre exécrable !
Va, laisse-moi le soin de mon sort déplorable.

(1) Elle avait consenti qu'Œnone accusât Hippolyte, auprès de son père Thésée, d'avoir voulu attenter à son honneur.

Puisse le juste ciel dignement te payer !
Et puisse ton supplice à jamais effrayer
Tous ceux qui, comme toi, par de lâches adresses,
Des princes malheureux nourrissent les faiblesses,
Les poussent au penchant où leur cœur est enclin,
Et leur osent du crime aplanir le chemin !
Détestables flatteurs, présent le plus funeste
Que puisse faire aux rois la colère céleste.

Phèdre, de RACINE.

C'est à l'occasion de cette tragédie, dont on
vient de rapporter quelques morceaux, que
Boileau s'exprime ainsi dans son épître à l'auteur de cette pièce admirable :

Que peut contre tes vers une ignorance vaine ?
Le Parnasse français, ennobli par ta veine,
Contre tous ces complots saura te maintenir,
Et soulever pour toi l'équitable avenir.
Et qui, voyant un jour la douleur vertueuse
De Phèdre, malgré soi, perfide, incestueuse,
D'un si noble travail justement étonné,
Ne bénira d'abord le siècle fortuné
Qui, rendu plus fameux par tes illustres veilles,
Vit naître sous ta main ces pompeuses merveilles ?

Il ne faut pas être pourtant de l'avis de Boileau sur la moralité du caractère de Phèdre.
Ce n'est point *malgré soi* qu'elle est incestueuse
et perfide, et sa douleur n'est point *vertueuse.*

§. 7. DESCRIPTIONS.

Idoménée, roi de Crète, fait le récit d'une
effroyable tempête dont il fut battu, et qui lui
donna lieu de faire le vœu téméraire dont il
eut tant sujet de se repentir.

Après dix ans d'absence, empressé de revoir
Cet appui (1) de mon trône et mon unique espoir,

—————————
(1) Son fils Idamante.

A regagner la Crète aussitôt je m'apprête ,
Ignorant le péril qui menaçait ma tête....
Mais le ciel ne m'offrit ces objets ravissans ,
Que pour rendre toujours mes désirs plus pressans.
Un effroyable nuit sur les eaux répandue ,
Déroba tout à coup mon royaume à ma vue.
La mort seule parut.... Le vaste sein des mers
Nous entr'ouvrit cent fois la route des enfers.
Par des vents opposés les vagues ramassées ,
De l'abîme profond jusques au ciel poussées ,
Dans les airs embrasés agitaient mes vaisseaux ,
Aussi près d'y périr qu'à fondre sous les eaux.
D'un déluge de feu l'onde comme allumée ,
Semblait rouler sur nous une mer enflammée :
Et Neptune , en courroux , à tant de malheureux
N'offrait pour tout salut que des rochers affreux.
Que te dirai-je enfin ?... Dans ce péril extrême
Je tremblai, Sophronyme, et tremblai pour moi-même.
Pour apaiser les dieux , je priai , je promis....
Non , je ne promis rien. Dieu cruels ! j'en frémis....
Neptune , l'instrument d'une indigne faiblesse ,
S'empara de mon cœur et dicta la promesse.
S'il n'en eût inspiré le barbare dessein ,
Non , je n'aurais jamais promis du sang humain.
Sauve des malheureux si voisins du naufrage ,
Dieu puissant , m'écriai-je , et rends-nous au rivage !
Le premier des sujets rencontrés par son roi ,
A Neptune immolé , satisfera pour moi.
Mon sacrilége vœu rendit le calme à l'onde ;
Mais rien ne put le rendre à ma douleur profonde ,
Et l'effroi succédant à mes premiers transports ,
Je me sentis glacer en revoyant ces bords.
Je les trouvai déserts , tout avait fui l'orage :
Un seul homme alarmé parcourait le rivage :
Il semblait de ses pleurs mouiller quelques débris.
J'en approche en tremblant... Hélas ! c'était mon fils.

A ce récit fatal tu devines le reste.
Je demeurai sans force à cet objet funeste.
Et mon malheureux fils eut le temps de voler
Dans les bras du cruel qui devait l'immoler.

 Idoménée, de CRÉBILLON.

Après que César eut été assassiné dans le sénat, Marc-Antoine fit porter son corps sanglant dans la place publique. Là, il fit un discours qui n'était autre chose que l'éloge de cet homme célèbre, et qui avait pour but d'émouvoir le peuple contre ses assassins; en quoi il réussit parfaitement. Voltaire lui met dans la bouche les vers suivans :

Du plus grand des Romains voilà ce qui vous reste,
Voilà ce dieu vengeur idolâtré par vous,
Que ses assassins même adoraient à genoux ;
Qui, toujours votre appui dans la paix, dans la guerre,
Une heure auparavant faisait trembler la terre ;
Qui devait entraîner Babylone à son char.
Amis, en cet état connaissez-vous César?...
Contre ses meurtriers je n'ai rien à vous dire.
C'est à servir l'état que leur grand cœur aspire.
De votre dictateur ils ont percé le flanc ;
Comblés de ses bienfaits, ils sont teints de son sang.
Pour forcer des Romains à ce coup détestable,
Sans doute il fallait bien que César fût coupable.
Je le crois : mais enfin César a-t-il jamais
De son pouvoir sur vous appesanti le faix ?
A-t-il gardé pour lui le fruit de ses conquêtes ?
Des dépouilles du monde il couronnait vos têtes.
Tout l'or des nations qui tombaient sous ses coups,
Tout le prix de son sang fut prodigué pour vous.
De son char de triomphe il voyait vos alarmes ;
Lui-même en descendait pour essuyer vos larmes.
Du monde qu'il soumit vous triomphez en paix,

5

Puissans par son courage, heureux par ses bienfaits.
Il payait le service, il pardonnait l'outrage...
Vous, Dieu, qui lui laissiez le monde à gouverner!
Vous savez si son cœur aimait à pardonner....
Hélas! si sa grande ame eût connu la vengeance,
Il vivrait, et sa vie eût rempli nos souhaits.
Sur tous ses meurtriers il versa ses bienfaits:
Deux fois à Cassius il conserva la vie.
Brutus.... Où suis-je, ô ciel! ô crime! ô barbarie!
Chers amis, je succombe, et mes sens interdits...
Brutus son assassin!... ce monstre était son fils.

§. 8. IMAGE D'UN COMBAT SANGLANT ET DES EFFETS DE LA POUDRE A CANON.

Le poète parle ici du combat qui se donna
dans le faubourg Saint-Antoine, lorsque Henri
IV assiégeait Paris.

Jadis avec moins d'art, au milieu des combats,
Les malheureux mortels avançaient leur trépas;
Avec moins d'appareil ils volaient au carnage,
Et le fer dans leurs mains suffisait à leur rage.
De leurs cruels enfans l'effort industrieux
A dérobé le feu qui brûle dans les cieux.
On entendait gronder ces bombes effroyables,
Des troubles de la Flandre enfans abominables.
Le salpêtre, enfoncé dans ces globes d'airain,
Part, s'échauffe, s'embrase et s'écarte soudain.
La mort en mille éclats en sort avec furie.
Avec plus d'art encore et plus de barbarie,
Dans des antres profonds on a su renfermer
Des foudres souterrains tout prêts à s'allumer.
Sous un chemin trompeur, où, volant au carnage,
Le soldat valeureux se fie à son courage,
On voit en un instant des abîmes ouverts,
De noirs torrens de soufre épandus dans les airs,
Des bataillons entiers, par ce nouveau tonnerre,

Dans les airs emportés , engloutis sous la terre....
Le soldat à son gré sur ce funeste mur ,
Combattant de plus près , porte un trépas plus sûr.
Alors on n'entend plus ces foudres de la guerre ,
Dont les bouches de bronze épouvantaient la terre.
Un farouche silence , enfant de la fureur ,
A ces bruyans éclats succède avec horreur.
D'un bras déterminé , d'un œil brûlant de rage ,
Parmi ses ennemis chacun s'ouvre un passage.
On saisit , on reprend , par un contraire effort ,
Ce rempart teint de sang , théâtre de la mort.

Henriade de VOLTAIRE.

§. 9. IMAGE D'UNE BATAILLE.

On a rassemblé ici divers morceaux du poème
sur la victoire de Fontenoy , remportée par
l'armée française , commandée par le roi Louis
XV , le 11 mai 1745.

Louis avec le jour voit briller dans les airs
Les drapeaux menaçans de vingt peuples divers.
Le Belge , qui , jadis fortuné sous nos princes ,
Vit l'abondance alors enrichir ses provinces ;
Le Batave prudent , dans l'Inde respecté ,
Puissant par ses travaux et par sa liberté ,
Qui , long-temps opprimé par l'Autriche cruelle ,
Ayant brisé son joug , s'arme aujourd'hui pour elle ;
L'Hanovrien constant , qui , formé pour servir ,
Sait souffrir et combattre , et surtout obéir ;
L'Autrichien rempli de sa gloire passée ,
De ses derniers Césars occupant sa pensée ;
Surtout ce peuple altier qui voit sur tant de mers
Son commerce et sa gloire embrasser l'univers ,
Mais qui , jaloux en vain des grandeurs de la France ,
Croit porter dans ses mers la foudre et la balance :
Tous marchent contre nous ; la valeur les conduit ,
La haine les anime , et l'espoir les séduit.....

L'Escaut, les ennemis, les remparts de la ville,
Tout présente la mort, et Louis est tranquille.
Le signal est donné par cent bouches d'airain.
D'un pas rapide et ferme, et d'un front inhumain,
S'avance vers nos rang la profonde colonne
Que la terreur devance et la flamme environne :
Tel qu'un nuage épais, qui sur l'aile des vents
Porte l'éclair, la foudre et la mort dans ses flancs :
Les voilà, ces rivaux du grand nom de mon maître,
Plus farouches que nous, aussi vaillans peut-être ;
Encor tout orgueilleux de leurs premiers exploits.
Bourbon ! voici le temps de venger les Valois.
La mort de tous côtés, la mort insatiable
Frappe à coups redoublés une foule innombrable.
Chefs, officiers, soldats, l'un sur l'autre entassés,
Sous le plomb expirans, par les coups renversés,
Poussent les derniers cris en demandant vengeance..
Ils tombent ces héros, ils tombent ces vengeurs ;
Ils meurent, et nos jours sont cependant tranquilles!
La molle volupté, le luxe de nos villes
Filent ces jours sereins, ces jours que nous devons
Au sang de nos guerriers, au péril des Bourbons.
Couvrons du moins de fleurs ces tombes glorieuses,
Arrachons à l'oubli ces ombres vertueuses.
Vous qui lanciez la foudre et qu'ont frappé ses coups,
Revivez dans nos chants quand vous mourez pour nous.
Mais quel brillant héros au milieu du carnage,
Renversé, relevé, s'est ouvert un passage ?
Biron, tels on voyait dans les plaines d'Ivri
Tes immortels aïeux suivre le grand Henri ;
Tel était ce Crillon chargé d'honneurs suprêmes,
Nommé brave autrefois par les braves eux-mêmes ;
Tels étaient ces d'Aumonts, ces grands Montmorencis,
Ces Créquis si vantés, renaissant dans leurs fils ;
Tel se forma Turenne au grand art de la guerre,
Près d'un autre saxon la terreur de la terre,

Quand la justice et Mars sous un autre Louis
Frappaient l'aigle d'Autriche et relevaient les lis....
Tout tombe devant nous , tout fuit sous notre effort,
Et l'Anglais à la fin craint Louis et la mort....
Déjà Tournay se rend , déjà Gand s'épouvante ;
Charles-Quint s'en émeut ; son ombre gémissante
Pousse un cri dans les airs et fuit de ce séjour ,
Où , pour vaincre, autrefois le ciel le mit au jour.
Il fuit ; mais quel objet pour cette ombre alarmée !
Il voit ces vastes champs couverts de notre armée ;
L'Anglais deux fois vaincu , fuyant de toutes parts ,
Dans les mains de Louis laissant ses étendards ;
Le Belge en vain caché dans ses villes tremblantes ;
Les murs de Gand tombés sous ses mains foudroyantes,
Et son char de victoire en ces vastes remparts
Ecrasant le berceau du plus grand des Césars.

Les portraits qu'on vient de voir à la tête de
cette description , sont de main de maître : la
vérité a conduit le pinceau ; les traits sont har-
dis , les couleurs frappantes. L'image que le
poète a tracée du combat, produit une espèce
de saisissement mêlé d'admiration, tant elle
est vive et frappante, tant elle est décrite avec
feu. Les éloges des héros français sont d'une
grande élévation ; la pompe , l'harmonie et
l'énergie des expressions, jettent un grand
éclat sur tout cet endroit. Enfin, les avantages
que produisit la victoire de Fontenoy , sont
décrits avec la plus grande noblesse.

Le poète , dans la description suivante , fait la
peinture du massacre de la Saint-Barthelémy,
arrivé en France, l'an 1572, sous le règne de
Charles ix. C'est Henri iv, qui n'était alors que
roi de Navarre , que le poète fait parler ainsi
à Elisabeth , reine d'Angleterre :

Qui pourrait cependant exprimer les ravages
Dont cette nuit cruelle étala les images ?
La mort de Coligni (1) , prémices des horreurs ,
N'était qu'un faible essai de toutes leurs fureurs.
D'un peuple d'assassins les troupes effrénées ,
Par un aveugle zèle au carnage acharnées ,
Marchaient le fer en main , les yeux étincelans ,
Sur les corps étendus de nos frères sanglans ;
Et leur chefs déroulant la liste de leurs crimes ,
Les conduisaient au meurtre et marquaient les victimes,
Je ne vous peindrai point le tumulte et les cris ,
Le sang de tout côtés ruisselant dans Paris :
Le fils assassiné sur le corps de son père ,
Le frère avec la sœur , la fille avec la mère ,
Les époux expirans sous leurs toits embrasés ,
Les enfans au berceau sous la pierre écrasés....
Du haut de son palais excitant la tempête ,
Médicis (2) à loisir contemplait cette fête.
Ses cruels favoris , d'un regard curieux ,
Voyaient les flots de sang regorger sous leurs yeux ,
Et de Paris en feu les ruines fatales
Étaient de ces héros les pompes triomphales......
On eût dit que du haut de son Louvre fatal ,
Médicis à la France eût donné le signal.
Tout imita Paris : la mort sans résistance
Couvrit en un moment la face de la France,
Quand un roi veut le crime il est trop obéi.
Par cent mille assassins son courroux fut servi ;
Et des fleuves français les eaux ensanglantées
Ne portaient que des morts aux mers épouvantées.

Henriade, de VOLTAIRE.

(1) L'amiral de Coligni était alors âgé de 82 ans.
(2) Voyez son portrait, dans la matière des Portraits.

*Imitation de la description que fait Ovide, dans
ses Métamorphoses* (1)*, de la demeure du
Sommeil.*

Sous les lambris moussus de ce sombre palais,
Echo ne répond point et semble être assoupie,
La molle Oisiveté, sur le seuil accroupie,
N'en bouge nuit et jour, et fait qu'aux environs
Jamais le chant des coqs ni le bruit des clairons
Ne viennent au travail inviter la nature.
Un ruisseau coule auprès et forme un doux murmure.
Les pavots dédiés au dieu de ce séjour
Sont les seules moissons qu'on cultive à l'entour.
De leurs fleurs en tout temps sa demeure est semée :
Il a presque toujours la paupière fermée.
Je le trouvai dormant sur son lit de pavots.
Les songes l'entouraient sans troubler son repos.
De fantômes divers une cour mensongère,
Vains et frêles enfans d'une vapeur légère,
Troupe qui sait charmer le plus profond ennui,
Prête aux ordres du Dieu, volait autour de lui.
Là cent figures d'air en leurs moules gardées,
Là des biens et des maux les légères idées,
Prévenant nos destins, trompant notre désir,
Formaient des magasins de peine ou de plaisir.

OEuvres posthumes de LA FONTAINE.

§. 10. DESCRIPTION DES CIEUX.

Le poète les considère ici comme cet espace
immense que nous voyons sur nos têtes, et
relativement au système de *Newton.*

Dans le centre éclatant de ces orbes immenses,
Qui n'ont pu nous cacher leur marche et leurs distances,
Luit cet astre du jour par Dieu même allumé,
Qui tourne autour de soi sur son axe enflammé.

(1) Métamorph. liv. 11.

De lui partent sans fin des torrens de lumière :
Il donne, en se montrant, la vie à la matière,
Et dispense les jours, les saisons et les ans
A des mondes divers autour de lui flottans.
Ces astres asservis à la loi qui les presse,
S'attirent dans leur course et s'évitent sans cesse ;
Et servant l'un à l'autre et de règle et d'appui,
Se prêtent les clartés qu'ils reçoivent de lui.
Au-delà de leur cours, et loin dans cet espace
Où la matière nage et que Dieu seul embrase,
Sont des soleils sans nombre et des mondes sans fin :
Dans cet abîme immense il leur ouvre un chemin.
Par-delà tous ces cieux le Dieu des cieux réside....

Henriade, chant VII.

§. 11. DES PORTRAITS.

On doit faire sur les portraits, les mêmes observations que nous avons faites sur les descriptions ou les peintures vives. Ils ne sont autre chose que ce que les Rhéteurs appellent *épopée*, c'est-à-dire, la peinture du caractère et des mœurs d'une personne, ou les différens attributs de quelque vertu ou de quelque vice qui sont souvent personnifiés par le poète. Ils doivent être soutenus par des images vives et expressives, qui aient une parfaite conformité avec le caractère de la personne ou de la nature de la chose qu'on veut dépeindre : ce sont les tableaux de la poésie, de même que les descriptions.

Portrait d'un ambitieux qui sacrifie tous les
devoirs à sa passion.

Né ministre du Dieu qu'en ce temple on adore,
Peut-être que Mathan le servirait encore,
Si l'amour des grandeurs, la soif de commander,
Avec son joug étroit pouvaient s'accommoder...

Vaincu par lui (1) , j'entrai dans une autre carrière ,
Et mon ame à la cour s'attacha tout entière.
J'approchais par degré de l'oreille des rois ,
Et bientôt en oracle on érigea ma voix.
J'étudiai leur cœur, je flattai leurs caprices ;
Je leur semai de fleurs le bord des précipices ;
Près de leurs passions rien ne me fut sacré :
De mesure et de poids je changeais à leur gré.
Autant que de Joad l'inflexible rudesse
De leur superbe oreille offensait la mollesse ,
Autant je les charmais par ma dextérité ,
Dérobant à leurs yeux la triste vérité ,
Prêtant à leurs fureurs des couleurs favorables ,
Et prodigue surtout du sang des misérables....
Par-là je me rendis terrible à mon rival ;
Je ceignis la tiare , et marchai son égal.
Toutefois , je l'avoue , en ce comble de gloire ,
Du Dieu que j'ai quitté l'importune mémoire
Jette encore en mon ame un reste de terreur,
Et c'est ce qui redouble et nourrit ma fureur.

Athalie , de RACINE.

Portrait de Rhadamiste , par lui-même (2).

Et que sais-je , Hiéron ? Furieux ; incertain ,
Criminel sans penchant , vertueux sans dessein ,
Jouet infortuné de ma douleur extrême ,
Dans l'état où je suis , me connais-je moi-même ?
Mon cœur , de soins divers sans cesse combattu ,
Ennemi du forfait sans aimer la vertu ,
D'un amour malheureux déplorable victime ,

(1) Par Joad.
(2) Dans un transport de jalousie il avait poignardé sa femmeZénobie , et l'avait jetée dans un fleuve ; mais elle fut sauvée , et sa blessure ne fut pas mortelle : il la retrouva ensuite. On verra leur reconnaissance à la suite de ce recueil.

S'abandonne aux remords sans renoncer au crime.
Je cède au repentir, mais sans en profiter,
Et je ne me connais que pour me détester.
Dans ce cruel séjour sais-je ce qui m'entraîne ?
Si c'est le désespoir, ou l'amour, ou la haine ?
J'ai perdu Zénobie : après ce coup affreux
Peux-tu me demander encor ce que je veux ?
Désespéré, proscrit, abhorrant la lumière,
Je voudrais me venger de la nature entière.
Je ne sais quel poison se répand dans mon cœur :
Mais, jusqu'à mes remords, tout y devient fureur.

CRÉBILLON, trag. de Rhadamiste.

Le célèbre Corneille met les vers suivans dans la bouche d'Attila, roi des Huns, qui sont un éloge de Mérouée, un des premiers rois de la monarchie française.

C'est le plus grand des rois, non qu'encor la victoire
Ait porté Mérouée à ce comble de gloire :
Mais si de nos devins l'oracle n'est point faux,
Sa grandeur doit atteindre aux degrés les plus hauts ;
Et de ses successeurs l'empire inébranlable
Sera de siècle en siècle enfin si redoutable,
Qu'un jour toute la terre en recevra des lois :
Ou tremblera du moins au nom de leurs Français.

Attila.

Octar, capitaine des gardes d'Attila, parle également de Mérouée, mais plus en détail : c'est le vrai portrait d'un grand prince.

Je l'ai vu dans la paix, je l'ai vu dans la guerre
Porter partout un front de maître de la terre.
J'ai vu plus d'une fois de fières nations
Désarmer son courroux par leurs soumissions.
J'ai vu tous les plaisirs de son ame héroïque,
N'avoir rien que d'auguste et que de magnifique,

Et ses illustres soins ouvrir à ses sujets
L'école de la guerre au milieu de la paix.
Par ces délassemens , sa noble inquiétude
De ses justes desseins, faisait l'heureux prélude ;
Et si j'ose le dire , il doit nous être doux
Que ce héros les tourne ailleurs que contre nous.
Je l'ai vu tout couvert de poudre et de fumée ,
Donner le grand exemple à toute son armée ,
Semer par ses périls l'effroi de toutes parts ,
Bouleverser les murs d'un seul de ses regards ,
Et sur l'orgueil brisé des plus superbes têtes ,
De sa course rapide entasser les conquêtes.

> *Attila*, *de* Corneille.

Il y a une si grande conformité entre ce portrait et celui que les historiens et les poètes ont fait en tant d'endroits de Louis XIV, qu'on peut conjecturer que c'est indirectement son propre portrait que l'auteur a voulu tracer : c'est un tour délicat et plus noble, qui fait un plus bel effet qu'un éloge direct et personnel.

Voici comment s'exprime Voltaire dans sa Henriade, au sujet de l'Angleterre et du caractère de cette nation :

En voyant l'Angleterre , en secret (1) il admire
Le changement heureux de ce puissant empire ,
Où l'éternel abus de tant de sages lois
Fit long-temps le malheur et du peuple et des rois.
Sur ce sanglant théâtre où cent héros périrent,
Sur ce trône glissant d'où cent rois descendirent,
Une femme à ses pieds enchaînant les destins ,
De l'éclat de son règne étonnait les humains.
C'était Elisabeth , elle dont la prudence

(1) Henri IV , dans un voyage que le poète feint que ce prince fit en Angleterre , n'étant alors que roi de Navarre.

De l'Europe à son choix fit pencher la balance ,
Et fit aimer son joug à l'Anglais indompté ,
Qui ne peut ni servir , ni vivre en liberté.
Ses peuples sous son règne ont oublié leurs pertes :
De leurs troupeaux féconds leurs plaines sont couvertes,
Les guérets , de leurs blés , les mers , de leurs vaisseaux.
Ils sont craints sur la terre , ils sont rois sur les eaux.
Leur flotte impérieuse , asservissant Neptune ,
Des bouts de l'univers appelle la fortune.
Londres , jadis barbare , est le centre des arts ,
Le magasin du monde , et le temple de Mars.

Henriade , de VOLTAIRE.

Le morceau suivant est un tableau en raccourci des rois de France les plus célèbres ; il
renferme pareillement celui des ministres et
des capitaines les plus renommés. Le poète feint
que Henri IV, qui n'était pas encore reconnu roi
par toute la nation, alla dans les Champs-Elysées , et qu'accompagné de saint Louis , il y
apprit de lui tout ce qui était arrivé de plus
recommandable dans la monarchie , et en même
temps tout ce qui arriverait un jour. Cette
fiction est très-ingénieuse , et donne lieu au
poète de parcourir les grands traits de l'histoire de France , et de donner aux héros français le tribut de louanges que leurs actions
leur ont méritées.

Henri voit ces beaux lieux , et soudain à leur vue
Sent couler dans son ame une joie inconnue.
Les soins , les passions n'y troublent point les cœurs ;
La volupté tranquille y répand ses douceurs...
Là règnent les bons rois qu'ont produit tous les âges ;
Là sont les vrais héros ; là vivent les vrais sages ;
Là sur un trône d'or Charlemagne et Clovis
Veillent du haut des cieux sur l'empire des lis.

Les plus grands ennemis, les plus fiers adversaires,
Réunis dans ces lieux, n'y sont plus que des frères.
Le sage Louis douze, au milieu de ces rois,
S'élève comme un cèdre, et leur donne des lois.
Ce roi qu'à nos aïeux donna le ciel propice,
Sur son trône avec lui fit asseoir la justice.
Il pardonna souvent ; il régna sur les cœurs,
Et des yeux de son peuple il essuya les pleurs.
D'Amboise est à ses poids, ce ministre fidèle,
Qui seul aima la France, et fut seul aimé d'elle ;
Tendre ami de son maître, et qui, dans ce haut rang,
Ne souilla point ses mains de rapine et de sang.
O jours ! ô mœurs ! ô temps d'éternelle mémoire !
Le peuple était heureux, le roi couvert de gloire :
De ces aimables lois chacun goûtait les fruits.
Revenez, heureux temps, sous un autre Louis !
Plus loin sont les guerriers prodigues de leur vie,
Qu'enflamma leur devoir et non pas leur furie.
La Trimouille, Clisson, Montmorenci, de Foix,
Guesclin, le destructeur et le vengeur des rois ;
Le vertueux Bayard ; et vous, brave Amazone (1),
La honte des Anglais et le soutien du trône....
Vous voyez, dit Louis, dans ce sacré séjour,
Les portraits des humains qui doivent naître un jour.
Approchons-nous : le ciel te permet de connaître
Les rois et les héros qui de toi doivent naître.
Le premier qui paraît, c'est ton auguste fils (2) :
Il soutiendra long-temps la gloire de nos lis,
Triomphateur heureux du Belge et de l'Ibère ;
Mais il n'égalera ni son fils ni son père.
Henri dans ce moment voit sur des fleurs de lis
Deux mortels orgueilleux auprès du trône assis.
Ils tiennent sous leurs pieds tout un peuple à la chaîne

(1) La Pucelle d'Orléans.
(2) Louis XIII.

Tous deux sont revêtus de la pourpre romaine ;
Tous deux sont entourés de gardes, de soldats.
Il les prend pour des rois. Vous ne vous trompez pas ;
Ils le sont, dit Louis, sans en avoir le titre.
Du prince et de l'état l'un et l'autre est l'arbitre.
Richelieu, Mazarin, ministres immortels,
Jusqu'au trône élevés de l'ombre des autels,
Enfans de la fortune et de la politique,
Marcheront à grands pas au pouvoir despotique.
Richelieu, grand, sublime, implacable ennemi ;
Mazarin, souple, adroit, et dangereux ami :
L'un fuyant avec art et cédant à l'orage ;
L'autre aux flots irrités opposant son courage ;
Des princes de mon sang ennemis déclarés,
Tous deux haïs du peuple et tous deux admirés ;
Enfin, par leurs efforts ou par leur industrie,
Utiles à leur roi, cruels à la patrie.
Ciel ! quel pompeux amas d'esclaves à genoux
Est au pied de ce roi qui les fait trembler tous !
Quels honneurs ! quels respects ! jamais roi dans la
     France
N'accoutuma son peuple à tant d'obéissance.
Je le vois comme vous par la gloire animé ;
Mieux obéi, plus craint, peut-être moins aimé ;
Je le vois éprouvant des fortunes diverses ;
Trop fier en ses succès, mais ferme en ses traverses,
De vingt peuples ligués bravant seul tout l'effort ;
Admirable en sa vie, et plus grand dans sa mort.
Siècle heureux de Louis ! siècle que la nature
De ses plus beaux présens doit combler sans mesure !
C'est toi qui dans la France amènes les beaux-arts ;
Sur toi tout l'avenir va porter ses regards ;
Les Muses à jamais y fixent leur empire ;
La toile est animée, et le marbre respire.
Quels sages (1) rassemblés dans ces augustes lieux,

(1) L'académie des Sciences.

Mesurent l'univers, et lisent dans les cieux ;
Et dans la nuit obscure apportant la lumière,
Sondent les profondeurs de la nature entière !
L'erreur présomptueuse à leur aspect s'enfuit,
Et vers la vérité le doute les conduit.
Et toi, fille du ciel ; toi, puissante harmonie,
Art charmant qui polis la Grèce et l'Italie,
J'entends de tous côtés ton langage enchanteur,
Et tes sons souverains de l'oreille et du cœur.
Français, vous savez vaincre et chanter vos conquêtes :
Il n'est point de lauriers qui ne couvrent vos têtes.
Un peuple de héros va naître en ces climats.
Je vois tous les Bourbons voler dans les combats ;
A travers mille feux, je vois Condé paraître,
Tour-à-tour la terreur et l'appui de son maître :
Turenne, de Condé le généreux rival,
Moins brillant, mais plus sage, et du moins son égal.
Câtinat réunit, par un rare assemblage,
Les talens du guerrier et les vertus du sage.
Celui-ci, dont la main raffermit nos remparts,
C'est Vauban, c'est l'ami des vertus et des arts.
Malheureux à la cour, invincible à la guerre,
Luxembourg de son nom remplit toute la terre.
Regardez dans Denain l'audacieux Villars
Disputant le tonnerre à l'aigle des Césars ;
Arbitre de la paix que la victoire amène,
Digne appui de son roi, digne rival d'Eugène.
Quel est ce jeune prince (1) en qui la majesté
Sur son visage aimable éclate sans fierté ?
D'un œil indifférent il regarde le trône.
Ciel ! quelle nuit soudaine à mes yeux l'environne ?
La mort autour de lui vole sans s'arrêter :
Il tombe au pied du trône, étant près d'y monter.
O mon fils ! des Français vous voyez le plus juste ;

(1) M. le duc de Bourgogne, père de Louis XV.

Les cieux le formeront de votre sang auguste.
Grand Dieu ! ne faites-vous que montrer aux humains
Cette fleur passagère , ouvrage de vos mains ?
Hélas ! que n'eût point fait cette ame vertueuse?
La France sous son règne eût été trop heureuse :
Il eut entretenu l'abondance et la paix ;
Mon fils, il eût compté ses jours par ses bienfaits ;
Il eût aimé son peuple. O jours remplis d'alarmes !
O combien les Français vont répandre de larmes ,
Quand sous la même tombe ils verront réunis
Et l'époux , et la femme , et la mère et le fils !
Un faible rejeton sort entre les ruines
De cet arbre fécond coupé dans ses racines.
Les enfans de Louis , descendus au tombeau ,
Ont laissé dans la France un monarque au berceau (1).

Henriade de VOLTAIRE.

On regarde avec raison comme un point essentiel de l'éducation des jeunes gens , qu'ils
soient instruits de l'histoire de France , et l'on
met entre leurs mains des abrégés de cette
histoire. On ne peut que louer ceux qui tiennent une pareille conduite ; mais on peut dire
que , si on leur faisait apprendre le morceau
qu'on vient de rapporter , ce serait contribuer
à perfectionner cette connaissance dans leur
esprit, et leur fournir en même temps une voie
aussi commode qu'agréable de graver pour
toujours dans leur mémoire les traits les plus
éclatans de l'histoire de France.

(1) Louis XV.

Portrait de Catherine de Médicis, femme de Henri
II, roi de France, et mère des rois François II,
Charles IX et Henri III.

Dans l'ombre du secret, depuis peu Médicis,
A la fourbe, au parjure, avait formé son fils (1),
Façonnait aux forfaits le cœur jeune et facile
De ce malheureux prince à ses leçons docile...
Son époux, expirant dans la fleur de ses jours,
A son ambition laissait un libre cours.
Chacun de ses enfans, nourri sous sa tutelle,
Devint son ennemi dès qu'il régna sans elle.
Ses mains autour du trône avec confusion
Semaient la jalousie et la division :
Opposant sans relâche avec trop de prudence
Les Guises aux Condés, et la France à la France ;
Toujours prête à s'unir avec ses ennemis,
Et changeant d'intérêt, de rivaux et d'amis ;
Esclave des plaisirs, mais moins qu'ambitieuse,
Infidèle à sa secte et superstitieuse ;
Possédant, en un mot, pour n'en pas dire plus,
Les défauts de son sexe et peu de ses vertus.

Henriade.

Portrait du duc de Guise, sous le règne de
Henri III.

On vit paraître Guise, et le peuple inconstant
Tourna d'abord ses yeux vers cet astre éclatant.
Sa valeur, ses exploits, la gloire de son père,
Sa grâce, sa beauté, cet heureux don de plaire,
Qui mieux que la vertu fait régner sur les cœurs,
Attiraient tous les vœux par leurs charmes vainqueurs.
Nul ne sut mieux que lui le grand art de séduire ;
Nul sur ses passions n'eut jamais plus d'empire,
Et ne sut mieux cacher sous des dehors trompeurs

(1) Charles IX.

6

Des plus vastes desseins les sombres profondeurs.
Impérieux et doux, cruel et populaire,
Des peuples en public il plaignait la misère,
Détestait des impôts le fardeau rigoureux : ·
Le peuple allait le voir, et revenait heureux.
Souvent il prévenait la timide indigence :
Ses bienfaits dans Paris annonçaient sa présence.
Il savait captiver les grands qu'il haïssait,
Terrible et sans retour alors qu'il offensait ;
Téméraire en ses vœux, souple en ses artifices,
Brillant par ses vertus et même par ses vices ;
Connaissant le péril, et ne redoutant rien :
Heureux guerrier, grand prince, et mauvais citoyen.

. Henriade.

§. 12. PORTRAIT DE L'ENVIE ET DE DIVERS AUTRES VICES.

Le poète fait la peinture de l'envie et des différens vices. C'est dans l'endroit de la Henriade où saint Louis transporte Henri IV aux
Champs-Elysées et aux autres demeures des
enfers, imaginées par les poètes.

Là gît la sombre Envie à l'œil timide et louche,
Versant sur des lauriers les poisons de sa bouche :
Le jour blesse ses yeux dans l'ombre étincelans ;
Triste amante des morts, elle hait les vivans.
Elle aperçoit Henri, se détourne et soupire.
Auprès d'elle est l'Orgueil, qui se plaît et s'admire ;
La Faiblesse au teint pâle, aux regards abattus,
Tyran qui cède au crime et détruit les vertus ;
L'Ambition sanglante, inquiète, égarée,
De trônes, de tombeaux, d'esclaves entourée ;
La tendre Hypocrisie aux yeux pleins de douceur :
Le ciel est dans ses yeux, l'enfer est dans son cœur ;
Le faux Zèle étalant ses barbares maximes,
Et l'intérêt enfin, père de tous les crimes. Henriade.

CHAPITRE V.

DU GENRE SUBLIME,

OU DU SUBLIME EN GÉNÉRAL.

Il y a deux sortes de sublime : le sublime des images ou des idées grandes et magnifiques, et le sublime des pensées ou des sentimens. Nous allons d'abord parler de ce premier genre de sublime ; l'autre suivra immédiatement.

§. 1. DU SUBLIME DES IMAGES.

Le sublime des images est ordinairement soutenu par des expressions nobles et pompeuses : il se rencontre dans des discours étendus et dans des endroits amplifiés, où la brièveté ne saurait régner ; il peut même dominer dans une pièce de poésie, dans une narration, dans une description, dans une scène brillante et majestueuse. On en peut voir des exemples dans plusieurs morceaux que nous avons déjà mis sous les yeux. Mais il ne faut pas croire que le sublime consiste dans de grands mots assemblés au hasard ; ce ne serait alors qu'une vaine enflure de paroles, et ce qu'on appelle un discours ampoulé. Un homme de goût est en garde contre ce défaut ; il évite pareillement celui qui lui est opposé, selon le précepte d'Horace : *Projicit ampullas et sesquipedalia verba.* (1) Le vrai sublime consiste dans une manière de penser noble, grande et magnifique ; il suppose dans celui qui écrit ou

_____

(1) Art poétique.

G.

qui parle, un esprit rempli de hautes idées, de sentimens généreux, et de je ne sais quelle noble fierté qui se montre en tout. Il donne au discours une vigueur noble, une force invincible qui enlève l'ame de quiconque nous écoute ; il la tire de son assiette, il l'agite, il l'élève au-dessus d'elle-même ; il fait sur les lecteurs ou sur les auditeurs une impression à laquelle il est impossible de résister ; le souvenir en reste et ne s'efface qu'avec peine. Telle est, par exemple, en matière de poésie, l'ode. On peut dire qu'elle est le triomphe du sublime des images ; elles ne sont nulle part étalées avec autant de magnificence ; et l'on en comprendra la raison, si l'on fait attention aux réflexions suivantes sur la nature de ce genre de poésie.

§. 2. SUR L'ODE ET SUR L'ENTHOUSIASME POÉTIQUE.

L'ode (1) a pour objet les louanges des dieux et celles des héros ; elle chante le renversement des états, le gain ou la perte des batailles ; tout ce qu'il y a enfin de plus grand et de plus respectable dans la nature, fait la matière de l'ode. Or, c'est un principe incontestable, que quiconque veut traiter dignement un sujet, doit nécessairement prendre le ton qui lui convient ; ainsi, un poète qui fait une ode, ne saurait être trop brillant dans ses métaphores, trop magnifique dans ses expressions, trop audacieux dans ses figures. Pourquoi? parce que par-là il peint son sujet et l'impression qu'il en a reçue ; qu'il nous communique le

(1) Une partie de ces réflexions sont tirées d'un livre intitulé : *Lettres sur la naissance, le progrès et la décadence du goût, et sur la poésie.*

mouvement dont il a dû être frappé , mouvement qui , avides comme nous sommes d'être
remués , a des charmes qu'on ne saurait exprimer. Elevé et soutenu par la dignité de sa
matière , il ne doit plus parler comme le reste
des hommes ; il prend son vol plus haut : fait
pour aller au grand , il doit franchir tout ce
qui l'en sépare ; tout doit sentir le désordre
qui l'agite , tout doit peindre les mouvemens
de son ame. On comprend de là qu'il rejettera
toutes ces liaisons timides , toutes ces transi-
tions scrupuleuses qui règnent dans les ouvrages d'un autre genre ; en un mot , qu'il s'aban-
donnera à l'enthousiasme dont il doit être rempli. Toute l'antiquité a demandé de l'enthousiasme à l'ode , témoin les Cantiques sacrés du
roi-prophète et des prophètes eux-mêmes,
que l'Esprit-Saint animait. Voyez le ton qu'ils
prennent , lorsqu'ils parlent des merveilles que
Dieu avait opérées en faveur de son peuple,
ou lorsqu'ils menacent ce même peuple de la
colère du Tout-puissant. Passez aux poètes :
voyez les odes de Pindare , d'Horace , les hymnes du Cygne de Saint-Victor , et celles des autres poètes de nos jours qui l'ont quelquefois
atteint : vous y trouverez ce beau désordre qui
est l'effet de l'enthousiasme. Or il ne faut pas
que le mot désordre effraie : la raison tranquille ne saurait produire les choses admirables qui naissent de cette agitation de notre
ame. Ce désordre est l'ordre même ; car il y
a une suite dans nos mouvemens , comme il y
en a une dans nos idées. Lorsqu'on est agité
ou censé devoir l'être , il sied bien d'être assu-
jetti à ce désordre de mouvemens ; et il est si
essentiel de s'y abandonner ; que si on ne le

fait point, on court risque de glacer l'esprit
du lecteur. En un mot, les odes, ayant pour
objet de grandes choses, frappent l'imagination du poète. Son ame, forcée d'obéir au
mouvement qui la transporte, se porte avec
agilité à plusieurs objets, et les parcourt suc-
cessivement : alors il n'est plus question de
méthode. De là ces écarts tant vantés dans
l'ode, ces disgressions plus belles mille fois
que le sujet qu'on a quitté pour elles, ces
traits de morale devenus brillans par l'éclat
qui les environne, ces comparaisons tantôt
déployées, tantôt rapides ; de là enfin ce beau
désordre, qui n'est autre chose que le langage
naturel d'un poète entraîné par un feu vraiment digne du sujet qu'on veut célébrer. Mais
il faut que le sujet donne droit aux emporte-
mens ; que, par la grandeur et la dignité de
la matière, l'ame ait été obligée de sortir de
son assiette, sans quoi l'enthousiasme devien-
drait puéril.

Avant d'en venir aux exemples, commen-
çons par l'idée qu'a donnée de l'ode le véritable
maître de la poésie française.

L'ode, avec plus d'éclat et non moins d'énergie,
Elevant jusqu'au ciel son vol ambitieux,
Entretient dans ses vers commerce avec les dieux.
Aux athlètes dans Pise (1) elle ouvre la barrière,
Chante un vainqueur poudreux au bout de la carrière,
Mène Achille sanglant au bord du Simoïs,
Ou fait fléchir l'Escaut sous le joug de Louis.
Tantôt comme une abeille ardente à son ouvrage,
Elle s'en va de fleurs dépouiller le rivage.

(1) Ville de la Grèce dans l'Elide, où l'on célébrait
les jeux olympiques.

Son style impétueux souvent marche au hasard :
Chez elle un beau désordre est un effet de l'art.

Art poétique, *de* BOILEAU.

Les strophes suivantes forment la plus grande
partie d'une ode sur l'existence de Dieu. On se
convaincra que le style et les pensées répondent à la grandeur du sujet.

> Être dont l'essence divine
> Comprend en soi l'immensité,
> Et qui comptes ton origine
> Du jour de ton éternité :
> Tout bénit ta magnificence,
> La terre annonce ta puissance,
> Le cieux sont pleins de ta splendeur;
> Et partout ta main adorable,
> D'un caractère ineffaçable,
> Grave les traits de ta grandeur.
>
> Mais, quand de ta gloire immortelle
> Tant d'êtres parlent à la fois,
> D'une harmonie universelle
> En vain l'impie entend la voix;
> Révolté contre l'évidence,
> A révérer ta Providence
> Son cœur ne saurait consentir;
> Telle est l'horreur de son système :
> Il te condamne au néant même
> Dont ta bonté l'a fait sortir.
>
> Insensé ! quel but se propose
> Ton raisonnement captieux ?
> A tes sophismes je n'oppose
> Que la lumière de tes yeux.
> Aux rayons d'une raison pure
> Contemple toute la nature
> Si réglée en son mouvement :
> Et dans leur brillante carrière

Suis tous cès globes de lumière
Dont est paré le firmament.

Déployant sa magnificence
Dans les campagnes, sur les flots,
Le soleil fuit, et son absence
Fait tout rentrer dans le chaos.
Par quelle main, par quel miracle
Renaîtra l'auguste spectacle
Que je devais à sa clarté ?
Il reparaît, tout semble éclore ;
Et, par les traits de son aurore,
Un nouveau monde est enfanté.

Le ciel et la terre s'unissent
Pour servir mes vœux fortunés ;
Le jour luit, les plantes fleurissent,
Les champs d'épis sont couronnés ;
Des mers l'intarissable source
Fournit les eaux qui dans leur course
Répandent la fécondité.
A mes besoins tout est fidelle,
Et la nature universelle
Conspire à ma félicité.

Mon esprit à la fois dévore
Les temps futurs et révolus ;
Je vois ce qui n'est pas encore,
Et j'aperçois ce qui n'est plus :
Tout m'est présent. Vastes pensées,
Qu'en votre essor je sens pressées
Par l'univers trop limité,
Soutenez-moi dans mon audace :
D'un vol je vais franchir l'espace
Qu'enferme en soi l'immensité.

Tout me surprend dans la nature :
La mécanique de mon corps

M'étonne autant par sa structure,
Que par le jeu de ses ressorts.
Cet objet épuise mes veilles,
Et je me perds dans ces merveilles
Où ne saurait atteindre l'art.
Qui l'anima ? Qui le fit naître ?
Est-ce la main d'un premier être,
Ou le caprice du hasard ?.... ASSELIN.

Strophes tirées d'une Ode sur la Foi.

Divine Foi, dont la puissance
Guide nos esprits à ton gré,
Je me vois, par ton influence,
Au sein de la Divinité.
Quel éclat ! mon ame éperdue
Ne saurait soutenir la vue
D'un Dieu si terrible et si grand,
Et, devant sa majesté sainte,
Mon cœur se perd, saisi de crainte,
Dans les abîmes du néant.

L'immensité fait son royaume :
Ce vaste monde tel qu'il est,
Devant lui n'est plus qu'un atome ;
Dans l'infini tout disparaît.
Mais l'homme insulte à sa puissance,
Et, jaloux de l'indépendance,
Veut s'égaler au Créateur.
Cieux ! fuyez. Que la terre tremble ;
Que tous les élémens ensemble
Vengent les droits de leur auteur.

Quelle est la main qui dans leur course
Retint les flots tumultueux,
Et du Jourdain jusqu'à sa source
Fit le reflux impétueux ?
Sous cette main toute-puissante,

6*

Notre cœur, qu'entraînait sa pente,
Sent vers le ciel un saint retour,
Et, cherchant sa source suprême,
Il va se perdre dans Dieu même
Par le reflux de son amour.

Rempli d'un espoir qui m'enflamme,
Seigneur, quel divin mouvement
De l'excellence de mon ame
Fait naître en moi le sentiment?
Cette ame, à toi toute livrée
Doit à jamais être enivrée
Du torrent de ta volupté,
Vivre abîmée en ton essence,
Et, contemplant ta gloire immense,
Partager ta félicité.

Insensés, dont l'orgueil insulte
A ces sublimes vérités,
Qui blasphémez contre le culte
Du Dieu par qui vous existez;
Plongés dans une nuit funeste,
Des biens purs, du bonheur céleste
Vous n'avez point connu le prix:
Dissipez les ombres du vice,
Et du soleil de la justice
Le jour luira sur vos esprits.   ASSELIN.

*Extrait d'une Ode de Rousseau, dans laquelle ce
célèbre poète fait voir que l'histoire sauve de
l'oubli des temps la mémoire des héros.*

Ce vieillard qui, d'un vol agile,
Fuit sans jamais être arrêté,
Le temps, cette image mobile
De l'immobile éternité,
A peine du sein des ténèbres
Fait éclore les faits célèbres,

Qu'il les replonge dans la nuit :
Auteur de tout ce qui doit être,
Il détruit tout ce qu'il fait naître
A mesure qu'il le produit.

Mais la déesse de mémoire,
Favorable aux noms éclatans,
Soulève l'équitable histoire
Contre l'iniquité des temps ;
Et, dans les registres des âges
Consacrant les nobles images
Que la gloire lui vient offrir,
Sans cesse en cet auguste livre
Notre souvenir voit revivre
Ce que nos yeux ont vu périr.

C'est là que sa main immortelle,
Mieux que la déesse aux cent voix,
Saura, dans un tableau fidèle,
Immortaliser les exploits.
L'avenir, faisant son étude
De cette vaste multitude
D'incroyables événemens,
Dans leurs vérités authentiques,
Des fables les plus fantastiques
Retrouvera les fondemens.

Ce n'est point d'un amas funeste
De massacres et de débris,
Qu'une vertu pure et céleste
Tire son véritable prix.
Un héros qui de la victoire
Emprunte son unique gloire,
N'est héros que quelques momens ;
Et, pour l'être toute sa vie,
Il doit opposer à l'envie
De plus paisibles monumens.

En vain ses exploits mémorables
Etonnent les plus fiers vainqueurs.
Les seules conquêtes durables
Sont celles qu'on fait sur les cœurs.
Un tyran cruel et sauvage,
Dans les feux et dans le ravage
N'acquiert qu'un honneur criminel :
Un vainqueur, qui sait toujours l'être,
Dans les cœurs dont il se rend maître
S'élève un trophée éternel.

Ode à la Fortune.

Fortune, dont la main couronne
Les forfaits les plus inouïs,
Du faux éclat qui t'environne
Serons-nous toujours éblouis ?
Jusques à quand, trompeuse idole,
D'un culte honteux et frivole
Honorerons-nous tes autels ?
Verra-t-on toujours tes caprices
Consacrés par les sacrifices
Et par l'hommage des mortels ?

Le peuple, dans ton moindre ouvrage
Adorant la prospérité,
Te nomme grandeur de courage,
Valeur, prudence, fermeté :
Du titre de vertu suprême
Il dépouille la vertu même
Pour le vice que tu chéris ;
Et toujours ses fausses maximes
Erigent en héros sublimes
Tes plus coupables favoris.

Mais de quelque superbe titre
Dont ces héros soient revêtus,
Prenons la raison pour arbitre,

Et cherchons en eux leurs vertus :
Je n'y trouve qu'extravagance,
Faiblesse , injustice , arrogance,
Trahisons , fureurs , cruautés :
Etrange vertu qui se forme
Souvent de l'assemblage énorme
Des vices les plus détestés.

Apprends que la seule sagesse
Peut faire les héros parfaits ;
Qu'elle voit toute la bassesse
De ceux que ta faveur a faits ;
Qu'elle n'adopte point la gloire
Qui naît d'une injuste victoire
Que le sort remporte pour eux ;
Et que, devant ses yeux stoïques,
Leurs vertus les plus héroïques
Ne sont que des crimes heureux.

Quoi ! Rome et l'Italie en cendre
Me feront honorer Sylla?
J'admirerai dans Alexandre
Ce que j'abhorre en Attila?
J'appellerai vertu guerrière
Une vaillance meurtrière
Qui dans mon sang trempe ses mains ?
Et je pourrai forcer ma bouche
A louer un héros farouche
Né pour le malheur des humains ?

Quels traits me présentent vos fastes,
Impitoyables conquérans ?
Des vœux outrés, des projets vastes,
Des rois vaincus par des tyrans ,
Des murs que la flamme ravage ,
Des vainqueurs fumans de carnage,
Un peuple aux fers abandonné ,

Des mères pâles et sanglantes
Arrachant leurs filles tremblantes
Des bras d'un soldat effréné.

Juges insensés que nous sommes,
Nous admirons de tels exploits !
Est-ce donc le malheur des hommes
Qui fait la vertu des grands rois ?
Leur gloire, féconde en ruines,
Sans le meurtre et sans les rapines,
Ne saurait-elle subsister ?
Images des dieux sur la terre,
Est-ce par des coups de tonnerre
Que leur grandeur doit éclater ?

Mais je veux que dans les alarmes
Réside le solide honneur :
Quel vainqueur ne doit qu'à ses armes
Ses triomphes et son bonheur ?
Tel qu'on nous vante dans l'histoire,
Doit peut-être toute sa gloire
A la honte de son rival :
L'inexpérience indocile
Du compagnon de Paul-Emile
Fit tout le succès d'Annibal.

Quel est donc le héros solide
Dont la gloire ne soit qu'à lui ?
C'est un roi que l'équité guide,
Et dont les vertus sont l'appui ;
Qui, prenant Titus pour modèle,
Du bonheur d'un peuple fidèle
Fait le plus cher de ses souhaits ;
Qui fuit la basse flatterie,
Et, qui, père de la patrie,
Compte ses jours par ses bienfaits.

Vous , chez qui la guerrière audace
Tient lieu de toutes les vertus,
Concevez Socrate à la place
Du fier meurtrier de Clitus ;
Vous verrez un roi respectable ,
Humain , généreux , équitable ,
Un roi digne de vos autels :
Mais à la place de Socrate ,
Le fameux vainqueur de l'Euphrate
Sera le dernier des mortels.

Héros cruels et sanguinaires ,
Cessez de vous enorgueillir
De ces lauriers imaginaires
Que Bellone vous fit cueillir.
En vain le destructeur rapide
De Marc-Antoine et de Lépide
Remplissait l'univers d'horreurs :
Il n'eût point eu le nom d'Auguste
Sans cet empire heureux et juste
Qui fit oublier ses fureurs.

Montrez-nous, guerriers magnanimes ,
Votre vertu dans tout son jour :
Voyons comment vos cœurs sublimes
Du sort soutiendront le retour.
Tant que sa faveur vous seconde ,
Vous êtes les maîtres du monde ;
Votre gloire nous éblouit ;
Mais au moindre revers funeste ,
Le masque tombe , l'homme reste ,
Et le héros s'évanouit.

L'effort d'une vertu commune
Suffit pour faire un conquérant ;
Celui qui dompte la fortune
Mérite seul le nom de grand ;

Il perd sa volage assistance ,
Sans rien perdre de la constance
Dont il vit ses honneurs accrus ;
Et sa grande âme ne s'altère
Ni du triomphe de Tibère ,
Ni des disgrâces de Varus.

La joie imprudente et légère
Chez lui ne trouve point d'accès ,
Et sa crainte active modère
L'ivresse des heureux succès.
Si la fortune le traverse ,
Sa constante vertu s'exerce
Dans ces obstacles passagers.
Le bonheur peut avoir son terme ;
Mais la sagesse est toujours ferme ,
Et les destins toujours légers.

En vain une fière déesse
D'Enée a résolu la mort ;
Ton secours , puissante sagesse ,
Triomphe des dieux et du sort.
Par toi Rome , au bord du naufrage ,
Jusque dans les murs de Carthage
Vengea le sang de ses guerriers ,
Et , suivant tes divines traces ,
Vit au plus fort de ses disgrâces
Changer ses cyprès en lauriers.   Rousseau.

Les autres odes de Rousseau sont dans le
même goût, tant les sacrées que les profanes ; on n'a qu'à les consulter, si l'on en a la
facilité. Celle-ci est un exemple pour les autres , et un modèle du genre sublime.

Ode sur la canonisation des saints Stanislas Kostka
et Louis de Gonzague.

De l'Eternel s'ouvre le trône :
Les anges saisis de respect,
De la splendeur qui l'environne
Ne peuvent soutenir l'aspect.
Mais quoi ! vers ce trône terrible,
A tout mortel inaccessible,
Dans un char plus brillant que l'or,
Par une route de lumière,
Quittant la terrestre carrière,
Deux mortels vont prendre l'essor.

Volez, vertus, et sur vos ailes
Enlevez leur char radieux ;
Jusqu'aux demeures immortelles
Portez ces jeunes demi-dieux.
Ils vont : la main de la victoire
Les conduit au rang que la gloire
Au ciel dès long-temps leur marqua.
Frappé de cent voix unanimes,
L'air porte au loin les noms sublimes
Et de Gonzague et de Kostka.

Sur des harpes majestueuses
A l'envi les célestes chœurs
Chantent les flammes vertueuses
Qui consumèrent ces deux cœurs ;
Leur jeunesse sanctifiée,
La fortune sacrifiée,
Les sceptres foulés sous leurs pas :
Plus héros que ceux de leur race,
A l'héroïsme de la grâce
Ils consacrèrent leurs combats.

Tout le ciel ému d'allégresse,
Chante ses nouveaux habitans ;

La religion s'intéresse
A leurs triomphes éclatans :
La vérité leur dresse un trône,
La candeur forme leur couronne
De myrtes saints toujours fleuris ;
Et, dans cette fête charmante,
Chaque vertu retrouve et vante
Ses plus fidèles favoris.

Qu'offrais-tu, profane Elysée ?
Des plaisirs sans vivacité,
Dont la douceur, bientôt usée,
Ne laissait qu'une oisiveté :
Vains songes de la poésie !
Le ciel offre à l'ame choisie
Un bonheur plus vif, plus constant,
Dans les délices éternelles
Qui conservent, toujours nouvelles,
Le charme du premier instant.

Là, goûtant de l'amour suprême
Les plus délicieux transports,
Les cœurs dans le sein de Dieu même....
Mais quel bras suspend mes accords ?
Une secrète violence
Force ici ma lyre au silence :
Tous mes efforts sont superflus.
Sous des voiles impénétrables
Dieu cache les dons adorables
Qui font le bonheur des élus.

Nouveaux saints, ames fortunées,
Ce Dieu, l'objet de vos désirs,
Abrégea vos tendres années
Pour hâter vos sacrés plaisirs.
Jaloux d'une plus belle vie,
La fleur de vos jours est ravie

Sans vous coûter de vains regrets :
Vous tombez dans la nuit profonde,
Trop tôt pour l'ornement du monde,
Trop tard encor pour vos souhaits.

Dans les célestes tabernacles,
Transmis des portes du trépas,
Touchez, changez par vos miracles
Ceux qui n'en reconnaissent pas.
Que Dieu, par des lois glorieuses,
Change en palmes victorieuses
Les cyprès de vos saints tombeaux,
Et que vos cendres illustrées,
De la foi morte en nos contrées
Viennent rallumer les flambeaux.

Fiers conquérans, héros profanes,
Pendant vos jours dieux adorés,
Que peuvent vos coupables manes ?
Vos sépulcres sont ignorés.
Par le noir abîme engloutie,
Votre puissance anéantie
N'a pu survivre à votre sort ;
Tandis que de leur sépulture,
Les saints régissent la nature,
Et brisent les traits de la mort.

Peuples, dans des fêtes constantes
Renouvelez un si beau jour ;
Prenez vos lyres éclatantes,
Chantres saints du céleste amour :
Répétez les chants de louanges
Que l'unanime voix des anges
Consacre aux nouveaux immortels ;
Et que, sous ces voûtes sacrées,
De fleurs leurs images parées
Prennent place sur nos autels.

GRESSET.

CHAPITRE VI.

DU SUBLIME

DES PENSÉES ET DES SENTIMENS.

LE sublime dont il s'agit n'est autre chose que le vrai et le nouveau réunis dans une grande idée, et exprimés avec élégance et précision. Il se peut trouver dans une seule pensée, dans une seule figure, dans un seul tour de parole, qui présente quelque trait vif et frappant ; comme dans ce récit de Moïse, Dieu dit : *Que la lumière soit faite, et la lumière fut faite.* (1)

D'où naît ici ce sublime ? C'est sans doute de ce sang froid, de cette simplicité avec laquelle Moïse parle du plus beau moment du monde, du moment de la création. C'était sans doute sur ce ton que Moïse devait en parler. Accoutumé aux merveilles de Dieu, fait de longue main aux traits de sa puissance, ce beau moment était pour lui une chose tout unie, toute simple ; aussi ne voyez-vous aucune marque d'étonnement dans sa narration : c'est là précisément ce qui produit le nôtre, et ce qui nous jette dans l'admiration. C'est l'effet que l'on doit trouver dans tous les traits du sublime, sans quoi il ne mériterait pas le beau nom qu'on lui a donné. Il en est de même de ces paroles que Dieu a dites à Job : *Où étiez-vous, lorsque j'établissais la terre sur ses fondemens, lorsque les astres du matin me louaient d'un com-*

(1) Genèse, c. 1. v. 3.

mun accord (1) ? ou dans cette parole d'Ajax : *Grand Dieu ! rends-nous le jour et combats contre nous.* En un mot, le sublime, dans le genre dont nous parlons, n'est autre chose que l'expression courte et vive de tout ce qu'il y a dans une ame de plus grand et de plus superbe ; il doit marquer la hauteur et l'élévation du caractère de celui qui parle, et produire en nous une certaine admiration mêlée d'étonnement et de surprise : car il faut remarquer que l'étonnement est un sentiment qui est d'un grand prix pour nous. Au milieu de notre bassesse, nous nourrissons tous un sentiment de grandeur et de bouffissure. Tout ce qui excède nos forces, tout ce qui passe notre pouvoir, réveille notre admiration : or, une manière de peindre vivement un sentiment en peu de paroles, produit en nous cet effet, et c'est ce que nous appelons le vrai sublime. Il est aisé d'en sentir la raison, si l'on fait attention qu'il n'y a rien de si rapide que le mouvement avec lequel nos idées se présentent ; les expressions, quelque énergiques quelles puissent être, les affaiblissent, et ne les rendent jamais à notre gré : mais quand par bonheur un mot ou deux peignent vivement un sentiment, nous sommes ravis, parce qu'alors le sentiment a été peint avec la même vitesse qu'il a été exprimé ; qu'il en est plus vif de ce qu'il est resserré ; et comme toute sa chaleur est réunie, il la conserve tout entière.

Dans la pastorale d'Acis et Galatée (1), Polyphème voyant qu'Acis, son rival, avait

(1) Job, c. 38. v. 4
(2) Pastorale héroïque, dont les paroles sont de Campistron, et la musique de Lulli.

pris la fuite avec Galatée , et ne sachant ce
qu'ils étaient devenus, exhale sa fureur jalouse en ces termes :

Quel chemin ont-ils pris, ces amans trop heureux?
Sans doute Jupiter s'intéresse pour eux.
* Qu'il se montre, ce Dieu que l'univers révère,
　* C'est un objet digne de ma colère.
* Je l'attends. Mais il craint de paraître à mes yeux,
* Et croit braver ma rage, enfermé dans ses cieux.
J'y monterai malgré l'effort de son tonnerre ;
J'entasserai ces monts pour aller jusqu'à lui,
Et ferai plus trembler tout l'Olympe aujourd'hui,
Que ne firent jadis les enfans de la terre.

　Ceux qui connaissent le vrai sublime , en
trouveront une belle image dans ces paroles
de Polyphème , par lesquelles il brave la puissance du plus grand des dieux. On a indiqué
ces vers par une étoile , quoique les autres ne
les déparent pas.

　Il s'ensuit de ces réflexions , que le sublime
tient plus de la nature que de l'art , parce qu'il
tient de l'élévation des sentimens , et qu'il se
concilie souvent avec l'expression la plus simple ; mais comme toutes les forces du sentiment exprimé sont ramassées en peu de paroles , de là vient que le sublime va souvent jusqu'au ravissement , et qu'il nous jette dans des
transports de joie produits par cette haute idée
que nous avons du grand et du beau , ou qu'il
nous cause une tristesse majestueuse. Ces paroles de Monime (dans la tragédie de Mithridate , de Racine) : *Seigneur , vous changez de
visage !* ne sont rien par elles-mêmes ; mais le
moment où ces paroles si simples sont pronon-
cées , fait frémir : c'est qu'elles tirent leur

force de la seule manière dont elles sont ame-
nées. Il en est de même de ces trois mots :
Zaïre, vous pleurez ! dans la tragédie de ce
nom, qui attendrissent si subitement le lecteur ou le spectateur. Tels sont enfin les grands
sentimens qui nous frappent dans une tragédie, c'est l'apanage du sublime. Nous allons
en donner quelques exemples.

Médée, furieuse contre Jason, son époux,
dont elle se voyait abandonnée pour Créuse,
fait éclater sa douleur devant Nérine, sa confidente, qui lui parle ainsi :

Que sert ce grand courage où l'on est sans pouvoir?

MÉDÉE.

Il trouve toujours lieu de se faire valoir.

NÉRINE.

Forcez l'aveuglement dont vous êtes séduite,
Pour voir en quel état le sort vous a réduite :
Votre pays vous hait, votre époux est sans foi.
Dans un si grand revers que vous reste-t-il ?

MÉDÉE.

                             Moi.

Moi, dis-je, et c'est assez (1)

                    Médée, de CORNEILLE.

Le sublime de ce mot *moi* consiste en ce qu'il
annonce un courage invincible et une fermeté
inébranlable.

Elle emploie ailleurs la même pensée, mais
elle est tournée différemment. C'est dans une
scène de la Toison-d'Or, où Médée parle avec
hauteur à Hypsipyle, reine de Lemnos, qui
aimait Jason, et qui en était aimée.

(1) Corneille a renchéri sur la pensée de Sénèque, qui
met dans la bouche de Médée ces paroles : *Medea superest.*

MÉDÉE.

Avec sincérité je dois aussi vous dire
Qu'assez mal aisément on sort de mon empire,
Et que quand jusqu'à moi j'ai permis d'aspirer,
On ne s'abaisse plus à vous considérer.
Profitez des avis que ma pitié vous donne.

HYPSIFYLE.

A vous dire le vrai, cette hauteur m'étonne.
Je suis reine, madame, et les fronts couronnés...

MÉDÉE.

Et moi, je suis Médée, et vous m'importunez.

CORNEILLE, *Toison d'Or.*

Une femme qui avait été témoin du combat
des trois Horaces, mais qui n'en avait pas vu
la fin, vient annoncer au vieil Horace que
deux de ses fils ont été tués, et que le troi-
sième, se voyant hors d'état de résister contre
trois, a pris la fuite. Le père alors, outré de
la lâcheté de son fils, entre en indignation
contre lui ; sur quoi sa fille, qui était là présente, lui ayant dit :

Que vouliez-vous qu'il fît contre trois ?

Il répond froidement :

Qu'il mourût.

Il n'est pas douteux que le sublime qu'il y a
dans le sentiment exprimé par ces paroles,
vient de l'étonnement où nous jette le vieil
Horace, qui, sur ce qu'on lui demande ce
qu'il eût voulu qu'eût fait son fils, répond froidement qu'il n'avait qu'à mourir ; comme si
mourir était la plus petite chose du monde : c'est
cet air simple, cet air grand à la fois et naïf,
qui produit cet effet sur nous, qui, craignant
la mort infiniment, tombons d'étonnement à

l'aspect d'un homme qui a pour la mort une si
grande indifférence.

Alexandre ayant vaincu Porus, roi dans les
Indes, prince rempli d'un courage admirable,
lui parle ainsi :

Votre fierté, Porus, ne se peut abaisser :
Jusqu'au dernier soupir vous m'osez menacer.
En effet, ma victoire en doit être alarmée,
Votre nom peut encor plus que toute une armée :
Je m'en dois garantir. Parlez-donc, dites-moi,
Comment prétendez-vous que je vous traite ?

PORUS.

En Roi.

ALEXANDRE.

Hé bien ! c'est donc en roi qu'il faut que je vous traite.
Je ne laisserai point ma victoire imparfaite.
Vous l'avez souhaité, vous ne vous plaindrez pas.
Régnez toujours, Porus, je vous rends vos états.

Alexandre, de RACINE.

Prusias, roi de Bithynie, prince faible, et
à qui la grande puissance des Romains cau-
sait des frayeurs indignes de son rang, parle
ainsi à son fils Nicomède, dont le courage
était fort élevé.

Mais donnons quelque chose à Rome qui se plaint,
Et tâchons d'assurer la reine qui vous craint...
Je veux mettre d'accord l'amour et la nature,
Etre père et mari dans cette conjoncture....

NICOMÈDE.

Seigneur, voulez-vous bien vous en fier à moi ?
Ne soyez l'un ni l'autre.

PRUSIAS.

Et que dois-je être ?

NICOMÈDE.

Roi.

7

Reprenez hautement ce noble caractère :
Un véritable roi n'est ni mari ni père ;
Il regarde son trône, et rien de plus. Régnez :
Rome vous craindra plus que vous ne la craignez.

Nicomède, *de* CORNEILLE.

Brutus reprochait à César qu'il avait opprimé la liberté de Rome, et César lui répondait en ces termes.

Ah ! c'est ce qu'il fallait reprocher à Pompée ;
Par sa feinte vertu la tienne fut trompée.
Ce citoyen superbe, à Rome plus fatal,
N'a pas même voulu César pour son égal.
Crois-tu, s'il m'eût vaincu, que cette ame hautaine
Eût laissé respirer la liberté romaine ?
Ah ! sous un joug de fer il t'aurait accablé.
Qu'eût fait Brutus alors ?

Mais Brutus lui répond :

Brutus l'eût immolé.

Mort de César, *de* VOLTAIRE.

Emilie, dame romaine, avait donné lieu à une conspiration contre la vie d'Auguste. Elle n'avait promis sa main à Cinna que sous la condition qu'on vengerait la mort de son père, C. Toranius, qui avait été proscrit pendant le triumvirat d'Auguste. Elle exhorte Cinna à persévérer dans son dessein, et elle parle d'Auguste en cet endroit :

Quelque soin qu'il se donne, et quelque ordre qu'il
    tienne,
Qui méprise sa vie est maître de la sienne.
Plus le péril est grand, plus doux en est le fruit :
La vertu nous y jette, et la gloire le suit.
Regarde le malheur de Brute et de Cassie ;
La splendeur de leur nom en est-elle obscurcie ?

Sont-ils morts tout entiers avec leurs grands desseins ?
Ne les compte-t-on plus pour les derniers Romains ?..
Va marcher sur leurs pas où l'honneur te convie ,
Mais ne perds pas le soin de conserver ta vie.

  Et ailleurs Cinna lui dit :

S'il est pour me trahir des esprits assez bas ,
Ma vertu pour le moins ne me trahira pas :
Vous la verrez brillante au bord des précipices ,
Se couronner de gloire en bravant les supplices.
S'il faut subir le coup d'un destin rigoureux ,
Je mourrai tout ensemble heureux et malheureux :
Heureux pour vous servir , de perdre ainsi la vie ;
Malheureux de mourir sans vous avoir servie.

Cinna , de CORNEILLE.

  La conjuration contre Auguste , dont les chefs étaient Cinna et Maxime, ayant été découverte, Maxime, qui aimait Emilie, en faveur de laquelle cette conjuration avait été formée, lui conseillait de fuir avec lui, et lui parle en ces termes :

Prenons notre avantage avant qu'on nous poursuive :
Nous avons pour partir un vaisseau sur la rive...
Avec la même ardeur je saurai vous chérir ,
Que...

ÉMILIE.

    Tu m'oses aimer , et tu n'oses mourir !
Tu prétends un peu trop : mais quoi que tu prétendes,
Rends-toi digne du moins de ce que tu demandes....
Montre d'un vrai Romain la dernière vigueur ,
Et mérite mes pleurs au défaut de mon cœur.

Cinna , de CORNEILLE.

  Pulchérie parle ainsi à Héraclius , son frère, que l'empereur Phocas voulait faire mourir. Dans ce moment elle n'était pas entièrement

7.

convaincue qu'Héraclius fût son frère, et l'on
ne savait pas encore qui était le véritable Héraclius.

Ah ! prince, il ne faut point d'assurance plus claire !
Si vous craignez la mort, vous n'êtes point mon frère :
Ces indignes frayeurs vous ont trop découvert.

Héraclius, de CORNEILLE.

Cette princesse témoigne là même grandeur de sentiment par la fierté avec laquelle
elle dit à Phocas qu'Héraclius voit le jour, et
qu'il se vengera sur lui de la mort de son père,
l'empereur Maurice.

Au seul nom de Maurice il te fera trembler !
Puisqu'il se dit son fils, il veut lui ressembler. *Ibid.*

Le comte de Gormas, menacé de la colère
de son prince, s'il refusait de faire une satisfaction à Don Diègue, à qui il avait donné un
soufflet, l'officier envoyé de la part du roi lui
parle ainsi :

Mais songez que les rois veulent être absolus.

LE COMTE.

Le sort en est jeté, monsieur, n'en parlons plus.

D. ARIAS.

Adieu donc, puisqu'en vain je tâche à vous résoudre
Avec tous vos lauriers craignez encor la foudre.

LE COMTE.

Je l'attendrai sans peur.

D. ARIAS.

Mais non pas sans effet.

LE COMTE.

Nous verrons donc par-là Don Diègue satisfait.

(*Seul.*)

Qui ne craint pas la mort, ne craint point les menaces.
J'ai le cœur au-dessus des plus fières disgrâces.

Et l'on peut me réduire à vivre sans bonheur,
Mais non pas me résoudre à vivre sans honneur.

Cid, de CORNEILLE.

Honorie, sœur de l'empereur Valentinien,
parle ainsi à Attila, roi des Huns :

Quand je voudrai l'aimer, je le pourrai sans honte :
Il (1) est roi comme vous.

ATTILA.

En effet, il est roi,
J'en demeure d'accord, mais non pas comme moi,
Même splendeur de sang, même titre nous pare ;
Mais de quelques degrés le pouvoir nous sépare...
A ses propres sujets il dispense mes lois ;
Et s'il est roi des Goths, je suis celui des rois.

HONORIE.

Et j'ai de quoi le mettre au-dessus de ta tête
Sitôt que de ma main j'aurai fait sa conquête.
Tu n'as pour tout pouvoir que des droits usurpés
Sur des peuples surpris et des princes trompés ;
Tu n'as d'autorité que ce qu'en font les crimes :
Mais il n'aura de moi que des droits légitimes ;
Et fût-il sous ta rage à tes pieds abattu,
Il est plus grand que toi, s'il a plus de vertu.

Attila, de CORNEILLE.

Attila avait eu la cruauté d'offrir pour époux
à Ildione, sœur de Mérouée, roi des Francs,
Ardaric, roi des Gépides, sous la condition
qu'il tuerait Valamir, roi des Ostrogoths : et il
avait menacé Ardaric de le faire périr, s'il
refusait de commettre cette action noire. Voici
ce qu'Ardaric et Ildione se disent à cette
occasion :

(1) Elle parle de Valamir, roi des Ostrogoths.

ARDARIC.

Il me fait son bourreau pour perdre un autre roi,
A qui sa fureur fait la même offre qu'à moi.
Aux dépends de sa tête il veut qu'on vous obtienne;
On lui donne Honorie aux dépens de la mienne :
Sa cruelle faveur m'en a laissé le choix.

ILDIONE.

Quel crime voit sa rage à punir en deux rois ?

ARDARIC.

Le crime de tous deux, c'est d'aimer deux princesses;
C'est d'avoir mieux que lui mérité leurs tendresses;
De vos bontés pour nous il nous fait un malheur,
Et d'un sujet de joie un excès de douleur.

ILDIONE.

Est-il orgueil plus lâche ou lâcheté plus noire?
Il veut que je vous coûte ou la vie ou la gloire,
Et serve de prétexte au choix infortuné
D'assassiner vous-même, ou d'être assassiné!
Il vous offre ma main comme un bonheur insigne,
Mais à condition de vous en rendre indigne;
Et si vous refusez par-là de m'acquérir,
Vous ne sauriez vous-même éviter de périr!

ARDARIC.

Il est beau de périr pour éviter un crime :
Quand on meurt pour la gloire, on revit dans l'estime;
Et triompher ainsi du plus rigoureux sort,
C'est s'immortaliser par une illustre mort...
Vous vengerez ma mort, et mon ame ravie...

ILDIONE.

Ah ! venger une mort n'est pas rendre une vie :
Le tyran immolé me laisse mes malheurs,
Et son sang répandu ne tarit pas mes pleurs. *Ibid.*

Eurydice, fille d'Artabaze, roi d'Arménie,
aimait Suréna, grand homme de guerre, et
général de l'armée d'Orode, roi des Parthes.

Sa confidente, lui représentant qu'elle devait faire un choix plus digne d'elle, lui disait ces paroles :

Cependant est-il roi, madame?

Eurydice répond,

Il ne l'est pas :
Mais il sait rétablir les rois dans leurs états.
Des Parthes le mieux fait d'esprit et de visage,
Le plus puissant en biens, le plus grand en courage,
Le plus noble; joins-y l'amour qu'il a pour moi,
Et tout cela vaut bien un roi qui n'est que roi.

Suréna, de CORNEILLE.

Pacorus, fils d'Orode, aimait Eurydice : il apprit qu'il avait un rival; mais il ignorait qui ce pouvait être. Il parle ainsi à Eurydice :

Sachons, quoi qu'il en coûte,
Quel est ce grand rival qu'il faut que je redoute.
Dites : est-ce un héros? est-ce un prince? est-ce un roi?

Mais Eurydice lui répond fièrement :

C'est ce que j'ai connu de plus digne de moi. *Ibid.*

Suréna ayant été lâchement tué par l'ordre d'Orode, ou de Pacorus, on vient apprendre cette nouvelle à Eurydice, et à Palmis, sœur de cet infortuné guerrier. Comme la cause de sa mort venait de ce qu'il était aimé d'Eurydice, Palmis, dans le premier mouvement de sa douleur, lui reprocha la mort de son frère; mais on verra quelle fut la réponse d'Eurydice.

PALMIS, *à Eurydice.*

Vous qui, brûlant pour lui sans vous déterminer,
Ne l'avez tant aimé que pour l'assassiner,
Allez d'un tel amour, allez voir tout l'ouvrage,

En recueillir le fruit , en goûter l'avantage.
Quoi! vous causez sa perte , et n'avez point de pleurs !

EURYDICE.

Non , je ne pleure point , madame , mais je meurs.
Ormène , soutiens-moi.

ORMÈNE.

Que dites-vous , madame ?

EURYDICE.

Généreux Suréna , reçois toute mon ame.   *Ibid.*

Il faut convenir qu'il y a un des plus grands
traits de sublime dans l'action d'Eurydice et
dans sa réponse. Mourir en apprenant qu'on
perd ce qu'on aime , être saisi au point de
n'avoir pas la force d'en gémir , ce sont là des
traits qui nous passent ; et c'est parce que nous
ne nous en sentons pas capables , que nous ne
pouvons assez admirer ceux qui sont touchés
à ce point. Mais ce qui caractérise ici le sublime , c'est le sang-froid , la tranquillité appa-
rente qu'Eurydice met dans sa réponse. On
l'accuse d'avoir assassiné Suréna par ses irré-
solutions ; on l'envoie recueillir le fruit de ses
lenteurs ; on lui reproche de n'avoir pas une
larme à verser pour lui : comment répond-elle
à tout cela ? Elle dit qu'elle meurt , et elle
tombe effectivement dans les bras de ses femmes , qui l'emportent mourante.

Bérénice (1) sentait qu'elle était aimée de
l'empereur Titus ; elle souhaitait fort qu'il
l'épousât : et parmi les raisons qu'elle lui donnait pour le déterminer , elle lui dit ces paroles:

N'avez-vous pas un pouvoir absolu?
Seigneur ?

(1) Elle était reine d'une partie de la Judée.

Voici la réponse de Titus :

Oui, mais j'en suis comptable à tout le monde :
Comme dépositaire, il faut que j'en réponde.
Un monarque a souvent des lois à s'imposer,
Et qui veut pouvoir tout ne doit pas tout oser.

Tite et Bérénice, de CORNEILLE.

Viriate, reine de Portugal, s'exprime de la manière suivante, en parlant de Sertorius, général du parti de Marius en Espagne. Il est bon de savoir que la faction de Sylla l'avait emporté sur celle de Marius ; en sorte que tous les partisans de ce dernier avaient été obligés de prendre la fuite et de s'exiler de l'Italie. Mais Sertorius, qui était un grand homme de guerre, se soutint vaillamment en Espagne, et battit souvent Pompée, qu'il appelait un écolier de Sylla.

Ce ne sont point les sens que mon amour consulte :
Il hait des passions l'impétueux tumulte,
Et son feu, que j'attache aux soins de ma grandeur,
Dédaigne tout mélange avec leur folle ardeur.
J'aime en Sertorius ce grand art de la guerre
Qui soutient un banni contre toute la terre ;
J'aime en lui ces cheveux tout couverts de lauriers,
Ce front qui fait trembler les plus braves guerriers,
Ce bras qui semble avoir la victoire en partage.
L'amour de la vertu n'a jamais d'yeux pour l'âge ;
Le mérite a toujours des charmes éclatans,
Et quiconque peut tout, est aimable en tout temps.

Sertorius, de CORNEILLE.

Rhadamiste, dont on a parlé ci-dessus, ayant appris que son frère Arsame aimait Zénobie (celui-ci ignorait que Rhadamiste fût son époux), fait connaître qu'il est agité par des

7*

soupçons injurieux à Zénobie. C'est alors que cette princesse lui déclare qu'elle est prête à partir avec lui, et qu'elle ira où il voudra.

Prince (1), après cet aveu je ne vous dis plus rien :
Vous connaissez assez un cœur comme le mien,
Pour croire que sur lui l'amour ait quelque empire.
Mon époux est vivant, ainsi ma flamme expire.
Cessez donc d'écouter un amour odieux,
Et surtout gardez-vous de paraître à mes yeux.
Pour toi (2), dès que la nuit pourra me le permettre,
Dans tes mains, en ces lieux, je viendrai me remettre :
Je connais la fureur de tes soupçons jaloux ;
Mais j'ai trop de vertu pour craindre mon époux.

C'est dans ce dernier vers que réside le sentiment sublime : il est inutile d'ajouter ici aucune réflexion pour le faire comprendre. Il y a des choses qu'il est plus facile de sentir que d'exprimer : telle est cette pensée de Zénobie, dont les personnes de bon goût connaîtront toute la beauté.

Dans la tragédie d'Héraclius, par Corneille, il est un temps où un faux billet de l'empereur Maurice jette dans l'erreur les principaux personnages de cette pièce. C'est à cette occasion que Pulchérie, croyant que Martian, qu'elle aimait, était le véritable Héraclius, et se trouvait par-là être son frère, fait éclater toute la grandeur de ses sentimens en ces termes :

Ce grand coup m'a surprise, et ne m'a point troublée ;
Mon ame l'a reçu sans en être accablée ;
Et comme tous mes feux n'avaient rien que de saint,
L'honneur les alluma, le devoir les éteint.
Je ne vois plus d'amant où je rencontre un frère :

(1) Elle parle à Arsame.
(2) Rhadamiste.

L'un ne peut me toucher, ni l'autre me déplaire ;
Et je tiendrai toujours mon bonheur infini ,
Si les miens sont vengés , et le tyran (1) puni.

Héraclius.

C'est à l'occasion de cette même erreur, que Martian , fils de Phocas , croit être le véritable Héraclius ; et comme il en prit le nom aussitôt , et qu'il se disait tel à Phocas , ce tyran le menaçait de la mort. C'est dans ces circonstances que Martian parle ainsi à Phocas:

J'entends donc mon arrêt sans qu'on me le prononce.
Héraclius mourra comme a vécu Léonce (2).
Bon sujet , meilleur prince ; et ma vie et ma mort
Rempliront dignement et l'un et l'autre sort.
La mort n'a rien d'affreux pour une ame bien née :
A mes côtés pour toi je l'ai cent fois traînée ,
Et mon dernier exploit contre tes ennemis ,
Fut d'arrêter son bras qui tombait sur ton fils. *Ibid.*

CHAPITRE VII.

DES SCÈNES CÉLÈBRES.

Avant de rapporter quelques scènes brillantes de nos poètes les plus célèbres , on a cru devoir donner une idée du caractère des deux grands hommes qui ont si fort illustré le Théâtre français. Nous commencerons par celui de Corneille.

(1) Phocas , meurtrier de l'empereur Maurice , père de Pulchérie.

(2) Le vrai Martian passait pour Léonce , et le vrai Héraclius pour Martian.

Avant (1) Corneille, la France n'avait rien vu sur la scène de sublime, ni même, pour ainsi dire, de raisonnable. Ce grand homme, guidé par son seul génie, étudia les grands maîtres de l'antiquité qui avaient traité cette matière ; et joignant ses propres réflexions aux connaissances qu'il puisa chez eux, il se fraya des routes qu'on avait ignorées jusqu'alors. Dédaignant fièrement le faux goût de son siècle, qui régnait dans les pièces de ceux qui l'avaient précédé, « il se forma une haute idée » de la tragédie, et il comprit de bonne heure »| que les plus grands intérêts doivent en être » les uniques ressorts. » Peignant donc ces caractères d'après l'idée de cette grandeur romaine dont il s'était si bien rempli, il la mit en œuvre avec tout le succès que ses heureux talens pouvaient lui promettre. Il forma ses figures plus grandes à la vérité que le naturel, mais nobles, hardies, admirables dans toutes leurs proportions ; et comme la pompe des vers lui était naturelle, il revêtit de leur harmonie les sentimens qu'il donna à ses héros, et répandit sur tous ses grands tableaux des grâces fières et sublimes. On admira la richesse de ses expressions, l'élévation de ses pensées, et la manière impérieuse dont il maniait, pour ainsi dire, la raison humaine.

Le succès de ses premières pièces tragiques fut si prodigieux, que les lecteurs, autant que les spectateurs, se sentirent transportés pour lui d'une admiration qui alla, pour ainsi parler, jusqu'à l'idolâtrie. Ses vers étaient dans la bouche de tout le monde ; et, *cela est beau*

---

(1) Ce qui est marqué par des guillemets est pris des réflexions de Fontenelle, dans la vie de Corneille.

comme le Cid , était une louange qui avait passé en proverbe. L'ingénieux (1) Auteur de sa vie nous apprend « que Corneille avait dans son » cabinet cette pièce traduite en toutes les lan- » gues de l'Europe , hors l'Esclavone et la Tur- » que. » Tout le monde sait que cette célèbre pièce excita la jalousie du cardinal de Riche- lieu. Ce ministre dont le nom sera immortel, par une faiblesse qu'on ne sait comment allier avec ses grandes qualités , y voulait joindre celle de faire des pièces de théâtre : il engagea donc l'Académie française à porter un juge- ment sur le Cid , relativement à la critique qu'en avait faite M. de Scudéry. Comment refuser un ministre qui protégeait les talens , et qui remuait à son gré toute l'Europe. Cependant les hommes sages qui furent chargés de cette critique , « vinrent à bout de conserver tous les » égards qu'ils devaient , d'un côté, à un si » grand homme, qui ne cessait de l'être qu'en » cela seul, et, de l'autre , à l'estime prodi- » gieuse que le public avait conçue du Cid. » L'Académie satisfit le cardinal , dit Fonte- » nelle , en reprenant exactement tous les dé- » fauts de cette pièce ; et le public en même » temps , en les reprenant avec modération, » souvent même avec louange. » De là on fit cette remarque, que si la plus belle pièce du théâtre était le Cid, la plus saine critique qui eût jamais été faite , était celle du Cid.

On peut dire enfin de Corneille, « qu'il a donné » le premier les véritables règles du poème » dramatique, qu'il a découvert les vraies sour- » ces du beau , et qu'il les a ouvertes à tout le

(1) Fontenelle.

» monde. » Il a jeté le sublime dans les passions : l'ambition, la colère, la vengeance, la
jalousie, l'amour même, cette passion où il
entre tant de faiblesse, portent chez lui un
caractère de grandeur qu'il a créé, et que nul
autre n'a pu surpasser ; aussi a-t-on dit de lui
qu'il a trouvé le secret d'exciter dans l'ame
cet étonnement que produit la grandeur des
sentimens. Partout il instruit et il maîtrise tous
les hommes indifféremment par les maximes,
les préceptes, les traits sentencieux dont il
abonde. Il était véritablement digne de faire
parler les rois et les grands hommes convena-
blement à leur rang et à leur caractère. Quel
autre que lui a mieux rendu le langage de la
majesté royale, et celui des héros de l'antiquité, dont il nous a déployé toute l'ame ?
C'est ainsi, nous disons-nous, que ces hommes illustres devaient parler et agir. Ce n'était
pas sans raison que le maréchal de Grammont
disait finement que Corneille était le bréviaire
des rois.

« Il faut avouer que, dans ses dernières tra-
» gédies, les beautés ne sont pas si communes ;
» mais aussi y trouve-t-on des scènes que Cor-
» neille était seul capable de faire. C'est ce
» qu'on remarque dans celles de ses pièces qui
» ont eu le moins de réputation, comme dans
» Attila, la scène où ce prince délibère, s'il se
» doit allier à l'Empire, qui est près de tomber,
» ou à la France, qui s'élève. Il en est de même
» de la scène d'Agésilas et de Lysander, dans
» la tragédie qui porte le nom du premier. »
Enfin, dans les pièces mêmes qui devraient se
sentir du déclin de son âge, son même génie
se fait apercevoir ; et l'on peut dire avec plus

de vérité du poète français ce que Longin a dit
d'Homère, que dans ses derniers ouvrages il
est semblable au soleil, qui a toujours la même
grandeur quand il se couche, mais qui n'a
plus autant de force. A tous ces traits, nous
croyons devoir ajouter que, dans les ouvrages
en prose du grand Corneille, on trouve partout un goût exquis, une raison épurée : lorsqu'il parle de lui-même, on découvre un certain air de franchise qui le fait aimer et admirer en même temps. On voit que, dans le
compte qu'il rend de ses pièces, soit qu'il
nous instruise de leur succès ou de leur chute,
il le fait avec une noble indifférence ; et l'on
sent partout cette grandeur romaine à laquelle
il a donné lui-même tant d'éclat dans ses
tragédies.

Scènes brillantes et intéressantes par la beauté
des sentimens et des situations.

Rodrigue, célèbre cavalier espagnol, ayant
tué dans un duel le comte de Gormas, père
de Chimène, dont il était l'amant, vient lui
présenter son épée, pour qu'elle venge sur
lui la mort de son père. Voici quelques traits
de cette brillante scène, qui attache si fort
les spectateurs par la situation vive qu'elle
expose.

RODRIGUE.

Hé bien ! sans vous donner la peine de poursuivre,
Assurez-vous l'honneur de m'empêcher de vivre.

CHIMÈNE.

Elvire, où sommes-nous ? et qu'est-ce que je vois ?
Rodrigue en ma maison ! Rodrigue devant moi !

RODRIGUE.

N'épargnez point mon sang ; goûtez sans résistance
La douceur de ma perte et de votre vengeance.

CHIMÈNE.

Hélas !

RODRIGUE.

Ecoute-moi.

CHIMÈNE.

Je me meurs.

RODRIGUE.

Un moment.

CHIMÈNE.

Va , laisse moi mourir.

RODRIGUE.

Quatre mots seulement :
Après , ne me réponds qu'avecque cette épée.

CHIMÈNE.

Quoi ! du sang de mon père encor toute trempée !

RODRIGUE.

Ma Chimène !

CHIMÈNE.

Ote-moi cet objet odieux
Qui reproche ton crime et ta vie à mes yeux.

RODRIGUE.

Regarde-le plutôt pour exciter ta haine ,
Pour croître ta colère, et pour hâter ma peine.

CHIMÈNE.

Il est teint de mon sang.

RODRIGUE.

Plonge-le dans le mien
Et fais-lui perdre ainsi la teinture du tien.

CHIMÈNE.

Ah ! quelle cruauté , qui tout en un jour tue
Le père par le fer , la fille par la vue !
Ote-moi cet objet , je ne le puis souffrir.
Tu veux que je t'écoute , et tu me fais mourir !

RODRIGUE.

Je fais ce que tu veux , mais sans quitter l'envie
De finir par tes mains ma déplorable vie...

Mais je puis opposer à tes plus forts appas,
Qu'un homme sans honneur (1) ne te méritait pas,
Que, malgré cette part que j'avais en ton ame,
Qui m'aima généreux, me haïrait infame....
Je t'ai fait une offense, et j'ai dû m'y porter,
Pour effacer ma honte, et pour te mériter.
Mais quitte envers l'honneur, et quitte envers mon père,
C'est maintenant à toi que je viens satisfaire ;
C'est pour t'offrir mon sang qu'en ces lieux tu me vois :
J'ai fait ce que j'ai dû, je fais ce que je dois.
Je sais qu'un père mort t'arme contre mon crime,
Je ne t'ai point voulu dérober ta victime :
Immole avec courage au sang qu'il a perdu
Celui qui met sa gloire à l'avoir répandu.

CHIMÈNE.

Ah ! Rodrigue ! il est vrai, quoique ton ennemie,
Je ne puis te blâmer d'avoir fui l'infamie ;
Et de quelque façon qu'éclatent mes douleurs,
Je ne t'accuse point, je pleure mes malheurs.
Je sais ce que l'honneur, après un tel outrage,
Demandait à l'ardeur d'un généreux courage...
Même soin me regarde, et j'ai, pour m'affliger,
Ma gloire à soutenir, et mon père à venger...
De quoi qu'en ta faveur notre amour m'entretienne,
Ma générosité doit répondre à la tienne :
Tu t'es, en m'offensant, montré digne de moi ;
Je me dois, par ta mort, montrer digne de toi.

RODRIGUE.

Ne diffère donc plus ce que l'honneur t'ordonne...
Il demande ma tête, et je te l'abandonne...
Je mourrai trop heureux, mourant d'un coup si beau.

CHIMÈNE.

Va, je suis ta partie, et non pas ton bourreau.

(1) Don Diègue, père de Rodrigue, avait reçu un
soufflet du père de Chimène.

Si tu m'offres ta tête , est-ce à moi de la prendre ?
Je la dois attaquer , mais tu dois la défendre.
C'est d'un autre que toi qu'il me faut l'obtenir ,
Et je dois te poursuivre , et non pas te punir.

RODRIGUE.

Rigoureux point d'honneur ! hélas ! quoi que je fasse ,
Ne pourrai-je à la fin obtenir cette grâce ?
Au nom d'un père mort et de notre amitié ,
Punis-moi par vengeance , ou du moins par pitié.
Ton malheureux amant aura bien moins de peine
A mourir par ta main qu'à vivre avec ta haine.

CHIMÈNE.

Va , je ne te hais point.

RODRIGUE.

Tu le dois.

CHIMÈNE.

Je ne puis.

RODRIGUE.

Crains-tu si peu le blâme , et si peu les faux bruits?
Quand on saura mon crime , et que ta flamme dure ,
Que ne publiront point l'envie et l'imposture ?
Force-les au silence ; et , sans plus discourir ,
Sauve ta renommée en me faisant mourir.

CHIMÈNE.

Elle éclate bien mieux en te laissant la vie ;
Et je veux que la voix de la plus noire envie
Elève au ciel ma gloire , et plaigne mes ennuis ,
Sachant combien je t'aime , et que je te poursuis...

RODRIGUE.

Adieu , je vais traîner une mourante vie ,
Tant que par ta poursuite elle me soit ravie.

CHIMÈNE.

Si j'en obtiens l'effet , je t'engage ma foi
De ne respirer pas un moment après toi.

Suite du même sujet.

On vient d'apprendre à Chimène que Rodrigue a remporté une grande victoire sur les ennemis de l'état ; ce qui fait qu'elle est partagée entre le dessein que l'honneur lui impose de poursuivre la vengeance de son père contre Rodrigue, et l'amour qu'elle a pour ce brave guerrier. On sent qu'elle voudrait que la gloire de Rodrigue fût pour elle un sujet de douleur ; mais sa faiblesse la trahit : cependant, pour se faire illusion à elle-même, elle fait éclater des sentimens qui conviennent à la situation où elle est, et la tristesse dont elle doit être remplie.

CHIMÈNE.

N'est-ce point un faux bruit ? Le sais-tu bien, Elvire ?

ELVIRE.

Vous ne croiriez jamais comme chacun l'admire,
Et porte jusqu'au ciel, d'une commune voix,
De ce jeune héros les glorieux exploits.
Les Maures devant lui n'ont paru qu'à leur honte.
Leur abord fut bien prompt, leur fuite encor plus
       prompte :
Trois heures de combat laissent à nos guerriers
Une victoire entière et deux rois prisonniers.
La valeur de leur chef ne trouvait point d'obstacles.

CHIMÈNE.

Et la main de Rodrigue a fait tous ces miracles !

ELVIRE.

De ses nobles efforts ces deux rois sont le prix :
Sa main les a vaincus, et sa main les a pris.

CHIMÈNE.

De qui peux-tu savoir ces nouvelles étranges ?

ELVIRE.

Du peuple qui partout fait sonner ses louanges,

Le nomme de sa joie et l'objet et l'auteur,
Son Ange tutélaire et son libérateur.

CHIMÈNE.

Et le roi, de quel œil voit-il tant de vaillance ?

ELVIRE.

Rodrigue n'ose encor paraître en sa présence :
Mais don Diègue, ravi, lui présente enchaînés,
Au nom de ce vainqueur, ces captifs couronnés,
Et demande pour grâce à ce généreux prince,
Qu'il daigne voir la main qui sauve la province.

CHIMÈNE.

Mais n'est-il point blessé ?

ELVIRE.

Je n'en ai rien appris.
Vous changez de couleur !.... Reprenez vos esprits.

CHIMÈNE.

Reprenons donc aussi ma colère affaiblie :
Pour m'informer de lui faut-il que je m'oublie ?
On le vante, on le loue, et mon cœur y consent !
Mon honneur est muet ! mon devoir, impuissant !
Silence, mon amour, laisse agir ma colère :
Sil a vaincu deux rois, il a tué mon père.
Ces tristes vêtemens, où je lis mon malheur,
Sont les premiers effets qu'ait produits sa valeur,
Et quoi qu'on dise ailleurs d'un cœur si magnanime,
Ici tous les objets me parlent de son crime.
Vous qui rendez la force à mes ressentimens,
Voiles, crêpes, habits, lugubres ornemens,
Pompe que me prescrit sa première victoire,
Contre ma passion soutenez bien ma gloire ;
Et lorsque mon amour prendra trop de pouvoir,
Parlez à mon esprit de mon triste devoir.

Suite du même sujet.

Don Fernand, roi de Castille, ayant permis
à un chevalier de sa Cour de se battre contre

Rodrigue, pour venger Chimène de la mort de son père, Rodrigue, avant d'aller à ce combat, parle ainsi à Chimène :

RODRIGUE.

Vous demandez ma mort, j'en accepte l'arrêt :
Votre ressentiment choisit la main d'un autre :
Je ne méritais pas de mourir de la vôtre.
On ne me verra point en repousser les coups.
Je dois plus de respect à qui combat pour vous ;
Et, ravi de penser que c'est de vous qu'ils viennent,
Puisque c'est votre honneur que ses armes soutiennent,
Je vais lui présenter mon estomac ouvert,
Adorant en sa main la vôtre qui me perd.

CHIMÈNE.

Si d'un triste devoir la juste violence
Qui me fait, malgré moi, poursuivre ta vaillance,
Prescrit à ton amour une si forte loi,
Qu'il te rend sans défense à qui combat pour moi,
En cet aveuglement ne perds pas la mémoire
Qu'ainsi que de ta vie il y va de ta gloire,
Et que dans quelque éclat que Rodrigue ait vécu,
Quand on le saura mort, on le croira vaincu...
Je t'en vois cependant faire si peu de compte,
Que sans rendre combat tu veux qu'on te surmonte.
Quelle inégalité ravale ta vertu ?
Pourquoi ne l'as-tu plus, ou pourquoi l'avais-tu ?
Quoi ! tu n'es généreux que pour me faire outrage ?
S'il ne faut m'offenser, n'as-tu point de courage ?
Et traites-tu mon père avec tant de rigueur,
Qu'après l'avoir vaincu, tu souffres un vainqueur ?
Va, sans vouloir mourir, laisse-moi te poursuivre,
Et défends ton honneur, si tu ne veux plus vivre....

RODRIGUE.

Sans qu'on m'ose accuser d'avoir manqué de cœur,
Sans passer pour vaincu, sans souffrir un vainqueur,
On dira seulement : il adorait Chimène ;

Il n'a pas voulu vivre, et mériter sa haine...
Pour venger son honneur, il perdit son amour ;
Pour venger son amante, il a quitté le jour ;
Préférant, quelque espoir qu'eût son ame asservie,
Son honneur à Chimène, et Chimène à la vie....

CHIMÈNE.

Puisque, pour t'empêcher de courir au trépas,
Ta vie et ton honneur sont de faibles appas,
Si jamais je t'aimai, cher Rodrigue, en revanche
Défends-toi maintenant pour m'ôter à don Sanche...,
Et si tu sens pour moi ton cœur encor épris,
Sors vainqueur d'un combat dont Chimène est le prix.

Cid, *de* CORNEILLE.

Scènes célèbres par la dignité des personnages et
l'élévation des sentimens.

L'empereur Auguste met en délibération s'il quittera l'empire, on s'il le retiendra. C'est le sujet de la scène suivante, dans laquelle on voit que le souverain pouvoir n'est pas capable de mettre le cœur humain au-dessus de tous ses désirs, et qu'il renferme plus de soucis qu'on ne s'imagine. On y voit les réponses de Cinna et de Maxime, à qui Auguste demande leur avis sur un dessein de cette importance. Cette scène est traitée avec toute la noblesse et la dignité que demandait un pareil sujet ; l'élévation y règne dans les sentimens, et l'harmonie dans les vers : tout y est digne du grand Corneille. On n'en a recueilli que les traits les plus remarquables.

AUGUSTE.

Cet empire absolu sur la terre et sur l'onde,
Ce pouvoir souverain que j'ai sur tout le monde,
Cette grandeur sans borne et cet illustre rang
Qui m'a jadis coûté tant de peine et de sang,
Enfin tout ce qu'adore en ma haute fortune

D'un courtisan flatteur la présence importune,
N'est que de ces beautés dont l'éclat éblouit,
Et qu'on cesse d'aimer sitôt qu'on en jouit.
L'ambition déplaît quand elle est assouvie :
D'une contraire ardeur son ardeur est suivie ;
Et comme notre cœur, jusqu'au dernier soupir,
Toujours vers quelque objet pousse quelque désir,
Il se ramène en soi, n'ayant plus où se prendre,
Et, monté sur le faîte, il aspire à descendre.
J'ai souhaité l'empire, et j'y suis parvenu ;
Mais en le souhaitant, je ne l'ai pas connu.
Dans sa possession j'ai trouvé pour tous charmes
D'effroyables soucis, d'éternelles alarmes,
Mille ennemis secrets, la mort à tous propos,
Point de plaisir sans trouble, et jamais de repos.
Sylla m'a précédé dans le pouvoir suprême ;
Le grand César mon père en a joui de même :
D'un œil si différent tous deux l'ont regardé,
Que l'un s'en est démis, et l'autre l'a gardé.
Mais l'un, cruel, barbare, est mort aimé, tranquille,
Comme un bon citoyen dans le sein de sa ville :
L'autre, tout débonnaire, au milieu du sénat,
A vu trancher ses jours par un assassinat.
Ces exemples récens suffiraient pour m'instruire,
Si par l'exemple seul on se devait conduire.
L'un m'invite à le suivre, et l'autre me fait peur.
Mais l'exemple souvent n'est qu'un miroir trompeur ;
Et l'ordre du destin, qui gêne nos pensées,
N'est pas toujours écrit dans les choses passées.
Quelquefois l'un se brise où l'autre s'est sauvé,
Et par où l'un périt, un autre est conservé.
Voilà, mes chers amis, ce qui me met en peine.
Vous qui me tenez lieu d'Agrippa, de Mécène,
Pour résoudre ce point avec eux débattu,
Prenez sur mon esprit le pouvoir qu'ils ont eu.
Vous mettrez et l'Europe, et l'Asie, et l'Afrique

Sous les lois d'un monarque , ou d'une république :
Votre avis est ma règle , et par ce seul moyen
Je veux être empereur , ou simple citoyen.

CINNA.

N'imprimez pas ; Seigneur , une honteuse marque
A ces rares vertus qui vous ont fait monarque :
Vous l'êtes justement, et c'est sans attentat
Que vous avez changé la forme de l'état.
On ne renonce point aux grandeurs légitimes ;
On garde sans remords ce qu'on acquiert sans crimes :
Et plus le bien qu'on quitte est noble , grand , exquis,
Plus qui l'ose quitter le juge mal acquis.
Rome est dessous vos lois par le droit de la guerre
Qui sous les lois de Rome a mis toute la terre.
Vos armes l'ont conquise , et tous les conquérans ,
Pour être usurpateurs , ne sont pas des tyrans.
Quand ils ont sous leurs lois asservi des provinces ,
Gouvernant justement , ils s'en font justes princes ;
C'est ce que fit César. Il vous faut aujourd'hui,
Condamner sa mémoire , ou faire comme lui...
On entreprend assez , mais aucun n'exécute :
Il est des assassins , mais il n'est plus de Brute (1) ;
Enfin , s'il faut attendre un semblable revers ,
Il est beau de mourir maître de l'univers.

MAXIME.

Suivez , suivez , seigneur , le ciel qui vous inspire :
Votre gloire redouble à mépriser l'empire ,
Et vous serez fameux chez la postérité ,
Moins pour l'avoir conquis , que pour l'avoir quitté.
Le bonheur peut conduire à la grandeur suprême :
Mais , pour y renoncer , il faut la vertu même :
Et peu de généreux vont jusqu'à dédaigner ,
Après un sceptre acquis , la douceur de régner.

CINNA.

Rome a reçu des rois ses murs et sa naissance ;

(1) Brutus fut un de ceux qui assassinèrent Jules-César.

Elle tient des consuls sa gloire et sa puissance,
Et reçoit maintenant de vos rares bontés
Le comble souverain de ses prospérités.
Sous vous l'état n'est plus en pillage aux armées ;
Les portes de Janus par vos mains sont fermées :
Ce que sous les consuls on n'a vu qu'une fois
Et qu'a fait voir comme eux le second de ses rois...
Que l'amour du pays, que la pitié vous touche ;
Votre Rome à genoux vous parle par ma bouche.
Considérez le prix que vous avez coûté :
Non pas qu'elle vous croie être trop acheté ;
Des maux qu'elle a soufferts elle est trop bien payée ;
Mais une juste peur tient son ame effrayée...
Si vous aimiez encore à la favoriser,
Otez-lui les moyens de se plus diviser...
Vous la replongerez, en quittant cet empire,
Dans les maux dont à peine encore elle respire ;
Et de ce peu, seigneur, qui lui reste de sang,
Une guerre nouvelle épuisera son flanc...
Conservez-vous, seigneur, en lui laissant un maître
Sous qui son vrai bonheur commence de renaître ;
Et pour mieux assurer le bien commun de tous,
Donnez un successeur qui soit digne de vous.

AUGUSTE.

N'en délibérons plus, cette pitié l'emporte :
Mon repos m'est bien cher, mais Rome est la plus forte ;
Et quelque grand malheur qui m'en puisse arriver,
Je consens à me perdre, afin de la sauver.

Cinna, de CORNEILLE.

Images de la grandeur romaine.

La faction de Sylla l'ayant emporté à Rome sur celle de Marius, ce dernier fut proscrit et obligé de prendre la fuite, et de se tenir caché : tous ses partisans eurent le même sort, et quittèrent l'Italie. Sertorius, un des plus

8

grands hommes de guerre qu'il y ait eu parmi
les Romains, fut de ce nombre; il se réfugia
en Espagne, y forma un parti considérable des
restes de la faction de Marius; il s'y soutint
vaillamment contre toutes les forces de celle
de Sylla, et remporta même de grands avantages sur le fameux Pompée. Mais les deux
partis étant convenus d'une trêve, Pompée se
rendit dans la ville où était Sertorius, et eut
avec lui une conférence qui fait le sujet de la
scène suivante. On a remarqué avec raison
que la grandeur romaine éclate dans cette
pièce avec toute sa pompe, mais surtout dans
la scène dont il s'agit. On est ravi d'être témoin de la conversation de deux grands hommes, qui, malgré les grands intérêts qu'ils
ont à démêler, accompagnent leurs discours
de cette politesse noble et délicate qui paraît
comme naturelle aux personnes d'une haute
naissance. Il semble, dit ingénieusement Fontenelle, à l'occasion de cette pièce (1), que
Corneille ait eu des mémoires particuliers sur
les Romains, pour avoir si bien saisi leur caractère et leurs mœurs.

SERTORIUS.

Seigneur, qui des mortels eût jamais osé croire
Que la trêve à tel point dût rehausser ma gloire?
Qu'un nom, à qui la guerre a fait trop applaudir,
Dans l'ombre de la paix trouvât à s'agrandir?
Certes, je doute encor si ma vue est trompée,
Alors que dans ces murs je vois le grand Pompée....

POMPÉE.

L'inimitié qui règne entre nos deux partis
N'y rend pas de l'honneur tous les droits amortis...
Comme le vrai mérite a ses prérogatives,

(1) Vie de Corneille,

Qui prennent le dessus des haines les plus vives,
L'estime et le respect sont de justes tributs
Qu'aux plus fiers ennemis arrachent les vertus ;
Et c'est ce que vient rendre à la haute vaillance
Dont je ne fais ici que trop d'expérience,
L'ardeur de voir de près un si fameux héros,
Sans lui voir en la main pique ni javelots,
Et ce front désarmé de ce regard terrible,
Qui dans nos escadrons guide un bras invincible.
Je suis jeune et guerrier, et tant de fois vainqueur,
Que mon trop de fortune a pu m'enfler le cœur.
Mais, et ce franc aveu sied bien aux grands courages,
J'apprends plus contre vous par mes désavantages,
Que les plus beaux succès, qu'ailleurs j'ai remportés,
Ne m'ont encore appris par mes prospérités.
Ah ! si je vous pouvais rendre à la république,
Que je croirais lui faire un présent magnifique !
Et que j'irais, seigneur, à Rome avec plaisir,
Puisque la trève enfin m'en donne le loisir,
Si j'y pouvais porter quelque faible espérance
D'y conclure un accord d'une telle importance !
Près de l'heureux Sylla ne puis-je rien pour vous ?
Et près de vous, seigneur, ne puis-je rien pour tous ?

SERTORIUS.

Vous ne me donnez rien par cette haute estime,
Que vous n'ayez déjà dans le degré sublime.
La victoire attachée à vos premiers exploits,
Un triomphe avant l'âge où le souffrent nos lois,
Avant la dignité qui permet d'y prétendre,
Font trop voir quel respect l'univers vous doit rendre.
Si dans l'occasion je ménage un peu mieux
L'assiette du pays et la faveur des lieux (1) ;

(1) M. de Turenne étant un jour à une représentation
de Sertorius, s'écria à deux ou trois endroits de la pièce :
« *Où donc Corneille a-t-il appris l'art de la guerre ?* »
(Parnasse français, *de M. du Tillet, art. de Corneille.*)

8.

Si mon expérience en prend quelque avantage ,
Le grand art de la guerre attend quelquefois l'âge...
Quant à l'heureux Sylla , je n'ai rien à vous dire :
Je vous ai montré l'art d'affaiblir son empire ;
Et si je puis jamais y joindre des leçons
Dignes de vous apprendre à repasser les monts ,
Je suivrai d'assez près votre illustre retraite ,
Pour traiter avec lui sans besoin d'interprète ,
Et sur les bords du Tibre , une pique à la main ,
Lui demander raison pour le peuple romain.

POMPÉE.

De si hautes leçons , seigneur , sont difficiles ,
Et pourraient vous donner quelques soins inutiles ,
Si vous faisiez dessein de me les expliquer
Jusqu'à m'avoir appris à les bien pratiquer.

SERTORIUS.

Aussi me pourriez-vous épargner quelque peine ,
Si vous vouliez avoir l'ame toute romaine...
Car je garde avec vous la même liberté
Que si votre Sylla n'avait jamais été.
Est-ce être tout Romain qu'être chef d'une guerre
Qui veut tenir aux fers les maîtres de la terre ?
Ce nom sans vous et lui nous serait encor dû :
C'est par lui , c'est par vous que nous l'avons perdu ;
C'est vous qui sous le joug traînez des cœurs si braves :
Ils étaient plus que rois , ils sont moindres qu'esclaves;
Et la gloire qui suit vos plus nobles travaux ,
Ne fait qu'approfondir l'abîme de leurs maux.
Leur misère est le fruit de votre illustre peine :
Et vous pensez avoir l'ame toute romaine !
Vous avez hérité ce nom de vos aïeux :
Mais s'il vous était cher , vous le rempliriez mieux.

POMPÉE.

Je crois le bien remplir , quand tout mon cœur
    s'applique
Aux soins de rétablir un jour la république.

Mais vous jugez, seigneur, de l'arme par le bras,
Et souvent l'un parait ce que l'autre n'est pas.
Lorsque deux factions divisent un empire,
Chacun suit au hasard la meilleure ou la pire;
Suivant l'occasion ou la nécessité
Qui l'emporte vers l'un ou vers l'autre côté.
Le plus juste parti, difficile à connaître,
Nous laisse en liberté de nous choisir un maître ;
Mais quand ce choix est fait on ne s'en dédit plus.
J'ai servi sous Sylla du temps de Marius.,
Et servirai sous lui tant qu'un destin funeste
De nos divisions soutiendra quelque reste.
Je m'abandonne au cours de sa félicité ;
Tandis que tous mes vœux sont pour la liberté.

SERTORIUS.

Comme je vous estime, il m'est aisé de croire
Que de la liberté vous feriez votre gloire ,
Que votre ame en secret lui donne tous ses vœux ;
Mais si je m'en rapporte aux esprits soupçonneux,
Vous aidez aux Romains à faire essai d'un maître ,
Sous ce flatteur espoir qu'un jour vous pourrez l'être.
La main qui les opprime et que vous soutenez ,
Les accoutume au joug que vous leur destinez ;
Et, doutant s'ils voudront se faire à l'esclavage,
Aux périls de Sylla vous tâtez leur courage.

POMPÉE.

Le temps détrompera ceux qui parlent ainsi :
Mais justifira-t-il ce que l'on voit ici ?
Permettez qu'à mon tour je parle avec franchise :
Votre exemple à la fois m'instruit et m'autorise.
Je juge comme vous sur la foi de mes yeux ,
Et laisse le dedans à pénétrer aux dieux.
Ne vit-on pas ici (1) sous les ordres d'un homme ?

---

(1) La scène est à Nertobrige, ville d'Arragon, conquise par Sertorius.

N'y commandez-vous pas comme Sylla dans Rome ?
Du nom de dictateur, du nom de général,
Qu'importe, si des deux le pouvoir est égal ?
Les titres différens ne font rien à la chose ;
Vons imposez des lois, ainsi qu'il en impose :
Et s'il est périlleux de s'en faire haïr,
Il ne serait pas sûr de vous désobéir.
Pour moi, si quelque jour je suis ce que vous êtes,
J'en userai peut-être alors comme vous faites ;
Jusque-là....

SERTORIUS.

Vous pourriez en douter jusque-là,
Et me faire un peu moins ressembler à Sylla.
Si je commande ici, le sénat me l'ordonne ;
Mes ordres n'ont encore assassiné personne ;
Je n'ai pour ennemis que ceux du bien commun ;
Je leur fais bonne guerre, et n'en proscris pas un :
C'est un asile ouvert que mon pouvoir suprême ;
Et si l'on m'obéit, ce n'est qu'autant qu'on m'aime.

POMPÉE.

Et votre empire en est d'autant plus dangereux,
Qu'il rend de vos vertus les peuples amoureux ;
Qu'en assujettissant vous avez l'air de plaire ;
Qu'on croit n'être en vos fers qu'esclave volontaire,
Et que la liberté trouvera peu de jour
A détruire un pouvoir que fait régner l'amour.
Ainsi parlent, seigneur, les ames soupçonneuses
Mais n'examinons point ces questions fâcheuses,
Ni si c'est un sénat qu'un amas de bannis
Que cet asile ouvert sous vous a réunis.
Une seconde fois, n'est-il aucune voie
Par où je puisse à Rome emporter quelque joie ?
Elle serait extrême à trouver les moyens
De rendre un si grand homme à ses concitoyens.
Il est doux de revoir les murs de la patrie :
C'est elle, par ma voix, seigneur, qui vous en prie ;
C'est Rome...

SERTORIUS.

Le séjour de votre potentat,
Qui n'a que ses fureurs pour maximes d'état ?
Je n'appelle plus Rome, un enclos de murailles
Que ses proscriptions comblent de funérailles :
Ces murs, dont le destin fut autrefois si beau,
N'en sont que la prison, ou plutôt le tombeau.
Mais pour revivre ailleurs dans sa première force,
Avec les faux Romains elle a fait plein divorce :
Et comme autour de moi j'ai tous ses vrais appuis,
Rome n'est plus dans Rome, elle est toute où je suis.
Parlons pourtant d'accord, etc.

(Mais ces deux grands hommes se séparent sans pouvoir convenir de leurs différends.)

Idée de la puissance des Romains et de l'empire qu'ils avaient pris sur les rois mêmes.

Après la bataille de Pharsale, que Jules César gagna contre Pompée, ce Romain infortuné prit le chemin de l'Égypte pour y trouver un asile chez Ptolémée, qui en était roi, et à qui il avait rendu de grands services ; mais ce prince barbare, par une politique des plus cruelles, crut qu'il fallait faire un présent à César de la tête de Pompée. Ainsi, dans le moment que Pompée aborda en Égypte, il fut assassiné par l'ordre de Ptolémée. César arriva immédiatement après. La cruauté de Ptolémée lui fit horreur, et il fut indigné de son audace. Ce prince lâche essaya de le fléchir par toutes sortes de respects et même de bassesses. On verra comment César lui parle : c'est ce qui fait le sujet de la scène suivante

PTOLÉMÉE.

Seigneur, montez au trône, et commandez ici.

CÉSAR.

Connaissez-vous César, de lui parler ainsi ?
Que m'offrirait de pis la fortune ennemie ,
A moi qui tient le trône égal à l'infamie ?
Certes ; Rome à ce coup pourrait bien se vanter
D'avoir eu juste lieu de me persécuter ,
Elle qui d'un même œil les donne et les dédaigne ,
Qui ne voit rien aux rois qu'elle aime ou qu'elle craigne,
Et qui verse en nos cœurs , avec l'ame et le sang ,
Et la haine du nom et le mépris du rang.
C'est ce que de Pompée il vous fallait apprendre :
S'il en eût aimé l'offre , il eût su s'en défendre ;
Et le trône et le roi se seraient ennoblis
A soutenir la main qui les a rétablis...
Vous n'avez pu former une si noble envie.
Mais quel droit aviez-vous sur cette illustre vie ?
Que vous devait son sang pour y tremper vos mains,
Vous qui devez respect au moindre des Romains ?
Pensez-vous que j'ignore ou que je dissimule
Que vous n'auriez pas eu pour moi plus de scrupule ,
Et que s'il m'eût vaincu , votre esprit complaisant
Lui faisait de ma tête un semblable présent ?
Grâces à ma victoire on me rend des hommages ,
Où ma fuite eût reçu toutes sortes d'outrages :
Au vainqueur , non à moi , vous faites tout l'honneur;
Si César en jouit , ce n'est que par bonheur :
Amitié dangereuse et redoutable zèle
Que règle la fortune et qui tourne avec elle !
Mais , parlez , c'est trop être interdit et confus.

PTOLÉMÉE.

Je le suis , il est vrai , si jamais je le fus :
Et vous-même avoûrez que j'ai sujet de l'être :
Etant né souverain , je vois ici mon maître ;
Ici , dis-je , où ma cour tremble en me regardant,
Où je n'ai point encore agi qu'en commandant ,
Je vois une autre cour sous une autre puissance ,

Et ne puis plus agir qu'avec obéissance.
De votre seul aspect je me suis vu surpris :
Jugez si vos discours rassurent mes esprits !...
Dans ces étonnemens dont mon ame est frappée
De rencontrer en vous le vengeur de Pompée,
Il me souvient pourtant que s'il fut notre appui,
Nous vous dûmes dès lors autant et plus qu'à lui...
Nous avons honoré votre ami, votre gendre,
Jusqu'à ce qu'à vous-même il ait osé se prendre :
Mais voyant son pouvoir, de vos succès jaloux,
Passer en tyrannie et s'armer contre vous...

CÉSAR.

Tout beau : que votre haine, en son sang assouvie,
N'aille point à sa gloire ; il suffit de sa vie.
N'avancez rien ici que Rome ose nier,
Et justifiez-vous sans le calomnier.

PTOLÉMÉE.

Je laisse donc aux dieux à juger ses pensées,
Et dirai seulement qu'en vos guerres passées,
Où vous fûtes forcé par tant d'indignités,
Tous nos vœux ont été pour vos prospérités ;
Que comme il vous traitait en mortel adversaire,
J'ai cru sa mort pour vous un malheur nécessaire...
Et sans attendre d'ordre en cette occasion,
Mon zèle ardent l'a pris à ma confusion...
Mais plus j'ai fait pour vous, plus l'action est noire,
Puisque c'est d'autant plus vous immoler ma gloire,
Et que ce sacrifice, offert pour mon devoir,
Vous assure la vôtre avec votre pouvoir.

CÉSAR.

Vous cherchez, Ptolémée, avecque trop de ruses,
De mauvaises couleurs et de froides excuses.
Votre zèle était faux, si seul il redoutait
Ce que le monde entier à pleins vœux souhaitait,
Et s'il vous a donné ces craintes trop subtiles
Qui m'ôtent tout le fruit de nos guerres civiles,

8 *

Où l'honneur seul m'engage, et que, pour terminer,
Je ne veux que celui de vaincre et pardonner ;
Où mes plus dangereux et plus grands adversaires,
Sitôt qu'ils sont vaincus, ne sont plus que mes frères ;
Où mon ambition ne va qu'à les forcer,
Ayant dompté leur haine, à vivre et m'embrasser.
O combien d'allégresse une si triste guerre
Aurait-elle laissé dessus toute la terre,
Si Rome avait pu voir marcher en même char,
Vainqueurs de leur discorde, et Pompée, et César !
Voilà ces grands malheurs que craignait votre zèle.
O crainte ridicule autant que criminelle !
Vous craigniez ma clémence ! ah ! n'ayez plus ce soin :
Souhaitez-la plutôt, vous en avez besoin.
Si je n'avais égard qu'aux lois de la justice,
Je m'apaiserais, Rome, avec votre supplice,
Sans que ni vos respects, ni votre repentir,
Ni votre dignité vous pussent garantir :
Votre trône lui-même en serait le théâtre.
Mais voulant épargner le sang de Cléopâtre,
J'impute à vos flatteurs toute la trahison,
Et je veux voir comment vous m'en ferez raison ;
Suivant les sentimens dont vous serez capable....
Cependant à Pompée élevez des autels ;
Rendez-lui les honneurs qu'on rend aux immortels ;
Par un prompt sacrifice expiez tous vos crimes,
Et surtout pensez bien au choix de vos victimes.
Allez-y donner ordre, et me laissez ici
Entretenir les miens sur quelque autre souci.

Grandeur de sentimens dans une Dame romaine.

Dans la scène suivante, c'est la célèbre Cornélie, veuve de Pompée, qui, après avoir été
prise par Ptolémée, demande audience à César, et lui parle ainsi :

CORNÉLIE.

César , car le destin que dans tes fers je brave ,
Me fait ta prisonnière , et non pas ton esclave ;
Et tu ne prétends pas qu'il m'abatte le cœur
Jusqu'à te rendre hommage , et te nommer seigneur.
De quelque rude trait qu'il m'ose avoir frappée ,
Veuve du jeune Crasse et veuve de Pompée ,
Fille de Scipion , et pour dire encor plus ,
Romaine , mon courage est encore au dessus ;
Et de tous les assauts que sa rigueur me livre ,
Rien ne me fait rougir que la honte de vivre.
J'ai vu mourir Pompée , et ne l'ai pas suivi ;
Et bien que le moyen m'en ait été ravi ,
Qu'une impiété cruelle à mes douleurs profondes
M'ait ôté le secours et du fer et des ondes ,
Je dois rougir pourtant , après un tel malheur ,
De n'avoir pu mourir d'un excès de douleur.
Ma mort était ma gloire , et le destin m'en prive ,
Pour croître mes malheurs et me voir ta captive.
Je dois bien toutefois rendre grâces aux dieux
De ce qu'en arrivant je te trouve en ces lieux ;
Que César y commande , et non pas Ptolémée.
Hélas ! et sous quel astre , ô ciel , m'as-tu formée ,
Si je leur dois des vœux de ce qu'ils m'ont permis
Que je rencontre ici mes plus grands ennemis ,
Et tombe entre leurs mains plutôt qu'aux mains d'un
      prince
Qui doit à mon époux son trône et sa province ;
César , de ta victoire écoute moins le bruit ,
Elle n'est que l'effet du malheur qui me suit :
Je l'ai porté pour dot chez Pompée , et chez Crasse ,
Deux fois du monde entier j'ai causé la disgrâce ;
Deux fois de mon hymen le nœud mal assorti
A chassé tous les dieux du plus juste parti.
Heureuse en mes malheurs , si ce triste hyménée ,
Pour le bonheur de Rome , à César m'eût donnée ,

Et si j'eusse avec moi porté dans ta maison
D'un astre envenimé l'invincible poison !
Car enfin n'attends pas que j'abaisse ma haine :
Je te l'ai déja dit , César , je suis Romaine ;
Et quoique ta captive , un cœur comme le mien ,
De peur de s'oublier , ne te demande rien.
Ordonne ; et sans vouloir qu'il tremble ou s'humilie ,
Souviens-toi seulement que je suis Cornélie.

CÉSAR.

O d'un illustre époux noble et digne moitié ,
Dont le courage étonne , et le sort fait pitié !
Certes , vos sentimens font assez reconnaître
Qui vous donna la main et qui vous donna l'être ;
Et l'on juge aisément au cœur que vous portez ,
Où vous êtes entrée , et de qui vous sortez.
L'ame du jeune Crasse et celle de Pompée ,
L'une et l'autre vertu par le malheur trompée ,
Le sang des Scipions , protecteurs de nos dieux ,
Parlent par votre bouche , et brillent dans vos yeux ;
Et Rome dans ses murs ne voit point de famille
Qui soit plus honorée , ou de femme , ou de fille.
Plût au grand Jupiter , plût à ces mêmes dieux
Qu'Annibal eût bravé jadis sans vos aïeux ,
Que ce héros si cher , dont le ciel vous sépare
N'eût pas si mal connu la cour d'un roi barbare ,
Ni mieux aimé tenter une incertaine foi ,
Que la vieille amitié qu'il eût trouvée en moi !...
J'eusse alors regagné son ame satisfaite ,
Jusqu'à lui faire aux dieux pardonner sa défaite :
Il eût fait à son tour , en me rendant son cœur ,
Que Rome eût pardonné la victoire au vainqueur.
Mais puisque par sa perte , à jamais sans seconde ,
Le sort a dérobé cette allégresse au monde ,
César s'efforcera de s'acquitter vers vous
De ce qu'il voudrait rendre à cet illustre époux ,
Prenez donc en ces lieux liberté tout entière :

Seulement pour deux jours soyez ma prisonnière,
Afin d'être témoin comme, après nos débats,
Je chéris sa mémoire, et venge son trépas,
Et de pouvoir apprendre à toute l'Italie
De quel orgueil nouveau m'enfle la Thessalie.
Je vous laisse à vous-même, et vous quitte un moment.
Choisissez-lui, Lépide, un digne appartement;
Et qu'on l'honore ici, mais en dame romaine,
C'est-à-dire un peu plus qu'on n'honore la reine.
Commandez, et chacun aura soin d'obéir.

CORNÉLIE.

O ciel! que de vertus vous me faites haïr!

Mort de Pompée, de CORNEILLE.

Image de la fierté romaine.

Syphax, roi de Numidie, avait été l'ami et l'allié des Romains; il avait eu l'avantage de voir dans son palais les deux plus célèbres guerriers de l'antiquité, je veux dire Scipion l'Africain et Annibal, qui s'y rendirent pour une entrevue. Il eut même la satisfaction de réunir à sa table ces deux hommes illustres, que la gloire rendait rivaux, et qui se virent là pour la première fois. Mais comme il épousa dans la suite Sophonisbe, fille d'Asdrubal, il quitta le parti des Romains pour suivre celui des Carthaginois; et il ne fut pas long-temps sans avoir lieu de s'en repentir. Les Romains le défirent dans un combat; il fut fait prisonnier et chargé de fers. C'est dans cette dernière circonstance que Corneille nous le représente amené devant Lélius, lieutenant de Scipion. Le poète fait sentir dans le propos de ce Romain cet air de grandeur et de fierté dont il savait si bien caractériser un peuple qui était venu à bout de s'assujettir toutes les puissan-

ces ; et il fait connaître en même temps toute
la haine d'une ame carthaginoise contre les
Romains dans le portrait que Syphax fait de
Sophonisbe.

LÉLIUS , parlant de Syphax.

Détachez-lui ses fers , il suffit qu'on le garde.
Prince (1) , je vous ai vu tantôt comme ennemi ,
Et vous vois maintenant comme un ancien ami.
Le fameux Scipion , de qui vous fûtes l'hôte ,
Ne s'offensera point des fers que je vous ôte ,
Et ferait encor plus , s'il nous était permis
De vous remettre au rang de nos plus chers amis.

SYPHAX.

Ah ! ne rejetez point dans ma triste mémoire
Le cuisant souvenir de l'excès de ma gloire ,
Et ne reprochez point à mon cœur désolé ,
A force de bontés , ce qu'il a violé....
Je fus l'ami de Rome et de ce grand courage
Qu'opposent nos destins aux destins de Carthage.
Mais que peuvent les droits de l'hospitalité
Sur un cœur si facile à l'infidélité ?
J'en suis assez puni par un revers si rude ,
Seigneur , sans m'accabler de mon ingratitude...

LÉLIUS.

Je ne vous parle aussi qu'avec cette pitié
Que nous laisse pour vous un reste d'amitié ;
Elle n'est pas éteinte , et toutes vos défaites
Ont rempli nos succès d'amertumes secrètes.
Nous ne saurions voir même aujourd'hui qu'à regret
Ce gouffre de malheurs que vous vous êtes fait.
Par quel motif de haine , obstinée à vous nuire ,
Nous avez-vous forcés vous-même à vous détruire ?

SYPHAX.

Lorsque je vous aimai , j'étais maître de moi ,

(1) Parlant à Syphax.

Et tant que je le fus, je vous gardai ma foi ;
Mais dès que Sophonisbe avec son hyménée
S'empara de mon ame et de ma destinée,
Je suivis de ses yeux le pouvoir absolu,
Et n'ai voulu depuis que ce qu'elle a voulu....
Sophonisbe par-là devint ma souveraine,
Régla mes amitiés, disposa de ma haine,
M'anima de sa rage, et versa dans mon sein
De toutes ses fureurs l'implacable dessein.
Sous ces dehors charmans qui paraient son visage,
C'était une Alecton que déchaînait Carthage ;
Elle avait tout mon cœur, Carthage tout le sien :
Hors de ses intérêts elle n'écoutait rien ;
Et malgré cette paix que vous m'avez offerte,
Elle a voulu pour eux me livrer à ma perte :
Vous voyez son ouvrage en ma captivité.

Sophonisbe, de CORNEILLE.

dée de la haine des Carthaginois contre les
Romains.

(Toute cette scène est très-intéressante
par le contraste des sentimens).

Sophonisbe, pour n'être pas conduite à Rome
vec Syphax, épousa Massinisse ; mais Lélius
déclara à ce dernier que les Romains ne con-
sentiraient point à ce mariage ; que Sophonisbe était leur prisonnière, et qu'ils l'oblige-
raient à se séparer d'elle : cependant il consen-
tit qu'il vît Sophonisbe pour quelques momens.
C'est à cette occasion qu'il parle ainsi dans la
scène suivante :

Gardes, que sans témoins on le laisse avec elle.
Vous (1), pour dernier avis d'une amitié fidelle,
Perdez fort peu de temps en ce doux entretien,
Et jusques au retour ne vous vantez de rien.

(1) Massinisse.

MASSINISSE *à Lélius, dans le temps que Sophonisbe est sur le point de paraître.*

Voyez-la donc, seigneur, voyez tout son mérite ;
Voyez s'il est aisé qu'un héros (1).... Il me quitte,
Et d'un premier éclat le barbare, alarmé,
N'ose exposer son cœur aux yeux qui m'ont charmé ;
Il veut être inflexible, et craint de ne plus l'être,
Pour peu qu'il se permît de voir et de connaître.
Allons, allons, madame, essayer aujourd'hui
Sur le grand Scipion ce qu'il a craint pour lui.
Il vient d'entrer au camp, venez-y, par vos charmes,
Appuyer mes soupirs et secourir mes larmes,
Et que les mêmes yeux qui m'ont fait tout oser,
Si j'en suis criminel, servent à m'excuser.

SOPHONISBE.

Le trouble de vos sens, dont vous n'êtes plus maître,
Vous a fait oublier, seigneur, à me connaître.
Quoi ! j'irais mendier jusqu'au camp des Romains
La pitié de leur chef qui m'aurait en ses mains !
J'irais déshonorer par un honteux hommage
Le trône où j'ai pris place, et le sang de Carthage !
Et l'on verrait gémir la fille d'Asdrubal
Aux pieds de l'ennemi pour eux le plus fatal !
La vieille antipathie entre Rome et Carthage
N'est pas prête à finir par un tel assemblage.
Ne vous préparez point à rien sacrifier
A l'honneur qu'il aurait de vous justifier.
Pour effet de vos feux et de votre parole,
Je ne veux qu'éviter l'aspect du Capitole....
Que ce soit par l'hymen ou par d'autres moyens,
Que je vive avec vous, ou chez vos citoyens,
Le chose m'est égale, et je vous tiendrai quitte,
Qu'on nous sépare ou non, pourvu que je l'évite,
Mon amour voudrait plus ; mais je règne sur lui,

(1) Lélius.

Et n'ai changé d'époux que pour prendre un appui...
Je ne vous cèle point que je serais ravie
D'unir à vos destins le reste de ma vie.
Mais si Rome en vous-même ose braver les rois,
S'il faut d'autres secours, laissez-les à mon choix :
J'en trouverai, seigneur, et j'en sais qui peut-être
N'auront à redouter ni maîtresse ni maître...

MASSINISSE.

Madame, je vous laisse aux mains de Lélius.
Vous avez pu vous-même entendre ses refus,
Et mon amour ne sait ce qu'il peut se promettre
De celle du consul où je vais me remettre.
L'un et l'autre est Romain, et peut-être en ce lieu,
Ce peu que je vous dis est le dernier adieu.
Je ne vois rien de sûr que cette triste joie (1) :
Ne me l'enviez plus, souffrez que je vous voie ;
Souffrez que je vous parle et vous puisse exprimer
Quelque part des malheurs où l'on peut m'abimer,
Quelques informes traits de la secrète rage
Que déjà dans mon cœur forme leur sombre image.
Non que je désespère. On m'aime, mais, hélas !
On m'estime, on m'honore, et l'on ne me craint pas...
Madame, au nom des dieux rassurez mon courage ;
Dites que vous m'aimez, j'en pourrai davantage.

SOPHONISBE.

Allez, seigneur, allez, je vous aime en époux,
Et serais à mon tour aussi faible que vous.

Elle dit ce qui suit hors de la présence de Massinisse.

Cependant de mon feu l'importune tendresse,
Aussi-bien que ma gloire, en mon sort s'intéresse,
Veut régner en mon cœur contre ma liberté,
Et n'ose l'avouer de toute sa fierté.

(1) De vous voir dans le moment présent.

Quelle bassesse d'ame ! O ma gloire ! O Carthage !
Faut-il qu'avec vous deux un homme la partage ?
Et l'amour de la vie en faveur d'un époux
Doit-il être en ce cœur aussi puissant que vous ?
Ce héros a trop fait de m'avoir épousée ;
De sa seule pitié s'il m'eût favorisée,
Cette pitié peut-être , en ce triste et grand jour ,
Aurait plus fait pour moi que cet excès d'amour.

SUITE DU MÊME SUJET.

*Récit des derniers sentimens de Sophonisbe après
avoir pris du poison.*

(C'est encore ici le langage d'une haine implacable ; c'est une femme d'un courage des
plus mâles , qui , en se donnant la mort, brave
ses vainqueurs).

C'est un Romain parle :

Ma présence n'a fait que hâter son (1) trépas....
A peine elle m'a vu , que , d'un regard farouche ,
Portant je ne sais quoi de sa main à sa bouche,
» Parlez , m'a-t-elle dit , je suis en sûreté,
» Je recevrai votre ordre avec tranquillité »
Surpris d'un tel discours , je l'ai pourtant flattée :
J'ai dit qu'en grande reine elle serait traitée ;
Que Scipion et vous en prendriez souci ;
Et j'en voyais déjà son regard adouci,
Quand d'un souris amer , me coupant la parole :
« Qu'aisément , reprend-elle, une ame se console !
» Je sens vers cet espoir tout mon cœur s'échapper ;
» Mais il est hors d'état de se laisser tromper,
» Et d'un poison ami le secourable office
» Vient de fermer la porte à tout votre artifice.
» Dites à Scipion qu'il peut dès ce moment

(1) De Sophonisbe.

» Chercher à son triomphe un plus rare ornement.
» Pour voir de deux grands rois la lâcheté punie,
» J'ai dû livrer leur femme à cette ignominie ;
» C'est ce que méritait leur amour conjugal :
» Mais j'en ai dû sauver la fille d'Asdrubal.
» Leur bassesse aujourd'hui de tous deux me dégage
» Et, n'étant plus qu'à moi, je meurs toute à Carthage,
» Digne sang d'un tel père et digne de régner ,
» Si la rigueur du sort eût voulu m'épargner.
A ces mots , la sueur lui montant au visage,
Les sanglots de sa voix saisissent le passage.
Son orgueil s'applaudit d'un remède si prompt,
De sa haine aux abois la fierté se redouble ,
Elle meurt à mes yeux , mais elle meurt sans trouble ,
Et soutient en mourant la pompe d'un courroux,
Qui semble moins mourir que triompher de nous.

Sophonisbe , *de* CORNEILLE.

CHAPITRE VIII.

DES SCÈNES TOUCHANTES.

COMME Racine est celui des poètes qui s'est le plus distingué par la tendresse des sentimens , on a cru devoir donner une idée de ce célèbre tragique, de même qu'on en a donné de Corneille.

Lorsque Racine commença à se faire connaître , le grand Corneille était dans sa plus haute réputation ; ses vers volaient en tous lieux. Ainsi la démarche de vouloir entrer dans la même carrière que lui , et de partager la gloire de briller sur la scène avec un homme que l'on regardait comme inimitable, passa pour hardie et téméraire. La prévention où était alors son siècle, ne rebuta pas le nouveau poète dans les premiers essais qu'il fit de ses talens : il comprit qu'il fallait attacher les spectateurs par une autre voie que celle que Corneille avait prise, et les émouvoir par d'autres ressorts.

Racine s'était appliqué dès sa jeunesse à la lecture de Sophocle et d'Euripide : par l'étude qu'il en avait faite, il s'était familiarisé avec la langue de ces illustres poètes grecs, et il était venu à bout d'en sentir toutes les beautés. Il s'étudia donc à les imiter dans la composition de ses pièces, et à exciter dans les cœurs cette terreur et cette pitié qui sont les grands mouvemens que doit produire la tragédie. Il donna à ses héros un caractère différent de celui que Corneille avait donné aux siens. Il laissa à ce dernier la gloire de faire des tableaux fiers et magnifiques ; il en voulut faire de touchans, et l'on peut dire même de plus conformes à la vraie nature, et il y réussit. Il entra dans le cœur des hommes, et il le montra par les côtés où il est accessible à la tendresse et à la compassion. Il développa en connaisseur les sentimens les plus vifs de notre ame. Ce ne furent pas les grands rois ni les héros qu'il s'attacha à représenter ; non qu'il en fût incapable, puisqu'il les fait parler avec toute la dignité convenable lorsque leur intervention est nécessaire, témoin Mithridate, Achille, Burrhus, et les autres ; mais ayant reçu de la nature le talent de peindre les sujets capables de nous attendrir, il en fit son objet capital, et il y employa toutes les finesses de son art. Une jeune princesse destinée au plus vaillant des Grecs, mais tout à coup près d'être sacrifiée ; une mère éplorée, à qui l'on veut ravir son fils pour le faire périr ; un enfant d'un sang royal, échappé à la cruauté d'une mère dénaturée ; un jeune prince aimable, opprimé par un tyran, et autres sujets de cette sorte ; telles sont les peintures qu'il exposa aux yeux de ses concitoyens ; et comme rien n'était plus capable d'intéresser les hommes que de pareils sujets, non-seulement il se fit écouter, mais il ébranla, il attendrit tous les spectateurs de ses pièces, et il eut la satisfaction d'arracher des larmes à ses propres envieux. En un mot, par les grâces touchantes qu'il répandit sur tous ses sujets, Racine eut l'honneur d'entrer en partage des applaudissemens du public avec un homme qui s'était emparé de tout le théâtre ; car il sentait bien que le plus haut point de sa gloire était, non de l'en déposséder, mais de s'y établir à côté de lui, et de voir le monde s'accoutumer peu à peu à faire la comparaison de ses pièces avec celles du père du théâtre.

Racine n'est pas allé, à la vérité, jusqu'aux beautés sublimes, et son élévation n'a pas été du premier degré ; mais il n'est pas tombé dans ces écarts qu'on reproche à Corneille, et dans lesquels il n'est plus semblable à lui-même. Il a été beaucoup plus égal que lui ; son style ne peut que plaire, à cause de sa pureté et d'une élégance charmante qui ne se dément jamais. Ses pièces sont semées d'une infinité de traits vifs, aimables et naturels ; elles respirent je ne sais quoi de doux et de tendre qui part du cœur et y va directement. C'est par cet art enchanteur qu'il trouva le moyen de plaire si fort à tous les cœurs faciles aux impressions des passions. De là on peut comprendre quel nombre de personnes de tout sexe goûtèrent avidement la lecture de ses pièces, et en virent avec transport les représentations.

Les hommes se laissent toucher facilement à la vue des passions fatales dont on leur met des exemples sous les yeux; mais rien ne les émeut plus vivement, que lorsque ces exemples sont d'exactes copies des faiblesses dont eux-mêmes ne font que trop d'expérience : or, telles sont les pièces de Racine. En voyant un homme illustre, un héros, en un mot, dans les chaînes d'une vive passion, chérir souvent son propre esclavage, ils aiment à pleurer avec lui, ils s'attendrissent sur eux-mêmes, par le spectacle de ses maux, mais ils s'applaudissent en secret de ce que le héros n'est pas exempt des faiblesses auxquelles ils sont eux-mêmes assujettis. Comment penseraient-ils à les surmonter? Un pareil exemple les empêche d'en rougir.

Et voilà pourquoi les gens sages qui savent que ce qui est beau n'est pas exempt de danger, et que toutes les productions de l'esprit, quelque admirables qu'elles soient, ne conviennent pas indifféremment à tout le monde, ne craignent pas de dire, pour l'intérêt des mœurs, qu'une lecture semblable peut être dangereuse à un certain âge, et qu'elle ne doit pas être permise aux personnes dont le cœur a encore toute son innocence. C'est un des principaux motifs, comme on l'a observé dans la préface, qui a déterminé à faire le choix des divers morceaux de poésie que l'on voit dans ce recueil.

Scènes intéressantes par la tendresse des sentimens.

Après que les Grecs eurent détruit la ville de Troie, Andromaque, veuve d'Hector, fameux Troyen, qui avait été tué par Achille, et dont la valeur avait rendu leurs efforts si longtemps inutiles, échut en partage à Pyrrhus, et elle demeura sa prisonnière avec son fils Astyanax. L'histoire de ces temps héroïques nous représente Andromaque comme très-attachée à la mémoire d'Hector. Elle lui avait élevé un magnifique tombeau en Épire, et elle ne cessait de parler de lui; on dit même qu'elle cacha pendant quelque temps son fils Astyanax dans ce tombeau, pour le dérober à la connaissance des Grecs, parce que les Grecs, craignant qu'Hector ne revécût un jour dans cet enfant, demandaient à Pyrrhus, fils d'Achille, qu'il le leur livrât; mais Pyrrhus, qui aimait passionnément Andromaque, s'y opposait de tout son pouvoir, et se flattait qu'en sauvant le fils, il pourrait fléchir la rigueur de la mère, et la faire consentir à l'épouser : tantôt il employait son amour pour l'adoucir en sa faveur, tantôt désespéré, il faisait semblant de vouloir livrer aux Grecs Astyanax. C'est dans cette position que le célèbre Racine nous représente Andromaque dans la tragédie de ce nom.

PYRRHUS.

Me cherchiez-vous, madame ?
Un espoir si charmant me serait-il permis ?

ANDROMAQUE.

Je passais jusqu'aux lieux où l'on garde mon fils.
Puisqu'une fois le jour vous souffrez que je voie
Le seul bien qui me reste et d'Hector et de Troie.
J'allais, seigneur, pleurer un moment avec lui.
Je ne l'ai point encore embrassé d'aujourd'hui.

PYRRHUS.

Ah ! madame , les Grecs , si j'en crois leurs alarmes,
Vous donneront bientôt d'autres sujets de larmes.

ANDROMAQUE.

Et quelle est cette peur dont leur cœur est frappé ?
Seigneur , quelque Troyen vous est-il échappé ?

PYRRHUS.

Leur haine pour Hector n'est pas encore éteinte ,
Ils redoutent son fils.

ANDROMAQUE.

Digne objet de leur crainte !
Un enfant malheureux qui ne sait pas encor
Que Pyrrhus est son maître , et qu'il est fils d'Hector!

PYRRHUS.

Tel qu'il est , tous les Grecs demandent qu'il périsse.
Le fils d'Agamemnon vient hâter son supplice.

ANDROMAQUE.

Et vous prononcerez un arrêt si cruel !
Est-ce mon intérêt qui le rend criminel ?
Hélas, on ne craint point qu'il venge un jour son père ,
On craint qu'il n'essuyât les larmes de sa mère.
Il m'aurait tenu lieu d'un père et d'un époux.
Mais il me faut tout perdre , et toujours par vos coups.

PYRRHUS.

Madame , mes refus ont prévu vos alarmes.
Tous les Grecs m'ont déjà menacé de leurs armes :
Mais dussent-ils encore , en repassant les eaux ,
Demander votre fils avec mille vaisseaux ,
Coûtât-il tout le sang qu'Hélène a fait répandre ,
Dussé-je après dix ans voir mon palais en cendre ,
Je ne balance point , je vole à son secours ,
Je défendrai sa vie aux dépens de mes jours....
Je vous offre mon bras. Puis-je espérer encore
Que vous accepterez un cœur qui vous adore ?
En combattant pour vous me sera-t-il permis
De ne vous point compter parmi mes ennemis ?

ANDROMAQUE.

Seigneur, que faites-vous, et que dira la Grèce ?
Faut-il qu'un si grand cœur montre tant de faiblesse ?
Quels charmes ont pour vous des yeux infortunés,
Qu'à des pleurs éternels vous avez condamnés ?
Non, non : d'un ennemi respecter la misère,
Sauver des malheureux, rendre un fils à sa mère,
De cent peuples pour lui combattre la rigueur,
Sans me faire payer son salut de mon cœur,
Malgré moi, s'il le faut, lui donner un asile,
Seigneur, voilà des soins dignes du fils d'Achille.

PYRRHUS.

Hé quoi ! votre courroux n'a-t-il pas eu son cours ?
Peut-on haïr sans cesse, et punit-on toujours ?
J'ai fait des malheureux, sans doute, et la Phrygie
Cent fois de votre sang a vu ma main rougie.
Mais que vos yeux sur moi se sont bien exercés !
Qu'ils m'ont vendu bien cher les pleurs qu'ils ont versés !
De combien de remords m'ont-ils rendu la proie !
Je souffre tous les maux que j'ai faits devant Troie...
Mais enfin tour-à-tour c'est assez nous punir :
Nos ennemis communs devraient nous réunir.
Madame, dites-moi seulement que j'espère,
Je vous rends votre fils, et je lui sers de père ;
Je l'instruirai moi-même à venger les Troyens :
J'irai punir les Grecs de vos maux et des miens.
Animé d'un regard, je puis tout entreprendre :
Votre Ilion encor peut sortir de sa cendre ;
Je puis, en moins de temps que les Grecs ne l'ont pris,
Dans ces murs relevés couronner votre fils.

ANDROMAQUE.

Seigneur, tant de grandeurs ne nous touchent plus guère ;
Je les lui promettais tant qu'à vécu son père.
Non, vous n'espérez plus de nous revoir encor,
Sacrés murs, que n'a pu conserver mon Hector ;
A de moindres faveurs des malheureux prétendent,

9

Seigneur, c'est un exil que mes pleurs vous demandent.
Souffrez que loin des Grecs, et même loin de vous,
J'aille cacher mon fils, et pleurer mon époux...
Et quel époux encore ! Ah ! souvenir cruel !
Sa mort seul a rendu votre père immortel.
Il doit au sang d'Hector tout l'éclat de ses armes,
Et vous n'êtes tous deux connus que par mes larmes.

PYRRHUS.

Hé bien, madame, hé bien, il faut vous obéir ;
Il faut vous oublier, ou plutôt vous haïr.
Oui, mes vœux ont trop loin poussé leur violence,
Pour ne plus s'arrêter que dans l'indifférence.
Songez-y bien. Il faut désormais que mon cœur,
S'il n'aime avec transport, haïsse avec fureur.
Je n'épargnerai rien dans ma juste colère :
Le fils me répondra des mépris de la mère ;
La Grèce le demande, et je ne prétends pas
Mettre toujours ma gloire à sauver des ingrats.

ANDROMAQUE.

Hélas ! il mourra donc ! il n'a pour sa défense
Que les pleurs de sa mère et que son innocence.
Et peut-être après tout, en l'état où je suis,
Sa mort avancera la fin de mes ennuis.
Je prolongeais pour lui ma vie et ma misère :
Mais enfin sur ses pas j'irai revoir son père.
Ainsi tous trois, seigneur, par vos soins réunis,
Nous vous...

PYRRHUS.

Allez, madame, allez voir votre fils.
Peut-être en le voyant votre amour, plus timide,
Ne prendra pas toujours sa colère pour guide.
Pour savoir nos destins j'irai vous retrouver.
Madame, en l'embrassant, songez à le sauver.

Andromaque, pour sauver son fils, se voyait
forcée d'épouser Pyrrhus ; mais elle ne pouvait

s'y résoudre. Dans la scène suivante elle expose à sa confidente les raisons de la répugnance qu'elle a pour ce mariage.

CÉPHISE.

Madame, à votre époux c'est être assez fidelle ;
Trop de vertu pourrait vous rendre criminelle.
Lui-même il porterait votre ame à la douceur.

ANDROMAQUE.

Quoi ! je lui donnerais Pyrrhus pour successeur !...
Dois-je oublier Hector privé de funérailles,
Et traîné sans honneur autour de nos murailles ?
Dois-je oublier son père (1) à mes yeux renversé,
Ensanglantant l'autel qu'il tenait embrassé ?
Songe, songe, Céphise, à cette nuit cruelle,
Qui fut pour tout un peuple une nuit éternelle.
Figure-toi Pyrrhus les yeux étincelans,
Entrant à la lueur de nos palais brûlans,
Sur tous mes frères morts se faisant un passage,
Et, de sang tout couvert, échauffant le carnage.
Songe aux cris des vainqueurs, songe aux cris des
        mourans,
Dans la flamme étouffés, sous le fer expirans.
Peins-toi, dans ces horreurs, Andromaque éperdue.
Voilà comme Pyrrhus vint s'offrir à ma vue ;
Voilà par quels exploits il sut se couronner ;
Enfin, voilà l'époux que tu me veux donner.

CÉPHISE.

Votre fils mourra donc. Vous frémissez, madame !

ANDROMAQUE.

Ah ! de quel souvenir viens-tu frapper mon ame ?
Quoi ! Céphise, j'irai voir expirer encor
Ce fils, ma seule joie, et l'image d'Hector ?
Ce fils que de sa flamme il me laissa pour gage ?
Hélas ! il m'en souvient : le jour que son courage

(1) Priam.

9.

Lui fit chercher Achille , ou plutôt le trépas ,
Il demanda son fils , et le prit dans ses bras :
« Chère épouse , dit-il , en essuyant mes larmes,
» J'ignore quel succès le sort garde à mes armes.
» Je te laisse mon fils pour gage de ma foi :
» S'il me perd, je prétends qu'il me retrouve en toi.
» Si d'un heureux hymen la mémoire t'est chère ,
» Montre au fils à quel point tu chérissais le père. »
Et je puis voir répandre un sang si précieux !
Et je laisse avec lui périr tous ses aïeux !
Roi barbare , faut-il que mon crime l'entraîne ?
Si je te hais , est-il coupable de ma haine ?
T'a-t-il de tous les siens reproché le trépas ?
S'est-il plaint à tes yeux des maux qu'il ne sent pas ?
Mais cependant , mon fils , tu meurs , si je n'arrête
Le fer que le cruel tient levé sur ta tête !
Je l'en puis détourner , et je t'y vais offrir !
Non , tu ne mourras point , je ne le puis souffrir.
Allons trouver Pyrrhus. Mais non , chère Céphise ,
Va le trouver pour moi.

CÉPHISE.

Que faut-il que je dise ?

ANDROMAQUE.

Dis-lui que de mon fils l'amour est assez fort...
Crois-tu que dans son cœur il ait juré sa mort ?
L'amour peut-il si loin pousser la barbarie ?

CÉPHISE.

Madame , il va bientôt revenir en furie.

ANDROMAQUE.

Hé bien , va l'assurer...

CÉPHISE.

De quoi ? de votre foi ?

ANDROMAQUE.

Hélas ! pour la promettre , est-elle encore à moi ?
O cendres d'un époux ! ô Troyens ! ô mon père !

O mon fils ! que tes jours coûtent cher à la mère !
Allons.

CÉPHISE.

Où donc, madame, et que résolvez-vous ?

ANDROMAQUE.

Allons sur son tombeau consulter mon époux.

Autre Scène sur le même sujet.

Andromaque, après s'être long-temps con-
sultée, se résolut enfin à épouser Pyrrhus, et
lui en fit la promesse : mais elle se réserva
l'exécution d'un dessein dont elle rend compte
à sa confidente dans la scène qui suit :

CÉPHISE.

Ah ! je n'en doute point, c'est votre époux, madame,
C'est Hector qui produit ce miracle en votre ame ;
Il veut que Troie encore puisse se relever
Avec cet heureux fils qu'il vous fait conserver...
Pyrrhus veut le sauver, il lui laisse sa garde ;
Pour ne pas l'exposer lui-même il se hasarde.
Mais tout s'apprête au temple, et vous avez promis...

ANDROMAQUE.

Oui, je m'y trouverai. Mais allons voir mon fils.

CÉPHISE.

Madame, qui vous presse ? Il suffit que sa vue
Désormais à vos yeux ne soit plus défendue.
Vous lui pourrez bientôt prodiguer vos bontés;
Et vos embrassemens ne seront plus comptés.
Quel plaisir d'élever un enfant qu'on voit croître,
Non plus comme un esclave élevé par son maître,
Mais pour voir avec lui renaître tant de rois !

ANDROMAQUE.

Céphise, allons le voir pour la dernière fois.

CÉPHISE.

Que dites-vous ? ô dieux !

ANDROMAQUE.

O ma chère Céphise !

Ce n'est point avec toi que mon cœur se déguise.
Ta foi dans mon malheur s'est montrée à mes yeux :
Mais j'ai cru qu'à ton tour tu me connaissais mieux.
Quoi donc ! as-tu pensé qu'Andromaque , infidelle ,
Pût trahir un époux qui croit revivre en elle ,
Et que de tant de morts réveillant la douleur ,
Le soin de mon repos me fît troubler le leur ?
Est-ce là cette ardeur tant promise à sa cendre ?
Mais son fils périssait ; il l'a fallu défendre.
Pyrrhus en m'épousant s'en déclare l'appui ,
Il suffit ; je veux bien m'en reposer sur lui...
Je vais donc , puisqu'il faut que je me sacrifie ,
Assurer à Pyrrhus le reste de ma vie :
Je vais en recevant sa foi sur les autels ,
L'engager à mon fils par des nœuds immortels :
Mais aussitôt ma main , à moi seule funeste ,
D'une infidèle vie abrégera le reste ;
Et , sauvant ma vertu , rendra ce que je dois
A Pyrrhus , à mon fils , à mon époux , à moi.
Voilà de mon amour l'innocent stratagème :
Voilà ce qu'un époux m'a commandé lui-même :
J'irai seule rejoindre Hector et mes aïeux.
Céphise , c est à toi de me fermer les yeux.

CÉPHISE.

Ah ! ne prétendez pas que je puisse survivre...

ANDROMAQUE.

Non , non , je te défends , Céphise , de me suivre ;
Je confie à tes soins mon unique trésor :
Si tu vivais pour moi , vis pour le fils d'Hector.
De l'espoir des Troyens seule dépositaire ,
Songe à combien de rois tu deviens nécessaire.
Veille auprès de Pyrrhus : fais-lui garder sa foi ;
S'il le faut , je consens qu'on lui parle de moi.
Fais-lui valoir l'hymen où je me suis rangée ;

Dis-lui qu'avant ma mort je lui fus engagée ,
Que ses ressentimens doivent être effacés ,
Qu'en lui laissant mon fils , c'est l'estimer assez.
Fais connaître à mon fils les héros de sa race ;
Autant que tu pourras , conduis-le sur leur trace :
Dis-lui par quels exploits leurs noms ont éclaté ,
Plutôt ce qu'ils ont fait, que ce qu'ils ont été.
Parle-lui tous les jours des vertus de son père ,
Et quelquefois aussi parle-lui de sa mère.
Mais qu'il ne songe plus , Céphise , à nous venger ;
Nous lui laissons un maître , il le doit ménager.
Qu'il ait de ses aïeux un souvenir modeste :
Il est du sang d'Hector , mais il en est le reste ;
Et pour ce reste enfin , j'ai moi-même en un jour
Sacrifié mon sang , ma haine et mon amour.

Andromaque , de RACINE.

Suite des Scènes touchantes.

Athalie , qui est un des principaux personnages de la tragédie de ce nom , était fille
d'Achab, roi d'Israël, et de Jézabel, princesse
étrangère, ennemie du culte du vrai Dieu. Elle
hérita de l'impiété de sa mère, épousa Joram,
roi de Juda ; et son ambition fut si cruelle,
qu'après la mort du roi Ochozias, son fils, elle
sacrifia au désir de régner tous les enfans de
ce prince. Le seul Joas , encore au berceau,
fut dérobé à la fureur de son aïeule. Josabeth,
sa tante, femme du grand-prêtre Joïada , le
tint caché durant six ans dans l'enceinte du
temple. Au bout de ce terme , Joïada le montra
à tous les lévites, à qui il avait donné des armes pour le défendre. Il fut reconnu pour être
un des enfans du roi Ochozias : on lui mit le
diadème sur la tête, on le sacra roi , et l'on fit
ouvrir les portes du temple : tout le peuple

se déclara contre Athalie, et elle fut mise à
mort. Pour achever de se mettre au fait de la
scène suivante, il faut savoir qu'Athalie voulut
retourner au temple pour voir cet enfant dont
l'image l'avait si fort frappée dans un songe
qu'elle avait eu, et qui est rapporté à la page 89.

ATHALIE.

O ciel ! plus j'examine, et plus je le regarde,
C'est lui. D'horreur encor tous mes sens sont saisis.
Epouse de Joad, est-ce là votre fils (1) ?

JOSABETH.

Qui ? lui, madame ?

ATHALIE.

Lui.

JOSABETH.

Je ne suis point sa mère.
Voilà mon fils (2).

ATHALIE, à Joas.

Et vous, quel est donc votre père ?
Jeune enfant, répondez.

JOSABETH.

Le ciel jusqu'aujourd'hui...

ATHALIE, à Josabeth.

Pourquoi vous pressez-vous de répondre pour lui ?
C'est à lui de parler.

JOSABETH.

Dans un âge si tendre
Quel éclaircissement en pouvez-vous attendre ?

ATHALIE.

Cet âge est innocent ; son ingénuité
N'altère point encor la simple vérité.
Laissez-le s'expliquer sur tout ce qui le touche.

(1) Montrant Joas.
(2) Montrant Zacharie.

JOSABETH , *bas à part.*

Daigne mettre , grand Dieu , ta sagesse en sa bouche !

ATHALIE.

Comment vous nommez-vous ?

JOAS.

J'ai nom Eliacin.

ATHALIE.

Votre père ?

JOAS.

Je suis , dit-on , un orphelin
Entre les bras de Dieu jeté dès ma naissance ,
Et qui de mes parens n'eus jamais connaissance.

ATHALIE.

Vous êtes sans parens ?

JOAS.

Ils m'ont abandonné.

ATHALIE.

Comment , et depuis quand ?

JOAS.

Depuis que je suis n...

ATHALIE.

Ne sait-on pas au moins quel pays est le vôtre ?

JOAS.

Ce temple est mon pays, je n'en connais point d'autre.

ATHALIE.

Où dit-on que le sort vous a fait rencontrer ?

JOAS.

Parmi des loups cruels prêts à me dévorer.

ATHALIE.

Qui vous mit dans ce temple ?

JOAS.

Une femme inconnue
Qui ne dit point son nom , et qu'on n'a point revue.

ATHALIE.

Mais de vos premiers ans quelles mains ont pris soin ?

JOAS.

Dieu laissa-t-il jamais ses enfans au besoin ?

Aux petits des oiseaux il donne leur pâture,
Et sa bonté s'étend sur toute la nature.
Tous les jours je l'invoque, et d'un soin paternel
Il me nourrit des dons offerts sur son autel.

ATHALIE.

Quel prodige nouveau me trouble et m'embarrasse !
La douceur de sa voix, son enfance, sa grâce
Font insensiblement à mon inimitié
Succéder... Je serais sensible à la pitié !

ABNER.

Madame, voilà donc cet ennemi terrible !
De vos songes menteurs l'imposture est visible :
A moins que la pitié qui semble vous troubler
Ne soit ce coup fatal qui vous faisait trembler.

ATHALIE, *à Joas et à Josabeth.*

Vous sortez ?

JOSABETH.

Vous avez entendu sa fortune.
Sa présence à la fin pourrait être importune.

ATHALIE.

Non. Revenez. Quel est tous les jours votre emploi ?

JOAS.

J'adore le Seigneur : on m'explique sa loi ;
Dans son livre divin on m'apprend à la lire ;
Et déjà de ma main je commence à l'écrire.

ATHALIE.

Que vous dit cette loi ?

JOAS.

Que Dieu veut être aimé,
Qu'il venge tôt ou tard son saint nom blasphémé ;
Qu'il est le défenseur de l'orphelin timide,
Qu'il résiste au superbe, et punit l'homicide.

ATHALIE.

J'entends. Mais tout ce peuple enfermé dans ce lieu,
A quoi s'occupe-t-il ?

JOAS.

Il loue, il bénit Dieu.

ATHALIE.

Dieu veut-il qu'à toute heure on prie, on le contemple?

JOAS.

Tout profane exercice est banni de son temple.

ATHALIE.

Quels sont donc vos plaisirs?

JOAS.

Quelquefois à l'autel
Je présente au grand-prêtre ou l'encens ou le sel ;
J'entends chanter de Dieu les grandeurs infinies,
Je vois l'ordre pompeux de ses cérémonies.

ATHALIE.

Hé quoi ! vous n'avez point de passe-temps plus doux?
Je plains le triste sort d'un enfant tel que vous.
Venez dans mon palais, vous y verrez ma gloire.

JOAS.

Moi, des bienfaits de Dieu je perdrais la mémoire !

ATHALIE.

Non, je ne vous veux pas contraindre à l'oublier.

JOAS.

Vous ne le priez point.

ATHALIE.

Vous pourrez le prier.

JOAS.

Je verrais cependant en invoquer un autre.

ATHALIE.

J'ai mon Dieu que je sers, vous servirez le vôtre :
Ce sont deux puissans Dieux.

JOAS.

Il faut craindre le mien.
Lui seul est Dieu, madame, et le vôtre n'est rien.

ATHALIE.

Les plaisirs près de moi vous chercheront en foule.

JOAS.

Le bonheur des méchans comme un torrent s'écoule.

ATHALIE.

Ces méchans, qui sont-ils?

JOSABETH.

Eh! madame, excusez
Un enfant...

ATHALIE.

J'aime à voir comme vous l'instruisez.
Enfin, Eliacin, vous avez su me plaire;
Vous n'êtes point sans doute un enfant ordinaire.
Vous voyez, je suis reine, et n'ai point d'héritier:
Laissez là cet habit, quittez ce vil métier.
Je veux vous faire part de toutes mes richesses;
Essayez dès ce jour l'effet de mes promesses.
A ma table, partout, à mes côtés assis,
Je prétends vous traiter comme mon propre fils.

JOAS.

Comme votre fils?

ATHALIE.

Oui. Vous vous taisez?

JOAS.

Quel père
Je quitterais! et pour....

ATHALIE.

Hé bien?

JOAS.

Pour quelle mère!

ATHALIE, à Josabeth.

Sa mémoire est fidèle; et dans tout ce qu'il dit,
De vous et de Joad je reconnais l'esprit.
Voilà comme infectant cette simple jeunesse,
Vous employez tous deux le calme où je vous laisse.
Vous cultivez déjà leur haine et leur fureur;
Vous ne leur prononcez mon nom qu'avec horreur....
Mais nous nous reverrons. Adieu, je sors contente;
J'ai voulu voir, j'ai vu.

La scène suivante est une préparation au couronnement de Joas. Le grand-prêtre Joïada lui révèle enfin qu'il est fils d'Ochozias, et qu'on va le proclamer roi, et il lui donne des avis pleins de sagesse, sur les devoirs qu'impose la royauté.

JOAS.

Princesse, quel est donc ce spectacle nouveau ?
Pourquoi ce livre saint, ce glaive, ce bandeau ?
Depuis que le Seigneur m'a reçu dans son temple,
D'un semblable appareil je n'ai point vu d'exemple.

JOSABETH.

Tous vos doutes, mon fils, bientôt s'éclairciront.

JOAS.

Vous voulez essayer ce bandeau sur mon front ?
Ah, princesse, gardez d'en profaner la gloire !
Du roi qui l'a porté respectez la mémoire.
Un malheureux enfant aux ours abandonné....

JOSABETH.

Laissez, mon fils : je fais ce qui m'est ordonné.

JOAS.

Mais j'entends les sanglots sortir de votre bouche !
Princesse, vous pleurez ! quelle pitié vous touche ?
Est-ce qu'en holocauste aujourd'hui présenté,
Je dois, comme autrefois la fille de Jephté,
Du Seigneur, par ma mort, apaiser la colère ?
Hélas ! un fils n'a rien qui ne soit à son père !

JOSABETH.

Voici (1) qui vous dira les volontés des cieux.
Ne craignez rien. Et nous, sortons tous de ces lieux.

JOAS, *courant dans les bras du grand-prêtre.*

Mon père.

JOAD.

Hé bien, mon fils !

(1) Elle aperçoit le grand-prêtre qui vient pour annoncer à Joas qu'il est roi de Juda.

JOAS.
> Qu'est-ce donc qu'on prépare ?

JOAD.

Il est juste, mon fils, que je vous le déclare.
Il faut que vous soyez instruit, même avant tous,
Des grands desseins de Dieu sur son peuple et sur vous.
Armez-vous d'un courage et d'une foi nouvelle.
Il est temps de montrer cette ardeur et ce zèle
Qu'au fond de votre cœur mes soins ont cultivés,
Et de payer à Dieu ce que vous lui devez.
Sentez-vous cette noble et généreuse envie ?

JOAS.

Je me sens prêt, s'il veut, de lui donner ma vie.

JOAD.

On vous a lu souvent l'histoire de nos rois ;
Vous souvient-il, mon fils, quelles étroites lois
Doit s'imposer un roi digne du diadème ?

JOAS.

Un roi sage, ainsi Dieu l'a prononcé lui-même (1),
Sur la richesse et l'or ne met point son appui,
Craint le Seigneur son Dieu, sans cesse a devant lui
Ses préceptes, ses lois, ses jugemens sévères,
Et d'injustes fardeaux n'accable point ses frères.

JOAD.

Mais sur l'un de ces rois s'il fallait vous régler,
A qui choisiriez-vous, mon fils, de ressembler ?

JOAS.

David, pour le Seigneur plein d'un amour fidèle,
Me paraît des grands rois le plus parfait modèle.

JOAD.

Ainsi, dans leurs excès, vous n'imiteriez pas
L'infidèle Joram, l'impie Ochozias ?

JOAS.

O mon père ?

(1) Deutéronome, chap. xvii, vers. 16.

JOAD.

Achevez ; dites, que vous en semble ?

JOAS.

Pnisse périr comme eux quiconque leur ressemble !

(*Joad se prosterne à ses pieds.*)

Mon père , en quel état vous vois-je devant moi ?

JOAD.

Je vous rends le respect que je dois à mon roi.
De votre aïeul David , Joas , rendez-vous digne.

JOAS.

Joas , moi ?

JOAD , *se relevant.*

Vous saurez par quelle grâce insigne ,
D'une mère en fureur Dieu trompant le dessein ,
Quand déjà son poignard était dans votre sein ,
Vous choisit , vous sauva du milieu du carnage.
Vous n'êtes pas encore échappé de sa rage.
Avec la même ardeur qu'elle voulut jadis
Perdre en vous le dernier des enfans de son fils ,
A vous faire périr sa cruauté s'attache ,
Et vous poursuit encor sous le nom qui vous cache.
Mais sous vos étendards j'ai déjà su ranger
Un peuple obéissant et prompt à vous venger.
Entrez , généreux chefs des familles sacrées ,
Du ministère saint tour-à-tour honorées.
Roi , voilà vos vengeurs contre vos ennemis.
Prêtres , voilà le roi que je vous ai promis...
Mais je vois que déjà vous brûlez de me suivre.
Jurez donc avant tout sur cet auguste livre ,
A ce roi que le Ciel vous redonne aujourd'hui ,
De vivre , de combattre et de mourir pour lui....

(*A Joas.*)

Et vous , à cette loi , votre règle éternelle ,
Roi , ne jurez-vous pas d'être toujours fidelle ?

JOAS.

Pourrais-je à cette loi ne pas me conformer ?

JOAD.

O mon fils ! de ce nom j'ose encor vous nommer ;
Souffrez cette tendresse, et pardonnez aux larmes
Que m'arrachent pour vous de trop justes alarmes.
Loin du trône nourri, de ce fatal honneur,
Hélas ! vous ignorez le charme empoisonneur ;
De l'absolu pouvoir vous ignorez l'ivresse,
Et de lâches flatteurs la voix enchanteresse.
Bientôt ils vous diront que les plus saintes lois,
Maîtresse du vil peuple, obéissent aux rois ;
Qu'un roi n'a d'autre frein que sa volonté même :
Qu'il doit immoler tout à sa grandeur suprême ;
Qu'aux larmes, au travail le peuple est condamné,
Et d'un sceptre de fer veut être gouverné :
Que s'il n'est opprimé, tôt ou tard il opprime.
Ainsi, de piége en piége, et d'abîme en abîme,
Corrompant de vos mœurs l'aimable pureté,
Ils vous feront enfin haïr la vérité,
Vous peindront la vertu sous une affreuse image.
Hélas ! ils ont des rois égaré le plus sage.
Promettez sur ce livre, et devant ces témoins,
Que Dieu sera toujours le premier de vos soins ;
Que, sévère aux méchans et des bons le refuge,
Entre le pauvre et vous, vous prendrez Dieu pour juge,
Vous souvenant, mon fils, que, caché sous ce lin,
Comme eux vous fûtes pauvre, et comme eux orphelin.

JOAS, *la main sur le livre.*

Je promets d'observer ce que la loi m'ordonne ;
Mon Dieu, punissez-moi si je vous abandonne.

(*Extrait de la tragédie d'Athalie, laquelle*
passe pour le chef-d'œuvre de RACINE.)

L'innocence calomniée.

Hippolyte, faussement accusé auprès de son
père Thésée, d'avoir voulu attenter à l'honneur de Phèdre, sa belle-mère, paraît devant
lui, et se justifie de cette accusation.

THÉSÉE.

Ah ! le voici, Grands dieux ! à ce noble maintien ,
Quel œil ne serait pas trompé comme le mien ?
Faut-il que sur le front d'un profane adultère
Brille de la vertu le sacré caractère !
Et ne devrait-on pas , à des signes certains ,
Reconnaître le cœur des perfides humains !

HIPPOLYTE.

Puis-je vous demander quel funeste nuage ,
Seigneur , a pu troubler votre auguste visage ?
N'osez-vous confier ce secret à ma foi ?

THÉSÉE.

Perfide , oses-tu bien te montrer devant moi !
Monstre , qu'a trop long-temps épargné le tonnerre ,
Reste impur des brigands dont j'ai purgé la terre ,
Après que le transport d'un amour plein d'horreur
Jusqu'au lit de ton père a porté ta fureur ,
Tu m'oses présenter une tête ennemie !
Tu parais dans les lieux pleins de ton infamie ,
Et ne vas pas chercher , sous un ciel inconnu ,
Des pays où mon nom ne soit point parvenu !
Fuis , traître. Ne viens point braver ici ma haine ,
Et tenter un courroux que je retiens à peine...

HIPPOLYTE.

D'un mensonge si noir justement irrité ,
Je devrais faire ici parler la vérité ,
Seigneur ; mais je supprime un secret qui vous touche.
Approuvez le respect qui me ferme la bouche ;
Et , sans vouloir vous-même augmenter vos ennuis,
Examinez ma vie , et songez qui je suis.
Quelques crimes toujours précèdent les grands crimes ;
Quiconque a pu franchir les bornes légitimes
Peut violer enfin les droits les plus sacrés.
Ainsi que la vertu , le crime a ses degrés ;
Et jamais on n'a vu la timide innocence
Passer subitement à l'extrême licence.

Un jour seul ne fait point d'un mortel vertueux
Un perfide assassin , un lâche incestueux.
Elevé dans le sein d'une chaste héroïne ,
Je n'ai point de son sang démenti l'origine.
Pitthée , estimé sage entre tous les humains ,
Daigna m'instruire encore au sortir de ses mains.
Je ne veux point me peindre avec trop d'avantage :
Mais si quelque vertu m'est tombée en partage ,
Seigneur , je crois surtout avoir fait éclater
La haine des forfaits qu'on ose m'imputer.
C'est par-là qu'Hippolyte est connu dans la Grèce.
J'ai poussé la vertu jusques à la rudesse :
On sait de mes chagrins l'inflexible rigueur.
Le jour n'est pas plus pur que le fond de mon cœur.
Et l'on veut qu'Hippolyte , épris d'un feu profane....

THÉSÉE.

Oui , c'est ce même orgueil , lâche , qui te condamne.
Je vois de tes froideurs le principe odieux :
Phèdre seule charmait tes impudiques yeux....

Aricie , princesse du sang royal d'Athènes,
qui aimait Hippolyte , justifie ce prince auprès de Thésée dans les vers suivans :

Avez-vous de son cœur si peu de connaissance ?
Discernez-vous si mal le crime et l'innocence ?
Faut-il qu'à vos yeux seuls un nuage odieux
Dérobe sa vertu qui brille à tous les yeux ?
Ah ! c'est trop le livrer à des langues perfides ;
Cessez : repentez-vous de vos vœux (1) homicides.
Craignez , seigneur , craignez que le ciel rigoureux
Ne vous haïsse assez pour exaucer vos vœux.
Souvent dans sa colère il reçoit nos victimes :

(1) Il avait prié Neptune de le venger de son fils. On
peut se rappeler ici les remords de Phèdre sur son crime ,
page 100 , et ensuite ce qui est rapporté de la mort d'Hippolyte , page 92.

Ses présens sont souvent la peine de nos crimes.
Prenez garde, seigneur. Vos invincibles mains
Ont de monstres sans nombre affranchi les humains,
Mais tout n'est pas détruit, et vous en laissez vivre
Un... Votre fils, seigneur, me défend de poursuivre.
Instruite du respect qu'il veut vous conserver,
Je l'affligerais trop si j'osais achever.
J'imite sa pudeur, et fuis votre présence,
Pour n'être pas forcée à rompre le silence...
Arrachons-nous d'un lieu funeste et profané,
Où la vertu respire un air empoisonné.

Phèdre, de RACINE.

Les adieux d'Iphigénie. Image de la tendresse maternelle.

Les Grecs, assemblés en Aulide, n'attendaient qu'un vent favorable pour s'embarquer et aller faire le siége de Troie. Agamemnon, chef des Grecs, consulta l'oracle : il lui fut répondu qu'il fallait sacrifier Iphigénie pour apaiser les dieux, et que jusque-là ils auraient toujours les vents contraires. Agamemnon, saisi de douleur, ne pouvait se résoudre au sacrifice de sa fille ; mais les raisons d'Ulysse lui firent enfin surmonter sa tendresse. C'est le sujet de la célèbre tragédie de Racine qui porte le nom d'Iphigénie. Dans le morceau suivant, le poète exprime les sentimens et les adieux d'Iphigénie à sa mère Clytemnestre, pour aller au camp des Grecs, où elle devait être immolée. Les gardes d'Agamemnon la viennent chercher. Clytemnestre les précède pour les empêcher de l'emmener.

CLYTEMNESTRE.

Oui, je la défendrai contre toute l'armée.
Lâches, vous trahissez votre reine opprimée !

EURYBATE.

Non , madame , il suffit que vous nous commandiez :
Vous nous verrez combattre et mourir à vos pieds.
Mais de nos faibles mains que pouvez-vous attendre ?
Contre tant d'ennemis qui pourra vous défendre ?
Ce n'est plus un vain peuple en désordre assemblé :
C'est d'un zèle fatal tout le camp aveuglé.
Plus de pitié. Calchas seul règne , seul commande.
La piété sévère exige son offrande.
Le roi de son pouvoir se voit déposséder ,
Et lui-même au torrent nous contraint de céder.
Achille , à qui tout cède , Achille à cet orage
Voudrait lui-même en vain opposer son courage.
Que fera-t-il , madame , et qui peut dissiper
Tous les flots d'ennemis prêts à l'envelopper ?

CLYTEMNESTRE.

Qu'ils viennent donc sur moi prouver leur zèle impie,
Et m'arrachent ce peu qui me reste de vie.
La mort seule , la mort pourra rompre les nœuds
Dont mes bras nous vont joindre et lier toutes deux;
Mon corps sera plutôt séparé de mon ame ,
Que je souffre jamais.... Ah , ma fille !

IPHIGÉNIE.

                              Ah , madame !
Sous quel astre cruel avez-vous mis au jour
Le malheureux objet d'une si tendre amour?
Mais que pouvez-vous faire en l'état où nous sommes?
Vous avez à combattre et les dieux et les hommes.
Contre un peuple en fureur vous exposerez-vous ?
N'allez point , dans un camp rebelle à votre époux ,
Seule à me retenir vainement obstinée ,
Par des soldats peut-être indignement traînée ,
Présenter , pour tout fruit d'un déplorable effort ,
Un spectacle à mes yeux plus cruel que la mort.
Allez. Laissez aux Grecs achever leur ouvrage ,
Et quittez pour jamais un malheureux rivage.

Du bûcher qui m'attend, trop voisin de ces lieux,
La flamme de trop près viendrait frapper vos yeux.
Surtout, si vous m'aimez, par cet amour de mère,
Ne reprochez jamais mon trépas à mon père.

CLYTEMNESTRE.

Lui, par qui votre cœur à Calchas présenté !...

IPHIGÉNIE.

Pour me rendre à vos pleurs que n'a-t-il point tenté ?

CLYTEMNESTRE.

Par quelle trahison le cruel m'a déçue.

IPHIGÉNIE.

Il me cédait aux dieux, dont il m'avait reçue.
Ma mort n'emporte pas tout le fruit de vos feux ;
De l'amour qui vous joint vous avez d'autres nœuds.
Vos yeux me reverront dans Oreste mon frère.
Puisse-t-il être, hélas ! moins funeste à sa mère !
D'un peuple impatient vous entendez la voix.
Daignez m'ouvrir vos bras pour la dernière fois,
Madame, et rappelant votre vertu sublime....
Eurybate, à l'autel conduisez la victime (1).

CLYTEMNESTRE.

Ah ! vous n'irez pas seule, et je ne prétends pas....
Mais on se jette en foule au-devant de mes pas.
Perfides ! contentez votre soif sanguinaire.

ÆGINE.

Où courez-vous, madame, et que voulez-vous faire ?

CLYTEMNESTRE.

Hélas ! je me consume en impuissants efforts,
Et rentre au trouble affreux dont à peine je sors.

On sait qu'Iphigénie ne fut point sacrifiée,
et que ce n'était point elle que l'oracle demandait : c'était une autre princesse, une autre
Iphigénie, fille d'Hélène et de Thésée, appelée de ce nom par sa mère, et connue sous

(1) Elle s'échappe et s'en va.

celui d'Eriphile. On peut voir le dénouement de cette tragédie dans la narration du même poète ; on l'a insérée ci-devant parmi les narrations, page 86.

Tendresse conjugale.

Rhadamiste, roi d'Arménie, voyant le trouble dans ses états, et craignant que Zénobie sa femme, fille de Mithridate, ne devînt la proie de Tiridate son ennemi, la poignarda dans le transport de jalousie qui le tourmentait, et la jeta dans un fleuve. Le coup ne fut pas mortel, et Zénobie fut sauvée des flots. Elle se réfugia à la cour de Pharasmane, roi d'Ibérie et père de Rhadamiste : là, elle passa plusieurs années, cachée sous le nom d'Isménie, et dans la condition d'une étrangère, plutôt esclave que libre. Elle y fut aimée d'Arsame, fils de Pharasmane, et de Pharasmane lui-même ; mais elle aima l'un et détesta l'autre. C'est dans ces circonstances que Rhadamiste est envoyé en qualité d'ambassadeur, de la part des Romains, chez Pharasmane. Là, il a occasion d'entretenir Zénobie en particulier, et ils viennent à se reconnaître.

ZÉNOBIE.

Seigneur, est-il permis à des infortunées,
Qu'au joug d'un fier tyran le sort tient enchaînées,
D'oser avoir recours, dans la honte des fers,
A ces mêmes Romains, maîtres de l'univers ?
En effet, quel emploi pour ces maîtres du monde,
Que le soin d'adoucir ma misère profonde !
Le ciel qui soumit tout à leurs augustes lois....

RHADAMISTE.

Que vois-je ? ah, malheureux, quels traits, quel son
     de voix !
Justes dieux ! quel objet offrez-vous à ma vue ?

ZÉNOBIE.

D'où vient à mon aspect que votre ame est émue ,
Seigneur ?

RHADAMISTE.

Ah ! si ma main n'eût pas privé du jour….

ZÉNOBIE.

Qu'entends-je ? quels regrets ? et que vois-je à mon tour ?
Triste ressouvenir ! Je frémis , je frissonne.
Où suis-je ! et quel objet !.. La force m'abandonne.
Ah ! seigneur , dissipez mon trouble et ma terreur.
Tout mon sang est glacé jusqu'au fond de mon cœur.

RHADAMISTE.

Ah ! je n'en doute plus , au transport qui m'anime.
Ma main , n'as-tu commis que la moitié du crime ?
Victime d'un cruel contre vous conjuré ,
Triste objet d'un amour jaloux , désespéré ,
Que ma rage a poussé jusqu'à la barbarie ,
Après tant de fureurs , est-ce vous , Zénobie ?

ZÉNOBIE.

Zénobie ! Ah , grands dieux ! cruel , mais cher époux ,
Après tant de malheurs , Rhadamiste , est-ce vous ?

RHADAMISTE.

Se peut-il que vos yeux le puissent méconnaître ?
Oui , je suis ce cruel , cet inhumain , ce traître ,
Cet époux meurtrier. Plût au ciel qu'aujourd'hui
Vous eussiez oublié ses crimes avec lui ?
O dieux ! qui la rendez à ma douleur mortelle ,
Que ne lui rendez-vous un époux digne d'elle !
Par quel bonheur le ciel , touché de mes regrets ,
Me permet-il encor de revoir tant d'attraits ?
Mais , hélas ! se peut-il qu'à la cour de mon père ,
Je trouve dans les fers une épouse si chère ?
Dieux ! n'ai-je pas assez gémi de mes forfaits ;
Sans m'accabler encor de mes tristes objets ?
O de mon désespoir victime trop aimable ,
Que tout ce que je vois rend votre époux coupable !
Quoi ! vous versez des pleurs !

ZÉNOBIE.

                     Malheureuse , et comment
N'en répandrais-je pas dans ce fatal moment ?
Ah , cruel ! plût aux dieux que ta main ennemie
N'eût jamais attenté qu'aux jours de Zénobie !
Le cœur , à ton aspect , désarmé de courroux ,
Je ferais mon bonheur de revoir mon époux ;
Et l'amour , s'honorant de ta fureur jalouse ,
Dans tes bras avec joie eût remis ton épouse.
Ne crois pas cependant que pour toi sans pitié ,
Je puisse te revoir avec inimitié.

RHADAMISTE.

Quoi ! loin de m'accabler , grands dieux ! c'est Zénobie
Qui craint de me haïr , et qui s'en justifie !
Ah ! punis-moi plutôt : ta funeste bonté ,
Même en me pardonnant , tient de ma cruauté.
N'épargne point mon sang , cher objet que j'adore ,
Prive-moi du bonheur de te revoir encore.
Faut-il , pour t'en presser , embrasser tes genoux (1) ?
Songe au prix de quel sang je devies ton époux.
Jusques à mon amour , tout veut que je périsse.
Laisser le crime en paix , c'est s'en rendre complice.
Frappe : mais souviens-toi que , malgré ma fureur ,
Tu ne sortis jamais un moment de mon cœur ;
Que si le repentir tenait lieu d'innocence ,
Je n'exciterais plus ni haine ni vengeance :
Que malgré le courroux qui te doit animer ,
Ma plus grande fureur fut celle de t'aimer.

ZÉNOBIE.

Lève-toi , c'en en trop : puisque je te pardonne ,
Que servent les regrets où ton cœur s'abandonne ?
Va , ce n'est point à nous que les dieux ont remis
Le pouvoir de punir de si chers ennemis.
Nomme-moi les climats où tu souhaites vivre :

(1) Il se jette à ses genoux.

Parle : dès ce moment je suis prête à te suivre ,
Sûre que les remords qui saisissent ton cœur ,
Naissent de ta vertu plus que de ton malheur.
Heureuse si pour toi les soins de Zénobie
Pouvaient un jour servir d'exemple à l'Arménie ,
La rendre comme moi soumise à ton pouvoir ,
Et l'instruire du moins à suivre son devoir !

RHADAMISTE.

Juste ciel ! se peut-il que des nœuds légitimes
Avec tant de vertus unissent tant de crimes !
Que l'hymen associe au sort d'un furieux
Ce que de plus parfait firent naître les dieux !
Quoi ! tu peux me revoir sans que la mort d'un père ,
Sans que mes cruautés, ni l'amour de mon frère ,
Ce prince , cet amant si grand , si généreux ,
Te fasse détester un époux malheureux !
Et puis-je me flatter qu'insensible à sa flamme ,
Tu dédaignes les vœux du vertueux Arsame ?
Que dis-je ? trop heureux que pour moi dans ce jour
Le devoir dans ton cœur me tienne lieu d'amour !

ZÉNOBIE.

Calme les vains soupçons dont ton ame est saisie ,
Ou cache-m'en du moins l'indigne jalousie :
Et souviens-toi qu'un cœur qui peut te pardonner ,
Est un cœur que sans crime on ne peut soupçonner.

RHADAMISTE.

Pardonne , chère épouse , à mon amour funeste ,
Pardonne des soupçons que tout mon cœur déteste.
Plus ton barbare époux est indigne de toi ,
Moins tu dois t'offenser de son injuste effroi.
Rends-moi ton cœur , ta main , ma chère Zénobie ,
Et daigne dès ce jour me suivre en Arménie :
César (1) m'en a fait roi. Viens me voir désormais
A force de vertus effacer mes forfaits...

(1) L'empereur Néron.

10

Allons. N'attendons plus qu'un ennemi barbare,
Quand le ciel nous rejoint, pour jamais nous sépare.
Dieux qui me la rendez, pour combler mes souhaits,
Daignez me faire un cœur digne de vos bienfaits !

Rhadamiste, de Crébillon.

Tendresse de frère et de sœur.

Égisthe, fils de Thyeste, était le meurtrier
d'Agamemnon, père d'Oreste et d'Electre ; il
avait même épousé Clytemnestre, son adultère, et veuve d'Agamemnon. Les amis d'Agamemnon voulaient venger sa mort. On attendait pour l'exécution de ce dessein le retour
d'Oreste, qui passait pour Tydée. Electre ne
le connaissait pas pour son frère. On lui avait
fait croire qu'il était mort, de peur qu'Égiste
ne le fît périr. C'est dans ces circonstances
qu'Oreste, dans une conversation avec Electre, ne peut plus se cacher à sa sœur qui lui
parlait de la vive amitié qu'elle avait pour ce
cher frère, et il se fait connaître à elle.

ORESTE.

Je vous cherche, madame.
Tout semble désormais servir notre courroux :
Votre indigne ennemi va tomber sous nos coups.
Savez-vous quel héros vient à votre défense,
Quelle main avec nous frappe d'intelligence ?
Le ciel à vos amis vient de joindre un vengeur
Que nous n'attendions plus.

ÉLECTRE.

Et quel est-il, seigneur?
Que dis-je ? puis-je encor méconnaître mon frère ?
N'en doutons plus, c'est lui.

ORESTE.

Madame, c'est mon père.

ÉLECTRE.

Votre père , seigneur ! et d'où vient qu'aujourd'hui
Oreste à mon secours ne vient point avec lui ?
Peut-il abandonner une triste princesse ?
Est-ce ainsi qu'à me voir son amitié s'empresse ?

ORESTE.

Vous le savez , Oreste a vu les sombres bords ,
Et l'on ne revient point de l'empire des morts.

ÉLECTRE.

Et n'avez-vous pas cru , seigneur , qu'avec Oreste
Palamède avait vu cet empire funeste ?
Il revoit cependant la clarté qui nous luit.
Mon frère est-il le seul que le destin poursuit ?
Vous-même , sans espoir de revoir le rivage ,
Ne trouvâtes-vous pas un port dans le naufrage ?
Oreste , comme vous , peut en être échappé ;
Il n'est point mort, seigneur , vous vous êtes trompé.
J'ai vu dans ce palais une marque assurée
Que ces lieux ont revu le petit-fils d'Atrée ,
Le tombeau de mon Père encor mouillé de pleurs.
Qui les aurait versés ? qui l'eût couvert de fleurs ?
Qui l'eût orné d'un fer ? quel autre que mon frère
L'eût osé consacrer aux mânes de mon père.
Mais quoi ! vous vous troublez ; ah ! mon frère est ici.
Hélas ! qui mieux que vous doit en être éclairci ?
Ne me le cachez point , Oreste vit encore.
Pourquoi me fuir ? pourquoi vouloir que je l'ignore ?
J'aime Oreste , seigneur : un malheureux amour
N'a pu de mon esprit le bannir un seul jour.
Rien n'égale l'ardeur qui pour lui m'intéresse ;
Si vous saviez pour lui jusqu'où va ma tendresse ,
Votre cœur frémirait de l'état où je suis ,
Et vous termineriez mon trouble et mes ennuis.
Hélas ! depuis le temps que j'ai perdu mon père ,
N'ai-je donc pas assez éprouvé de misère ?
Esclave dans ces lieux d'où le plus grand des rois

10.

A l'univers entier semblait donner des lois ,
Qu'a fait aux dieux cruels sa malheureuse fille ?
Quel crime contre Electre arme enfin sa famille ?
Une mère en fureur la hait et la poursuit ;
Ou son frère n'est plus , ou le cruel la fuit.
Ah ! donnez-moi la mort , ou me rendez Oreste.

ORESTE.

Eh bien , il vit encore , il est même en ces lieux.
Gardez-vous cependant...

ÉLECTRE.

Qu'il paraisse à mes yeux,

Oreste , se peut-il qu'Electre te revoie ?
Montrez-le-moi , dussé-je en expirer de joie.
Mais , hélas ! n'est-ce point lui-même que je voi ?
C'est Oreste , c'est lui , c'est mon frère et mon roi.
Aux transports qu'en mon cœur son aspect a fait naître ;
Eh ! comment si long-temps l'ai-je pu méconnaître ?
Je vous revois enfin , cher objet de mes vœux !
Momens tant souhaités ! ô jour trois fois heureux !
Vous vous attendrissez ; je vois couler vos larmes ;
Ah ! seigneur , que ces pleurs pour Electre ont de
    charmes !
Que ces traits , ces regards pour elle ont de douceur !
C'est donc vous que j'embrasse , ô mon frère !

ORESTE.

Ah , ma sœur !

Mon amitié trahit un important mystère :
Mais , hélas ! que ne peut Electre sur son frère ?

ÉLECTRE.

Est-ce de moi , cruel ! qu'il faut vous défier ,
D'une sœur qui voudrait tout vous sacrifier ?
Et quelle autre amitié fut jamais si parfaite ?

ORESTE.

Je n'ai craint que l'ardeur d'une joie indiscrète.
Dissimulez des soins ; quoique pour moi si doux.
Ma sœur , à me cacher , j'ai souffert plus que vous.

D'ailleurs , jusqu'à ce jour je m'ignorais moi-même
Palamède , pour moi rempli d'un zèle extrême ,
Pour conserver des jours à sa garde commis ,
M'élevait à Samos sous le nom de son fils.
Le sien est mort , ma sœur ; la colère céleste
A fait périr l'ami le plus chéri d'Oreste ,
Et peut-être sans vous , moins sensible à vos maux ,
Envirais-je le sort qu'il trouva dans les flots.

ÉLECTRE.

Se peut-il qu'en regrets votre cœur se consume ?
Ah ! seigneur , laissez-moi jouir sans amertume
Du plaisir de revoir un frère tant aimé.
Quel entretien pour moi ! que mon cœur est charmé !
J'oublie en vous voyant qu'ailleurs peut-être on m'aime;
J'oublie auprès de vous jusques à l'amant même.
Surmontez comme moi ce penchant trop flatteur ,
Qui semble , malgré vous , entraîner votre cœur.
Quel que soit votre amour , les traits d'Iphianasse
N'ont rien de si charmant que la vertu n'efface.

ORESTE.

La vertu sur mon cœur n'a que trop de pouvoir.
Ma sœur , et mon nom seul suffit à mon devoir.
Non , ne redoutez rien du feu qui me possède.
On vient , séparons-nous. Mais non , c'est Palamède.

Electre , de CRÉBILLON.

Fureur jalouse.

Zaïre, fille de Lusignan, prince du sang des
rois de Jérusalem , était aimée d'Orosmane,
Soudan de cette ville , et elle était sur le point
de devenir sa femme, lorsque Lusignan , tiré
de la prison où il était depuis de longues années, la reconnut pour être sa fille, apprit
avec douleur qu'elle était musulmane, et lui fit
promettre de se faire chrétienne et de s'échapper du palais du Soudan avec Nérestan son

frère , pour passer en France. C'est dans ces
circonstances que le Soudan ayant déclaré à
Zaïre que le moment était venu où il voulait
l'épouser , elle ne lui répond que par ses larmes , et le prie de lui donner du temps ; ce qui
jette le Soudan , homme fier et colère , dans
une vive crainte que Zaïre n'aime Nérestan ,
ce chrétien que le Soudan ignorait être son
frère. C'est le sujet de la scène suivante , dans
laquelle Orosmane rend compte à son confident
du trouble qui l'agitait.

OROSMANE.

Corasmin , quel est donc ce changement extrême ?
Je la laisse échapper ; je m'ignore moi-même.

CORASMIN.

Vous seul causez son trouble, et vous vous en plaignez ;
Vous accusez peut-être un cœur où vous régnez.

OROSMANE.

Mais pourquoi donc ces pleurs , ce trouble , cette fuite,
Cette douleur si sombre en ses regards écrite ?
Si c'était ce Français.... Quel soupçon ! quelle horreur!
Quelle lumière affreuse a passé dans mon cœur !
Hélas ! je repoussais ma juste défiance.
Un barbare , un esclave aurait cette insolence !
Cher ami , je verrais un cœur comme le mien
Réduit à redouter un esclave chrétien !
Mais parle , tu pouvais observer son visage ;
Tu pouvais de ses yeux entendre le langage.
Ne me déguise rien ; mes feux sont-ils trahis ?
Apprends-moi mon malheur.... Tu trembles.... Tu
　　　　frémis....
C'en est assez.

CORASMIN.

　　　　Je crains d'irriter vos alarmes.
Il est vrai que ses yeux ont versé quelques larmes :
Mais , seigneur , après tout je n'ai rien observé
Qui doive...

OROSMANE.

A cet affront je serais réservé !

Non , si Zaïre , ami , m'avait fait cette offense ,
Elle eût avec plus d'art trompé ma confiance....
Le déplaisir secret de mon cœur agité ,
Si ce cœur est perfide , aurait-il éclaté ?
Ecoute : garde-toi de soupçonner Zaïre.
Mais , dis-tu , ce Français gémit , pleure , soupire...
Que m'importe , après tout , le sujet de ses pleurs ?
Qui sait si l'amour même entre dans ses douleurs ?
Et qu'ai-je à redouter d'un esclave infidelle
Qui demain pour jamais se va séparer d'elle ?

CORASMIN.

N'avez-vous pas , seigneur , permis , malgré nos lois,
Qu'il jouît de sa vue une seconde fois ?
Qu'il revînt en ces lieux ?

OROSMANE.

Qu'il revînt , lui , ce traître !
Et qu'aux yeux de Zaïre il osât reparaître ?
Oui , je le lui rendrais , mais mourant , mais puni ,
Mais versant à ses yeux le sang qui m'a trahi ,
Déchiré devant elle ; et ma main dégouttante
Confondrait dans son sang le sang de son amante.
Excuse les transports de ce cœur offensé :
Il est né violent , il aime , il est blessé.
Je connais mes fureurs , et je crains ma faiblesse.
A des troubles honteux je sens que je m'abaisse.
Non , c'est trop sur Zaïre arrêter un soupçon.
Non , son cœur n'est point fait pour une trahison.
Mais ne crois pas non plus que le mien s'avilisse
A souffrir des rigueurs , à gémir d'un caprice ;
A me plaindre , à reprendre , à redonner ma foi ;
Les éclaircissemens sont indignes de moi.
Il vaut mieux sur mes sens reprendre un juste empire ;
Il vaut mieux oublier jusqu'au nom de Zaïre.
Corasmin , que ces murs soient fermés pour jamais ;

Fais veiller la terreur aux portes du palais.
Que tout subisse ici le frein de l'esclavage :
Des lois de l'Orient suivons l'austère usage.
On peut, sans s'avilir, abaissant sa fierté,
Jeter sur son esclave un regard de bonté ;
Mais il est trop honteux de craindre une Maîtresse :
Aux mœurs de l'Occident laissons cette faiblesse.
Ce sexe dangereux, qui veut tout asservir,
S'il règne dans l'Europe, ici doit obéir.

Zaïre, de VOLTAIRE.

CHAPITRE IX.

DU GENRE TEMPÉRÉ.

LE genre tempéré tient le milieu entre le simple et le sublime. Il est susceptible de fleurs et d'ornemens. Ces ornemens sont certains tours qui contribuent à rendre le discours plus agréable. Or, de même que le genre sublime peut-être comparé à ces édifices magnifiques, dont l'architecture est d'un dessein grand et majestueux, et qui sont consacrés au culte divin, ou destinés pour être la demeure des rois, on peut dire aussi que le genre tempéré doit être comparé aux bâtimens qui sont habités par les particuliers, mais où l'art, l'élégance, la richesse même, brillent de toutes parts, et qui ont quelque chose de fin et d'un goût exquis. Dans le genre dont il s'agit, la beauté de l'imagination règne ordinairement ; les pensées en sont nobles et délicates, les images en sont gracieuses et brillantes sans phébus ni clinquant, et les expressions élégantes et choisies. Mais lorsque ce genre est employé dans la poésie, on peut dire que l'harmonie en rehausse le prix, et qu'elle en augmente le charme par cet heureux mélange d'expressions sonores et mélodieuses, dont l'assortiment fait une impression très-agréable sur l'oreille.

On l'emploie ordinairement dans tous les sujets qui ne sont point du ressort du sublime ni du haut dramatique, et qui sont capables d'amuser agréablement les hommes. C'est dans ce genre que l'on traite les églogues, les satires, les épîtres, les descriptions champêtres, les relations familières; tels que sont les contes, les faits particuliers qui ne tiennent à rien d'héroïque ni de merveilleux. Enfin, c'est le genre avec lequel on dépeint tout ce qu'il y a de riant et de gracieux dans la nature; on s'en sert même pour critiquer ingénieusement les mœurs et les ouvrages, en un mot, pour toutes les productions de l'esprit qui contribuent à l'amusement de la société.

Critique badine du monde.

Dans cette pièce un poète qui était sollicité par un ami de quitter sa solitude, et de venir dans le monde y faire connaître ses talens, vante le bonheur du loisir littéraire dont il jouit, et prend de là occasion de faire une critique fine et ingénieuse des divers désagrémens que l'on a à essuyer dans le monde, et de tout ce qui peut choquer un homme de goût.

> Heureux qui, dans la paix secrète
> D'une libre et belle retraite,
> Vit ignoré, content de peu,

10*

Et qui ne se voit point sans cesse
Jouet de l'aveugle déesse,
Ou dupe de l'aveugle dieu !
Là , dans la liberté suprême ,
Semant de fleurs tous les instans,
Dans l'empire de l'hiver même
On trouve les jours du printemps.
Calme heureux , loisir solitaire !
Quel lieu n'a point de quoi nous plaire
Lorsqu'on y trouve le bonheur ;
Lorsqu'on y vit , sans spectateur,
Dans le silence littéraire ,
Loin de tout importun jaseur,
Loin des froids discours du vulgaire
Et des hauts tons de la grandeur ;
Loin de ces troupes doucereuses
Où d'insipides précieuses ,
Et de petits fats ignorans ,
Viennent, conduits par la folie ,
S'ennuyer en cérémonie
Et s'endormir en complimens ;
Loin de ces ignobles Zoïles .
De ces enfileurs de dactyles ,
Coiffés de phrases imbécilles
Et de classiques préjugés ,
Et qui , de l'enveloppe épaisse
Des pédans de Rome et de Grèce
N'étant point encor dégagés ,
Portent leur petite sentence
Sur la rime et sur les auteurs ,
Avec autant de connaissance
Qu'un aveugle en a des couleurs ;
Loin de la gravité chinoise
De ce vieux druide empesé ,
Qui, sous un air symétrisé ,
Parle à trois temps, rit à la toise ,

Regarde d'un œil apprêté,
Et m'ennuie avec dignité ;
Loin de ces faussets du Parnasse,
Qui, pour avoir glapi parfois
Quelque épithalame à la glace
Dans un petit monde bourgeois,
Ne causent plus qu'en folles rimes,
Ne vous parlent que d'Apollon,
De Pégase et de Cupidon,
Et telles fadeurs synonymes,
Ignorant que ce vieux jargon
Relégué dans l'ombre des classes,
N'est plus aujourd'hui de saison
Chez la brillante fiction :
Que les tendres lyres des Grâces
Se montent sur un autre ton :
Et qu'enfin de la foule obscure
Qui rampe au marais d'Hélicon,
Pour sauver ses vers et son nom,
Il faut être, sans imposture,
L'interprète de la nature
Et le peintre de la raison....
Jugez si toute solitude
Qui nous sauve de tous ces bruits,
N'est point l'asile et le pourpris
De l'entière béatitude.
Que dis-je? est-on seul après tout,
Lorsque, touché de plaisirs sages,
On s'entretient dans les ouvrages
Des dieux de la lyre et du goût?
Tantôt de l'azur d'un nuage
Plus brillant que les plus beaux **jours,**
Je vois sortir l'ombre volage
D'Anacréon, ce tendre sage,
Le Nestor du galant rivage,
Le patriarche des amours.

Epris de son doux badinage,
Horace accourt à ses accens,
Horace, l'ami du bon sens,
Philosophe sans verbiage,
Et poète sans fade encens.
C'est ainsi que par la présence
De ces morts vainqueurs des destins,
On se console de l'absence,
De l'oubli même des humains....
Pourquoi dans leur foule importune
Voudriez-vous me rétablir ?
Leur estime ni leur fortune
Ne me causent point un désir....
De la sublime poésie
Profanant la noble harmonie
Irais-je par de vains accens
Chatouiller l'oreille engourdie
De cent ignares importans,
Dont l'ame massive, assoupie
Dans des organes impuissans,
Ou livrée aux fougues des sens,
Ignore les dons du génie
Et les plaisirs des sentimens ?
Pourrai-je au char de l'immortelle
M'enchaîner encor pour long-temps ?
Quand j'aurai passé mon printemps,
Pourrai-je encor vivre avec elle ?
Suivrai-je un jour à pas pesans
Ces vieilles muses douairières,
Ces mères septuagénaires
Du madrigal et des sonnets,
Qui, n'ayant été que poètes,
Rimaillent encore en lunettes,
Et meurent au bruit des sifflets ?   GRESSET.

Descriptions champêtres.

Le poète, dans les vers suivans, fait la description d'une maison de campagne où il allait passer quelque temps tous les ans, et de là il prend occasion de vanter le bonheur d'une vie retirée, où l'on est à l'abri du tumulte des villes.

Oui, Lamoignon, je fuis les chagrins de la ville ;
Et contre eux la campagne est mon unique asile.
Du lieu qui m'y retient veux-tu voir le tableau ?
C'est un petit village, ou plutôt un hameau
Bâti sur le penchant d'un long rang de collines,
Où l'œil s'égare au loin dans les plaines voisines.
La Seine, au pied des monts que son flot vient laver,
Voit du sein de ses eaux vingt îles s'élever,
Qui, partageant son cours en diverses manières,
D'une rivière seule y forment vingt rivières.
Tous ses bords sont couverts de saules nos plantés,
Et de noyers souvent du passant insultés.
Le village au-dessus forme un amphithéâtre.
L'habitant ne connaît ni la chaux ni le plâtre ;
Et dans le roc qui cède et se coupe aisément,
Chacun sait de sa main creuser un logement.
La maison du Seigneur, seule un peu plus ornée,
Se présente au dehors de murs environnée.
Le soleil, en naissant, la regarde d'abord,
Et le mont la défend des outrages du nord.
C'est là, cher Lamoignon, que mon esprit tranquille
Met à profit les jours que la parque me file :
Ici, dans un vallon bornant tous mes désirs,
J'achète à peu de frais de solides plaisirs.
Tantôt, un livre en main, errant dans les prairies,
J'occupe ma raison d'utiles rêveries :
Tantôt, cherchant la fin d'un vers que je construis,
Je trouve au coin d'un bois le mot qui m'avait fui.
Quelquefois aux appâts d'un hameçon perfide

J'amorce en badinant le poisson trop avide ;
Ou d'un plomb qui suit l'œil, et part avec l'éclair,
Je vais faire la guerre aux habitans de l'air.
Une table, au retour, propre et non magnifique,
Nous présente un repas agréable et rustique.
Là, sans s'assujettir aux dogmes de Broussain,
Tout ce qu'on boit est bon, tout ce qu'on mange
   est sain :
La maison le fournit, la fermière l'ordonne,
Et mieux que Bergerat l'appétit l'assaisonne.
O fortuné séjour ! ô champs aimés des cieux !
Que pour jamais, foulant vos prés délicieux,
Ne puis-je ici fixer ma course vagabonde,
Et connu de vous seuls oublier tout le monde !

       Boileau, *Epit.* 6.

Eloge d'une vie retirée.

Le célèbre La Fontaine, dans le morceau suivant, fait l'éloge de la solitude ou d'une vie retirée, après laquelle il soupire.

Je voudrais inspirer l'amour de la retraite.
Elle offre à ses amans des biens sans embarras,
Biens purs, présens du ciel, qui naissent sous les pas.
Solitude où je trouve une douceur secrète,
Lieux que j'aimai toujours, ne pourrai-je jamais,
Loin du monde et du bruit, goûter l'ombre et le frais?
Oh (1) ! qui m'arrêtera sous vos sombres asiles ?
Quant pourront les neufs sœurs, loin des cours et
   des villes,
M'occuper tout entier, et m'apprendre des cieux
Les mouvemens divers inconnus à nos yeux,
Les noms et les vertus de ces clartés errantes,
Par qui sont nos destins et nos mœurs différentes ?

(1) Imitation d'un endroit de Virgile, au livre 2 des Géorgiques.

Que si je ne suis né pour de si grands projets ,
Du moins que les ruisseaux m'offrent de doux objets ;
Que je peigne en mes vers quelque rive fleurie.
La Parque à filets d'or n'ourdira point ma vie ;
Je ne dormirai point sous de riches lambris :
Mais voit-on que la somme en perde de son prix ?
En est-il moins profond et moins plein de délices ?
Je lui voue au désert de nouveaux sacrifices.
Quand le moment viendra d'aller trouver les morts ,
J'aurai vécu sans soin , et mourrai sans remords.

Fables de La Fontaine.

*Eloge de la Touraine et des pays que la Loire
arrose.*

C'est le même poète qui , en racontant un de
ses voyages , s'exprime de la manière suivante :

Vous croyez bien qu'étant sur ces (1) rivages,
Nos gens et moi nous ne manquâmes pas
De promener à l'entour notre vue.
J'y rencontrai de si charmans appas ,
Que j'en ai l'ame encore tout émue :
Côteaux rians y sont des deux côtés ,
Côteaux non pas si voisins de la nue
Qu'en Limousin , mais côteaux enchantés.
Belles maisons , beaux parcs et bien plantés ,
Prés verdoyans dont ce pays abonde ,
Vignes et bois , tant de diversités ,
Qu'on croit d'abord être en un autre monde.
Le plus bel ornement , c'est la Loire sans doute.
On la voit rarement s'écarter de sa route :
Elle a peu de replis dans son cours mesuré.
Ce n'est pas un ruisseau qui serpente en un pré ;
C'est la fille d'Amphitrite ,
C'est elle dont le mérite ,

(1) De la Loire.

> Le nom , la gloire et les bords
> Sont dignes de ces provinces
> Qu'entre leurs plus grands trésors
> Ont toujours placé nos princes.
> Elle répand son cristal
> Avecque magnificence ,
> Et le jardin de la France
> Méritait un tel canal.
>
>   La Fontaine , *OEuvres posthumes.*

Eloge de l'Italie , considérée comme le séjour où reposent les cendres des auteurs illustres de la docte antiquité.

Le poète adresse la parole à un seigneur qui avait été nommé ambassadeur pour Rome , et qui devait bientôt partir.

> Vous chérirez cette contrée
> Et les précieux monumens
> Où leur mémoire (1) consacrée
> Survit à la fuite des temps.
>
> Vous aimerez ces doux asiles ,
> Ces bois où le chant renommé
> Des Ovides et des Virgiles
> Attirait Auguste charmé.
>
> Dans ces solitudes chéries
> De la brillante antiquité ,
> Des poétiques rêveries
> Vous chercherez la volupté.
>
> De Tibur vous verrez les traces ,
> Et sur ce rivage charmant ,
> Vous vous direz : Ici les Grâces
> De Glycère inspiraient l'amant (2).

(1) Des auteurs latins les plus illustres.   (2) Horace.

Là du luth du galant Catulle
Lesbie animait les doux sons ;
Ici Properce , ici Tibulle
Soupiraient de tendres chansons.

Aux tombeaux de ces morts célèbres
Vénus répand encor des pleurs ,
L'amour sur leurs urnes funèbres
Attend encor leurs successeurs.

Il garde leurs lyres muettes
Qu'aucun mortel n'ose toucher ,
Et leurs hautbois et leurs trompettes
Que l'on ne sait plus emboucher.

Muses , amours , cessez vos larmes ,
Bientôt dans ces lieux enchantés
Vous verrez revivre les charmes
De vos disciples regrettés.

Tivoli , Blanduse , Albunée ,
Noms immortels , sacré séjour ,
Sur votre rive fortunée
Apollon ramène sa cour.   GRESSET.

Peintures riantes.

Dans le morceau suivant, le poète, à l'occasion du retour du printemps , soupire après le séjour champêtre où il a déjà été, et qu'il compte bientôt revoir. Il s'en forme par avance une idée charmante , et, dans un enthousiasme poétique, il en fait une peinture des plus riantes.

Porté par les songes légers ,
Je vois la nouvelle parure
Dont s'embellissent (1) vos vergers.

(1) Il parle à un ami qui était le maître de cette maison de campagne.

Elève ici de la nature ,
L'art lui prêtant ses soins brillans ,
Y forme un temple de verdure
A la déesse des talens.
Sortez du sein des violettes ,
Croissez , feuillages fortunés ;
Couronnez ces belles retraites ,
Ces détours , ces routes secrètes
Aux plus douxaccords destinés.
Ma muse , pour vous attendrie ,
D'une charmante rêverie
Subit déjà l'aimable loi.
Les bois , les vallons , les montagnes ,
Toute la scène des campagnes
Prend une ame et s'orne pour moi.
Aux yeux de l'ignare vulgaire
Tout est mort , tout est solitaire :
Un bois n'est qu'un sombre réduit ,
Un ruisseau n'est qu'une onde claire ,
Les zéphirs ne sont que du bruit.
Aux yeux que Calliope éclaire
Tout brille , tout pense , tout vit :
Ces ondes tendres et plaintives ,
Ce sont des nymphes fugitives
Qui cherchent à se dégager
De Jupiter pour un berger ;
Ces fougères sont animées ;
Ces fleurs qui les parent toujours ,
Ce sont des belles transformées :
Ces papillons sont des amours...
Le plaisir avec chaque aurore
Loin du tumulte qu'il abhorre ,
Renaît sur ces vallons chéris.
Des guirlandes de la jeunesse
Les ris couronnent la sagesse ,
La sagesse enchaîne les ris ;

Et pour mieux varier sans cesse
L'uniformité du loisir ,
Un goût guidé par la finesse
Vient unir les arts au plaisir.....
Que l'insipide symétrie
Règle la ville qu'elle ennuie :
Que les temps y soient concertés ,
Et les plaisirs même comptés ;
La mode , la cérémonie ,
Et l'ordre et la monotonie
Ne sont point les dieux des hameaux :
Au poids de la triste satire
On n'y pèse point tous les mots ;
Et si l'on doit blâmer ou rire ,
Tout ce qui plaît vient à propos ,
Tout y fait des plaisirs nouveaux.....
Oui , chez les bergers , sous ces hêtres ,
J'ai vu dans la frugalité,
Les dépositaires , les maîtres
De la douce félicité.
J'ai vu dans les fêtes champêtres ,
J'ai vu la pure volupté
Descendre ici sur les cabanes ,
Y répandre un air de gaîté,
De douceur et de vérité ,
Que n'ont point les plaisirs profanes
Du luxe et de la dignité.....
Feuillage antique et vénérable ,
Temple des bergers de ces lieux ,
Orme heureux , monument durable
De la pauvreté respectable
Et des amours de leurs aïeux ;
O toi , qui depuis la durée
De trente lustres révolus ,
Couvres de ton ombre sacrée
Leurs danses , leurs jeux ingénus ,

Sur ces bords, depuis ta jeunesse,
Jusqu'à cette verte vieillesse,
Vis-tu jamais changer les cœurs,
Et la félicité première
Fuir devant la fausse lumière
De mille brillantes erreurs ?
Laisse les tristes avantages
D'orner les palais somptueux
Au chêne, au cèdre fastueux.
Les lambris couvrent les faux sages,
Les rameaux couvrent les heureux.
Tandis qu'instruit par la nature
Et par la simple vérité,
Mon esprit, toujours enchanté,
Pénètre au sein de la nature,
Hélas ! par une loi trop dure
Le plaisir vole, le temps fuit,
Poussé par l'éternelle nuit.
Trop tôt, hélas ! les soins pénibles,
Les bienséances inflexibles,
Revendiquant leurs tristes droits,
Nous feront quitter cet asile,
Et, nous arrachant de ces bois,
Nous replongeront pour six mois
Dans l'affreux chaos de la ville,
Et dans cet éternel fracas
De riens pompeux et d'embarras.
Dès qu'entraînés par l'habitude,
Au séjour de la multitude
Nous irons prendre les leçons
De ta vertu toujours unie,
Que la bonne philosophie
Recommande à ses nourrissons,
D'une ville tumultueuse
Nous adoucirons le dégoût ;
La raison est partout heureuse,
Le bonheur du sage est partout.   GRESSET.

Eloge poétique du Printemps.

C'est ici un homme qui, revenu d'une maladie mortelle, goûte la douce satisfaction de se
voir parfaitement rétabli, et soupire après le
temps où il doit aller à la campagne.

Ame de l'univers, charme de nos années,
  Heureuse et tranquille Santé,
Toi, qui viens renouer le fil de mes journées,
Et rendre à mon esprit sa plus vive clarté :
Quand, prodigue des dons d'une courte jeunesse,
Ne portant que la honte et d'amères douleurs
  Dans une précoce vieillesse,
Les aveugles mortels abrégent tes faveurs,
Je vais sacrifier dans ton temple champêtre.
  Loin des cités et de l'ennui,
Tout nous rappelle aux champs : le printemps va renaître
  Et j'y vais renaître avec lui.
  Dans cette retraite chérie
  De la sagesse et du plaisir,
  Avec quel goût vais-je cueillir
  La première épine fleurie,
  Et de Philomèle (1) attendrie
  Recevoir le premier soupir !
  Avec les fleurs dont la prairie
  A chaque instant va s'embellir,
  Mon âme long-temps assoupie,
  Va de nouveau s'épanouir,
  Et sans pénible rêverie
  Voltiger avec le zéphir.
Occupé tout entier du soin, du plaisir d'être,
  Au sortir du néant affreux,
  Je ne songerai qu'à voir naître
  Ces bois, ces berceaux amoureux...

(1) Du rossignol.

O jours de ma convalescence ,
Jours d'une pure volupté !
C'est une nouvelle naissance ,
Un rayon d'immortalité.
Quel feu ! tous les plaisirs ont volé dans mon ame ,
J'adore avec transport le céleste flambeau ;
Tout m'intéresse , tout m'enflamme ;
Pour moi l'univers est nouveau.
Sans doute que le Dieu qui nous rend l'existence ,
A l'heureuse convalescence ,
Pour de nouveaux plaisirs , donne de nouveaux sens.
A ses regards impatiens ,
Le chaos fuit , tout nait , la lumière commence ,
Tout brille des feux du printemps.
Les plus simples objets , le chant d'une fauvette ,
Le matin d'un beau jour , la verdure des bois ,
La fraîcheur d'une violette ,
Mille spectacles qu'autrefois
On voyait avec nonchalance ,
Transportent aujourd'hui , présentent des appas
Inconnus à l'indifférence ,
Et que la foule ne voit pas.
Tout s'émousse dans l'habitude :
Par les plaisirs un cœur usé ,
Lassé de leur multitude ,
Ne peut se sentir flatté.   GRESSET.

Les vers suivans sont à peu près sur le même
sujet que les précédens. On y invite une personne de venir à la campagne , et l'on fait une
description de la vie gracieuse qu'une compagnie d'honnêtes gens y mène.

Si vous veniez ici , nous ferions notre étude
De bannir vos soucis , d'instruire leur procès ;
Votre tranquille sœur , de votre inquiétude
Pourrait , par son exemple , adoucir les accès.

Sa belle ame , en tout temps à soi-même semblable ,
Fait fleurir dans sa cour repos et liberté ;
Et la riche Amalthée y répand sur sa table
L'abondance et l'éclat , l'ordre et la propreté.
Dans ces longs promenoirs , qu'un si bel art varie ,
Errant à l'aventure , exempts de passion ,
Nous faisons succéder l'aimable rêverie
Aux douceurs que fournit la conversation.
On ne connaît ici ni règle ni contrainte :
Ainsi que des momens nous y passons les jours ;
Et si nous y formons quelque légère plainte ,
C'est que pour nos plaisirs les soleils sont trop courts.
Lorsque le blond Phébus dans la mer d'Hespérie
Se plonge dans les flots où sa clarté périt ,
En cercle autour du feu la fine raillerie
Epanouit le cœur et réveille l'esprit.
Tantôt sur le bas style , et volant terre à terre ,
A parer aussi prompts comme on l'est à porter ,
Nous faisons l'un à l'autre une innocente guerre ,
Où chacun s'étudie à se déconcerter.
Epuisés d'entretiens , une guerre nouvelle ,
Les cartes à la main , nous rend tous ennemis :
Sur le moindre incident nous entrons en querelle ,
Et le jeu terminé , nous demeurons amis.
Fatigués de plaisirs plus qu'assouvis encore ,
Nous livrons au sommeil nos yeux appesantis :
On dort dans de beaux lits au-delà de l'aurore ,
Où les songes qu'on fait sont des songes d'Atys.
Venez donc profiter du doux air qu'on respire
Dans ce palais charmant des Grâces ennobli.
Où par mille agrémens que je ne puis décrire ,
Nous passons , sans mourir , le consolant oubli.

PAVILLON , OEuvres diverses.

CHAPITRE X.

DES NARRATIONS

DANS LE GENRE FAMILIER.

LES fables en seront les exemples ; mais, avant de les rapporter, il paraît convenable, pour l'instruction des jeunes gens, de donner une idée de ce genre de poésie, et de mettre en même temps sous les yeux les observations des maîtres de l'art sur cette matière.

La fable ou l'apologue est une instruction (1), déguisée sous l'allégorie d'une action : c'est un poème épique en raccourci, qui ne le cède au grand que par l'étendue. Elle est composée de deux parties (2), dont on peut appeler l'une le corps, et l'autre l'ame : le corps est la fable, et l'ame, la moralité.

Mais quoique la fable soit une instruction, elle n'en plaît pas moins. Il est aisé d'en sentir la raison ; c'est, premièrement, parce que l'amour-propre est ménagé dans ces sortes de leçons. Les hommes n'aiment point les préceptes directs ; ils sont trop fiers pour s'accommoder de ces philosophes qui semblent commander ce qu'ils enseignent ; ils veulent qu'on les instruise humblement, et ils ne se corrigeraient pas, s'ils croyaient que se corriger fût obéir. Ces sortes d'instructions plaisent encore, parce que l'esprit est exercé par l'allégorie : il aime à voir plusieurs choses à la

(1) La Motte.   (2) La Fontaine.

tois , à en distinguer les rapports , et il se complait dans cette pénétration qui l'amuse.

Les qualités essentielles d'une fable peuvent se réduire aux suivantes :

1° Une fable doit être le symbole d'une vérité ; c'est là son essence : car la fable est une philosophie déguisée, qui ne badine que pour instruire, et qui instruit d'autant mieux qu'elle amuse.

2° La vérité qu'on veut apprendre doit être cachée sous une allégorie. En effet , l'allégorie est le langage qui plaît le plus aux hommes ; 'est elle qui a l'avantage de nous faire entenre une chose dans le temps qu'elle nous en résente une autre ; et, par le moyen de cette spèce de supercherie, elle donne à notre esprit n exercice doux qui le réjouit, et qui lui fait aire un usage de ses forces tel qu'il le souhaite.

3° L'image dont on se sert pour envelopper ette vérité, doit être juste et naturelle. Ces ondizions sont prises de la nature même de etre esprit, qui ne saurait souffrir qu'on l'emarrasse , qu'on l'égare , ni qu'on le trompe. insi, cette image doit être conforme aux idées uc les hommes en général ont des choses.

4° Le récit qui forme le corps de la fable , oit être animé par tout ce qu'il y a de plus ant et de plus gracieux ; et, pour y réussir, faut savoir attacher agréablement l'esprit aux lus petits objets , savoir appliquer de grandes omparaisons aux plus petites choses , ménaer de petites descriptions qui jettent du graeux dans la narration , semer de temps en ps quelques réflexions courtes et rapides , mme des traits vifs qui frappent l'esprit; indre le sentiment avec la naïveté qui le ractérise ; en un mot, imiter la nature. De

11

cet ensemble naît cette gaieté qui est si nécessaire à une fable, et qui produit un effet admirable. Cet air lui est si nécessaire, qu'elle
ne saurait s'en passer; c'est son lustre, c'est
la fleur de sa beauté. Mais ce n'est pas une
gaieté folle et vive qui excite le rire. Celle qui
convient à la fable est plus douce et plus délicate; elle ne va qu'à l'esprit; elle l'anime, le
rend attentif par le plaisir qu'elle lui donne.
C'est un certain charme, un certain air aimable et facile dont on peut égayer les sujets les
plus sérieux.

5ᵉ La fable doit être revêtue d'un style familier, parce qu'il n'y a que le style simple et
familier d'où puisse sortir cette gaieté qui doit
régner dans une fable. Lui seul peut faire éclore
ces grâces naïves qui enchantent; lui seul peut
animer un récit, donner du feu à un dialogue,
et lui conserver ce beau naturel qui nous ravit
si fort : on doit même remarquer que ce style
est plus propre à l'insinuation, que le style
soutenu. Ce dernier est le langage de la médi-
tation et de l'étude ; l'autre est le langage du
sentiment. On est en garde contre l'un, et l'on
ne songe pas à se défendre de l'autre. Mais ce
style familier ne laisse pas d'avoir son élégance; l'air aisé le caractérise, quoiqu'il soit
souvent plus difficile à trouver que le style
soutenu.

Voilà, en général, le ton que demande la
fable ; et c'est le talent que La Fontaine (1) pos-
sédait au suprême degré. Il savait jeter de la
gaieté et répandre des grâces dans les sujets
qui en paraissent le moins susceptibles. Il

(1) Eloge de la Fontaine, par divers écrivains de nos
jours.

pouvait parler de tout ce qu'il voulait ; il savait relever les idées magnifiques , élever les basses, animer les froides , et faire aller avec grâces les unes avec les autres. Il sut, en un mot , rassembler toutes les beautés dans son style. On y sent, à chaque ligne , ce que le riant a de plus gai , ce que le gracieux a de plus attirant. Il rend le familier élégant et nouveau par l'usage qu'il en sait faire , et il joint à toute la liberté du naturel le piquant de la naïveté. Jamais homme n'écrivit avec plus de grâce, plus de douceur, plus de finesse, plus de facilité. C'est véritablement le poète de la nature. On ne sent nulle part le travail ni la gêne ; on dirait que ses fables sont tombées de sa plume. Il a surpassé l'ingénieux inventeur (1) de l'apologue et son admirable copiste. (2) Il a attrapé le point de perfection dans ce genre; et ceux qui ont essayé de courir la même carrière , sont restés bien loin derrière lui.

Mais quoique La Fontaine soit regardé comme un auteur inimitable, il y a eu des hommes célèbres qui ont travaillé dans le même genre que lui ; et quoiqu'ils n'aient point atteint la perfection où il est arrivé, on peut dire qu'il y a des fables qui sont sorties de leur plume, mais en petit nombre, que La Fontaine n'aurait pas désavouées. « Il y a (3) encore des places honorables au-dessous de la sienne, et l'on peut être souffert auprès de lui, quoiqu'on ne soit pas aussi bon que lui. » A vouloir même s'arrêter au seul genre de la narration dans le style familier et badin, on peut dire qu'il a

(1) Esope. (2) Phèdre. (3) La Motte.

paru plusieurs pièces (1) depuis quelques années , qui sont comparables à tout ce que La
Fontaine a fait de mieux, » selon le propre jugement d'un des plus grands poètes (2) de nos
jours.

FABLES CHOISIES ,

Pour servir d'exemple dans le genre familier.

LES ANIMAUX MALADES DE LA PESTE.

Un mal qui répand la terreur ,
Mal que le ciel , en sa fureur ,
Inventa pour punir les crimes de la terre ,
La peste . (puisqu'il faut l'appeler par son nom ,)
Capable d'enrichir en un jour l'Achéron ,
Faisait aux animaux la guerre.
Ils n'en mouraient pas tous , mais tous étaient frappés.
On n'en voyait point d'occupés
A chercher le soutien d'une mourante vie ;
Nul mets n'excitait leur envie.
Ni loups ni renards n'épiaient
La douce et l'innocente proie ;
Les tourterelles se fuyaient :
Plus d'amour . partant plus de joie.
Le lion tint conseil , et dit : Mes chers amis ,
Je crois que le ciel a permis
Pour nos péchés cette infortune ;
Que le plus coupable de nous
Se sacrifie aux traits du céleste courroux ,
Peut-être obtiendra-t-il la guérison commune.
L'histoire nous apprend qu'en de tels accidens
On fait de pareils dévoûmens.
Ne nous flattons donc point , voyons sans indulgence
L'état de notre conscience.
Pour moi , satisfaisant mes appétits gloutons ,

(1) Vert-vert , la Chartreuse , le Lutrin , Epîtres diverses , etc. On en a rapporté ci-dessus quelques morceaux
choisis.

(2) Rousseau.

J'ai dévoré force moutons.
Que m'avaient-ils fait ? nulle offense.
Même il m'est arrivé quelquefois de manger
       Le berger.
Je me dévoûrai donc, s'il le faut ; mais je pense
Qu'il est bon que chacun s'accuse ainsi que moi ;
Car on doit souhaiter, selon toute justice,
    Que le plus coupable périsse.
Sire, dit le renard, vous êtes trop bon roi ;
Vos scrupules font voir trop de délicatesse.
Eh bien ! manger moutons, canaille, sotte espèce,
Est-ce un péché ? Non, non. Vous leur fîtes, seigneur,
    En les croquant, beaucoup d'honneur ;
    Et quant au berger, l'on peut dire
    Qu'il était digne de tous maux,
Etant de ces gens-là qui sur les animaux
    Se font un chimérique empire.
Ainsi dit le renard ; et flatteurs d'applaudir.
    On n'osa trop approfondir
Du tigre, ni de l'ours, ni des autres puissances,
    Les moins pardonnables offenses.
Tous les gens querelleurs, jusqu'aux simples mâtins,
Au dire de chacun, étaient de petits saints.
L'âne vint à son tour, et dit : J'ai souvenance
    Qu'en un pré de moines passant,
La faim, l'occasion, l'herbe tendre, et, je pense,
    Quelque diable aussi me poussant,
Je tondis de ce pré la largeur de ma langue.
Je n'en avais nul droit, puisqu'il faut parler net.
A ces mots, on cria haro sur le baudet.
Un loup, quelque peu clerc, prouva par sa harangue
Qu'il fallait dévouer ce maudit animal,
Ce pelé, ce galeux, d'où venait tout leur mal.
Sa peccadille fut jugée un cas pendable.
Manger l'herbe d'autrui ! quel crime abominable !
    Rien que la mort n'était capable
D'expier son forfait : on le lui fit bien voir.
Selon que vous serez puissant ou misérable,
Les jugemens de cour vous rendront blanc ou noir.
             La Fontaine.

L'AIGLE ET LE HIBOU.

L'AIGLE et le chat-huant leurs querelles cessèrent,
　　Et firent tant qu'ils s'embrassèrent :
L'un jura foi de roi, l'autre, foi de hibou,
Qu'ils ne se goberaient leurs petits peu ni prou.
Connaissez-vous les miens ? dit l'oiseau de Minerve.
Non, dit l'aigle. Tant pis, reprit le triste oiseau.
　　Je crains en ce cas pour leur peau :
　　C'est hasard si je les conserve.
Comme vous êtes roi, vous ne considérez
Qui ni quoi. Rois et dieux mettent, quoi qu'on leur die,
　　Tout en même catégorie ;
Adieu mes nourrissons, si vous les rencontrez.
Peignez-les-moi, dit l'aigle, ou bien me les montrez ;
　　Je n'y toucherai de ma vie.
Le hibou repartit : Mes petits sont mignons,
Beaux, bien faits, et jolis sur tous leurs compagnons :
Vous les reconnaîtrez sans peine à cette marque.
N'allez pas l'oublier : retenez-la si bien,
　　Que chez moi la maudite parque
　　N'entre point par votre moyen.
Il advint qu'au hibou Dieu donna géniture :
De façon qu'un beau soir, qu'il était en pâture,
　　Notre aigle aperçut d'aventure,
　　Dans les coins d'une roche dure,
　　Ou dans les trous d'une masure,
　　(Je ne sais pas lequel des deux,)
　　De petits monstres fort hideux,
Rechignés, un air triste, une voix de Mégère.
Ces enfans ne sont pas, dit l'aigle, à notre ami :
Croquons-les. Le galant n'en fit pas à demi.
Ses repas ne sont point repas à la légère.
Le hibou, de retour, ne trouve que les pieds
De ses chers nourrissons, hélas ! pour toute chose.
Il se plaint, et les dieux sont par lui suppliés
De punir le brigand qui de son deuil est cause.
Quelqu'un lui dit alors : N'en accuse que toi,
　　Ou plutôt la commune loi,
　　Qui veut qu'on trouve son semblable
　　Beau, bien fait, et surtout aimable.
Tu fis de tes enfans à l'aigle ce portrait :
　　En avaient-ils le moindre trait ? LA FONTAINE.

L'OURS ET L'AMATEUR DES JARDINS.

Certain ours montagnard, ours à demi léché,
Confiné par le sort dans un bois solitaire,
Nouveau Bellérophon, vivait seul et caché.
Il fût devenu fou : la raison d'ordinaire
N'habite pas long-temps chez les gens sequestrés.
Il est bon de parler, et meilleur de se taire :
Mais tous deux sont mauvais alors qu'ils sont outrés.
  Nul animal n'avait affaire
  Dans les lieux que l'ours habitait ;
  Si bien que tout ours qu'il était,
Il vint à s'ennuyer de cette triste vie.
Pendant qu'il se livrait à la mélancolie,
  Non loin de là certain vieillard
  S'ennuyait aussi de sa part.
Il aimait les jardins, était prêtre de Flore ;
  Il l'était de Pomone encore :
Ces deux emplois sont beaux, mais je voudrais parmi
  Quelque doux et discret ami.
Les jardins parlent peu, si ce n'est dans mon livre ;
  De façon que, lassé de vivre
Avec des gens muets, notre homme un beau matin
Va chercher compagnie, et se met en campagne.
  L'ours porté du même dessein,
  Venait de quitter sa montagne.
  Tous deux, par un cas surprenant,
  Se rencontrent en un tournant.
L'homme eut peur : mais comment esquiver, et que
  faire ?
Se tirer en gascon d'une semblable affaire
Est le mieux. Il sut donc dissimuler sa peur.
  L'ours, très-mauvais complimenteur,
Lui dit : Viens-t'en me voir. L'autre reprit : Seigneur,
Vous voyez mon logis, si vous vouliez me faire
Tant d'honneur que d'y prendre un champêtre repas,
J'ai des fruits, j'ai du lait ; ce n'est peut-être pas
De nosseigneurs les ours le manger ordinaire ;
Mais j'offre ce que j'ai. L'ours l'accepte, et d'aller.
Les voilà bons amis avant que d'arriver.
Arrivés, les voilà se trouvant bien ensemble ;
  Et bien qu'on soit, à ce qu'il semble,

Beaucoup mieux seul qu'avec des sots,
Comme l'ours en un jour ne disait pas deux mots,
L'homme pouvait sans bruit vaquer à son ouvrage.
L'ours allait à la chasse, apportait du gibier,
  Faisait son principal métier
D'être bon émoucheur, écartait du visage
De son ami dormant ce parasite ailé,
  Que nous avons mouche appelé.
Un jour que le vieillard dormait d'un profond somme,
Sur le bout de son nez, une, allant se placer,
Mit l'ours au désespoir; il eut beau la chasser.
Je l'attraperai bien, dit-il, et voici comme:
Aussitôt fait que dit, le fidèle émoucheur
Vous empoigne un pavé, le lance avec roideur,
Casse la tête à l'homme en écrasant la mouche;
Et non moins bon archer que mauvais raisonneur,
Roide mort, étendu sur la place il le couche.
Rien n'est si dangereux qu'un ignorant ami;
  Mieux vaudrait un sage ennemi. LA FONTAINE.

LA TORTUE ET LES DEUX CANARDS.

Une tortue était, à la tête légère,
Qui, lasse de son trou, voulut voir le pays.
Volontiers on fait cas d'une terre étrangère,
Volontiers gens boiteux haïssent le logis.
  Deux canards, à qui la commère
  Communiqua ce beau dessein,
Lui dirent qu'ils avaient de quoi la satisfaire:
  Voyez-vous ce large chemin?
Nous vous voiturerons, par l'air, en Amérique;
  Vous verrez mainte république,
Maint royaume, maint peuple, et vous profiterez
Des différentes mœurs que vous remarquerez.
Ulysse en fit autant. On ne s'attendait guère
  De voir Ulysse en cette affaire.
La tortue écouta la proposition.
Marché fait, les oiseaux forgent une machine
  Pour transporter la pélerine.
Dans la gueule, en travers, on lui passe un bâton.
Serrez bien, dirent-ils; gardez de lâcher prise.
Puis chaque canard prend ce bâton par un bout.
La tortue enlevée, on s'étonne partout

De voir aller en cette guise
L'animal lent et sa maison,
Justement au milieu de l'un et l'autre oison.
Miracle ! criait-on ; venez voir dans les nues
Passer la reine des tortues.
La reine ! vraiment oui ; je la suis en effet :
Ne vous en moquez point. Elle eût beaucoup mieux fait
De passer son chemin sans dire aucune chose ;
Car, lâchant le bâton en desserrant les dents,
Elle tombe, elle crève aux pieds des regardans.
Son indiscrétion de sa perte fut cause.
Imprudence, babil et sotte vanité,
Et vaine curiosité,
Ont ensemble étroit parentage :
Ce sont enfans tous d'un lignage. LA FONTAINE.

L'ÉLÉPHANT ET LE SINGE DE JUPITER.

Autrefois l'éléphant et le rhinocéros,
En dispute du pas et des droits de l'empire,
Voulurent terminer la querelle en champ clos.
Le jour en était pris, quand quelqu'un vint leur dire
Que le singe de Jupiter,
Portant un caducée, avait paru dans l'air.
Ce singe avait nom Gille, à ce que dit l'histoire.
Aussitôt l'éléphant de croire
Qu'en qualité d'ambassadeur
Il venait trouver sa grandeur.
Tout fier de ce sujet de gloire,
Il attend maître Gille, et le trouve un peu lent
A lui présenter sa créance.
Maître Gille enfin, en passant,
Va saluer son excellence.
L'autre était préparé sur la légation :
Mais pas un mot. L'attention
Qu'il croyait que les dieux eussent à sa querelle,
N'agitait pas encor chez eux cette nouvelle.
Qu'importe à ceux du firmament,
Qu'on soit mouche ou bien éléphant ?
Il se vit dont réduit à commencer lui-même :
Mon cousin Jupiter, dit-il, verra dans peu
Un assez beau combat de son trône suprême ;
Toute sa cour verra beau jeu.
Quel combat, dit le singe avec un front sévère ?

11*

L'éléphant repartit : Quoi ! vous ne savez pas
Que le rhinocéros me dispute le pas ?
Qu'Éléphantide a guerre avecque Rhinocère ?
Vous connaissez ces lieux ; ils ont quelque renom.
Vraiment je suis ravi d'en apprendre le nom :
Repartit maître Gille ; on ne s'entretient guère
De semblables sujets dans nos vastes lambris.
    L'éléphant, honteux et surpris,
Lui dit : Et parmi nous que venez-vous donc faire ?
Partager un brin d'herbe entre quelques fourmis.
Nous avons soin de tout ; et quant à votre affaire,
On n'en dit rien encor dans le conseil des Dieux :
Les petits et les grands sont égaux à leurs yeux.
La Fontaine.

LE PERROQUET.

    Un homme ayant perdu sa femme,
    Voulut avoir un perroquet.
Se console qui peut. Plein de la bonne dame,
Il crut du moins chez lui remplacer son caquet.
Il court chez l'oiselier. Le marchand de ramages,
    Bien assorti de chants et de plumages,
Lui fait voir rossignols, serins et sansonnets,
    Surtout nombre de perroquets.
    Le moindre d'entr'eux est habile,
    Crie à la cave, et dit son mot ;
    L'un fait tous les cris de la ville ;
L'autre veut déjeûner, veut qu'on fouette Margot.
    Tandis que notre homme marchande,
Hésite sur le choix, et tout bas se demande
Lequel vaudra le mieux, il en aperçoit un
    Qui rêvait seul, tapis sous une table.
    Et toi, dit-il, monsieur l'insociable,
    Tu ne dis mot, crains-tu d'être importun ?
Je n'en pense pas moins, répond en sage bête
    Le perroquet. Peste, la bonne tête !
    Dit l'acheteur. Ça, qu'en voulez-vous ? Tant.
    Le voilà ; je suis trop content.
Il croit que son oiseau va lui dire merveille :
Mais tout un mois, malgré ses leçons et ses soins,
    L'oiseau ne lui frappe l'oreille
Que de son ennuyeux, *Je n'en pense pas moins.*
    Que maudite soit la pécore

Dit le maître ; tu n'es qu'un sot ,
Et moi cent fois plus sot encore
De t'avoir jugé sur un mot. **La Motte.**

LA PIE.

Un traitant avait un commis ,
Le commis un valet, le valet une pie.
Quoique de la rapine ils fussent tous amis ,
Des quatre l'animal était la moins harpie.
Le financier en chef volait le souverain ,
Le commis en second volait l'homme d'affaire ,
Le valet grappillait ; il eût voulu mieux faire ;
Et des gains du valet , margot faisait sa main.
  C'est ainsi que toute la vie
  N'est qu'un cercle de volerie.
 Le valet donc à son petit magot
  Trouvait toujours quelque mécompte.
Qu'est-ce , dit-il , quel est le coquin qui m'affronte?
 Dans mon taudis il n'entre que Margot.
  A tout hasard il vous l'épie ,
  Et la prend bientôt sur le fait :
  Il voit notre galante pie ,
  Du coin de l'œil faisant le guet ,
 Prendre à son bec sa pièce de monnaie ,
Et puis dans le grenier courant cacher sa proie.
C'était là que Margot avait son coffre-fort ,
Amassant sans jouir : bien d'autres ont ce tort.
Oh ça , dit le valet , en surprenant sa belle ,
 Je te tiens donc , et mon argent aussi.
  Voyez la gentille femelle !
 J'en suis d'avis , on volera pour elle !
Elle en aurait le gain , j'en aurais le souci.
Il prononce à ces mots la sentence mortelle.
Margot à sa façon se jette à ses genoux :
Grâce , lui cria-t-elle , un peu plus d'indulgence :
Au fond je n'ai rien fait que vous ne fassiez tous.
  Ou par justice ou par clémence ,
Donnez-moi le pardon qu'il vous faudrait pour vous.
  Ce caquet était raisonnable :
  Mais le valet , inexorable ,
Lui coupe la parole et lui tord le gosier.
Le plus faible , c'est l'ordre , est puni le premier.
       La Motte.

LE FROMAGE.

Deux chats avaient pris un fromage,
Et tous deux à l'aubaine avaient un droit égal.
    Dispute entr'eux pour le partage ;
    Qui le fera ? nul n'est assez loyal.
Beaucoup de gourmandise et peu de conscience ;
Témoin leur propre fait, le fromage volé.
    Ils veulent donc qu'à l'audience,
Dame Justice entr'eux vide le démêlé.
Un singe, maître clerc du bailli du village,
    Et que pour lui-même on prenait
Quand il mettait parfois sa robe et son bonnet,
Parut à nos deux chats tout un aréopage.
Par-devant don Bertrand le fromage est porté.
    Bertrand s'assied, prend la balance,
    Tousse, crache, impose silence,
    Fait deux parts avec gravité,
En charge les bassins, puis cherchant l'équilibre,
    Pesons, dit-il, d'un esprit libre,
D'une main circonspecte ; et vive l'équité !
Ça, celle-ci déjà me paraît trop pesante.
Il en mange un morceau, l'autre pèse à son tour :
Nouveau morceau mangé par raison du plus lourd.
Un des bassins n'a plus qu'une légère pente.
Bon, nous voilà contens, donnez, disent les chats.
Si vous êtes contens, justice ne l'est pas,
    Leur dit Bertrand ; race ignorante,
    Croyez-vous donc qu'on se contente
De passer comme vous les choses au gros sas ?
    Et ce disant, monseigneur se tourmente
    A manger toujours l'excédant,
Par équité toujours donne son coup de dent.
De scrupule en scrupule avançait le fromage.
    Nos plaideurs enfin, las des frais,
    Veulent le reste sans partage.
Tout beau, leur dit Bertrand, soyez hors de procès
Mais le reste, messieurs, m'appartient comme épice
A nous autres aussi nous nous devons justice.
    Allez en paix, et rendez grâce aux dieux.
    Le bailli n'eût pas jugé mieux.   La Motte.

CHAPITRE XI.

Pensées ou Réflexions ingénieuses, et Maximes uti-
les sur divers sujets, rangées par ordre alpha-
bétique.

SUR LES AMIS.

Qu'un ami véritable est une douce chose !
Il cherche vos besoins au fond de votre cœur ;
    Il vous épargne la pudeur
    De les lui découvrir vous-même :
    Un songe, un rien, tout lui fait peur,
    Quand il s'agit de ce qu'il aime. LA FONTAINE.

Chacun se dit ami, mais fou qui s'y repose :
    Rien n'est plus commun que ce nom ;
    Rien n'est plus rare que la chose. LA FONTAINE.

    Amitié fraîche a ce défaut,
    Qu'elle jase plus qu'il ne faut.   LA MOTTE.

Un ennemi nuit plus que cent amis ne servent ;
    Qu'à jamais les dieux m'en préservent !
   · La haine veille, et l'amitié s'endort.   LA MOTTE.

Sur l'amour propre.

L'amour propre est la source en nous de tous les autres,
C'en est le sentiment qui forme tous les nôtres.
Lui seul allume, éteint, ou change nos désirs :
Les objets de nos vœux le sont de nos plaisirs.
              CORNEILLE. *Tite et Bérén.*

Les égards nous sont dus à tous tant que nous sommes,
    Et tout amour-propre a ses droits.
    Il faut ménager tous les hommes :
En fait d'orgueil, tous les hommes sont rois. LA MOTTE.

Sur l'utilité de l'Apologue ou des Fables morales.

L'apologue est un don qui vient des immortels ;
    Ou si c'est un présent des hommes,
Quiconque nous l'a fait mérite des autels :
    Nous devons, tous tant que nous sommes,

Eriger en divinité
Le sage par qui fut ce bel art inventé.
C'est proprement un charme : il rend l'ame attentive ;
    Ou plutôt il la tient captive ,
    Nous attachant à des récits ,
Qui mènent à son gré les cœurs et les esprits.

LA FONTAINE.

Sur l'Avarice.

    De tous les vices des humains ,
      Le plus moqué , c'est l'avarice :
C'est aussi le plus fou : bernez-le ; c'est justice :
      Quant à moi j'y donne les mains.
Qu'en dirons-nous ? ou bien , que n'en dirons-nous pas ?
    Peignez l'avare en sa folle disette ,
    De Belzébuth infame anachorète ,
Qui fait vœu sur son or de renoncer à tout ,
Qui se traite lui-même , à sa table maudite ,
    Comme un effronté parasite
Qu'il voudrait éloigner par un mauvais ragoût.
    Quand le vice est opiniâtre ,
    La satire doit l'être aussi ,
Allez le bafouer de théâtre en théâtre ,
Tant qu'à le corriger vous ayez réussi.   LA MOTTE.

SUR LES BIENS.

Qu'une mesure convenable de biens est nécessaire à l'homme.

Je sais quel est le prix d'une honnête abondance
    Que suit la joie et l'innocence ,
    Et qu'un philosophe étayé
    D'un peu de richesse et d'aisance ,
    Dans le chemin de sapience
    Marche plus ferme de moitié.
    Mais j'aime mieux un sage à pié ,
    Content de son indépendance ,
    Qu'un riche indignement noyé
    Dans une servile opulence ,
Qui , sacrifiant tout , honneur , joie , amitié ,
    Au soin d'augmenter sa finance ,
    Est lui-même sacrifié
A des biens dont jamais il n'a la jouissance.   ROUSSEAU.

Une ame libre et dégagée
Des préjugés contagieux :
Une fortune un peu rangée,
Un corps sain, un esprit joyeux,
Et quelque prose mélangée
De vers badins ou sérieux,
Me font trouver à l'apogée
De la félicité des dieux.　Rousseau.

SUR LE VRAI BONHEUR.

Qu'il consiste dans la médiocrité et dans une vie
hors des embarras et du brillant du monde.

Ni l'or ni la grandeur ne nous rendent heureux ;
Ces deux divinités n'accordent à nos vœux
Que des biens peu certains, qu'un plaisir peu tranquille :
Des soucis dévorans c'est l'éternel asile ;
Véritable vautour que le fils de Japhet
Représente enchaîné sur son triste sommet.
L'humble toit est exempt d'un tribut si funeste.
Le sage y vit en paix, et méprise le reste ;
Content de ses douceurs, errant parmi les bois,
Il regarde à ses pieds les favoris des rois.
Il lit au front de ceux qu'un vain luxe environne,
Que la fortune vend ce qu'on croit qu'elle donne ;
Approche-t-il du but, quitte-t-il ce séjour ?
Rien ne trouble sa fin ; c'est le soir d'un beau jour.
La Fontaine.

Même vérité.

Qu'heureux est le mortel qui, du monde ignoré,
Vit content de soi-même en un coin retiré ;
Que l'amour de ce rien qu'on nomme renommée
N'a jamais enivré d'une vaine fumée ;
Qui de sa liberté forme tout son plaisir,
Et ne rend qu'à lui seul compte de son loisir !
Il n'a point à souffrir d'affronts ni d'injustices,
Et du peuple inconstant il brave les caprices.　Boileau.

COLÈRE.

Qu'il y a de la gloire d'être maître de sa colère.

Est-on héros pour avoir mis aux chaînes
Un peuple ou deux ? Tibère eut cet honneur.

Est-on héros en signalant ses haines
Par la vengeance ? Octave eut ce bonheur.
Est-on héros en régnant par la peur ?
Séjan fit tout trembler . jusqu'à son maître.
Mais de son ire éteindre le salpêtre .
Savoir se vaincre , et réprimer les flots
De son orgueil , c'est ce que j'appelle être
Grand par soi-même ; et voilà mon héros. Rousseau.

Sur la Cour des Rois.

Je définis la cour un pays où les gens ,
Tristes , gais , prêts à tout , à tout indifférens ,
Sont ce qu'il plaît au prince, ou, s'ils ne peuvent l'être,
    Tâchent au moins de le paraître.
Peuple caméléon , peuple singe du maître ,
On dirait qu'un esprit anime mille corps. La Fontaine.

Est-il des droits sacrés, si l'on veut qu'il (1) périsse ?
Aura-t-il des amis ? quel nom dans ce séjour !
La sincère amitié n'habite point la cour ;
Son fantôme hypocrite y rampe aux pieds d'un maître;
Tout y devient flatteur : tout flatteur cache un traître.
Eût-il gagné les cœurs par des bienfaits nombreux ,
Ose-t-on être encor l'ami des malheureux ?
De la cour un instant change toute la face ;
Tout vole à la faveur , tout quitte la disgrâce.
Ceux même qu'il servit ne le défendront pas.
Le jour d'un nouveau règne est le jour des ingrats.
       Gresset , *Edouard III , tragédie.*

    Retenez cet enseignement :
Ne soyez à la cour , si vous voulez y plaire ,
Ni fade adulateur , ni parleur trop sincère ,
Et tâchez quelquefois de répondre en normand.
          La Fontaine.

Messieurs les courtisans , cessez de vous détruire ;
Faites , si vous pouvez , votre cour sans vous nuire.
Le mal se rend chez vous au quadruple du bien.
Les douleurs ont leur tour , d'une ou d'autre manière ;
     Vous êtes dans une carrière
     Où l'on ne se pardonne rien. La Fontaine.

(1) On parle d'un ministre disgracié et accusé injustement.

DIEU *voit toutes les actions des hommes.*

Vouloir tromper le ciel, c'est folie à la terre.
Le dédale des cœurs en ses détours n'enserre
Rien qui ne soit d'abord éclairé par les dieux :
Tout ce que l'homme fait, il le fait à leurs yeux :
Même les actions que dans l'ombre il croit faire. *Idem.*

SUR L'ENVIE.

Que l'envie contre les gens de lettres excite leur
émulation, et leur fait quelquefois produire
leurs plus beaux ouvrages.

Le mérite en repos s'endort dans la paresse ;
Mais par les envieux un génie excité,
Au comble de son art est mille fois monté :
Plus on veut l'affaiblir, plus il croît et s'élance.
Au Cid persécuté Cinna doit sa naissance ;
Et ta plume, Racine, aux censeurs de Pyrrhus
Doit les plus nobles traits dont tu peignis Burrhus.
BOILEAU.

Sur l'Équité.

Dans le monde il n'est rien de beau que l'équité :
Sans elle la valeur, la force, la beauté,
Et toutes les vertus dont s'éblouit la terre,
Ne sont que faux brillans et que morceaux de verre.
Un injuste guerrier, terreur de l'univers,
Qui sans sujet courant chez cent peuples divers,
S'en va tout ravager jusqu'aux rives du Gange,
N'est qu'un plus grand voleur que du Tertre et Saint-
Ange. *Idem.*

Même vérité.

C'est d'un roi que l'on tient cette maxime auguste,
Que jamais on n'est grand qu'autant que l'on est juste.
Rassemblez à la fois Mithridate et Sylla,
Joignez-y Tamerlan, Genseric, Attila ;
Tous ces fiers conquérans, rois, princes, capitaines,
Sont moins grands à mes yeux que ce bourgeois
d'Athènes (1)
Qui sut, pour tous exploits, doux, modéré, frugal,
Toujours vers la justice aller d'un pas égal. BOILEAU.

(1) Aristide.

ESPRIT.

Sa définition.

Qu'est-ce qu'esprit ? raison assaisonnée :
Par ce seul mot la dispute est bornée.
Qui dit esprit, dit sel de la raison ;
Donc sur deux points roule mon oraison.
Raison sans sel est fade nourriture ;
Sel sans raison n'est solide pâture :
De tous les deux se forme esprit parfait ;
De l'un sans l'autre, un monstre contrefait. ROUSSEAU.

ESPRITS.

Qu'il est bon qu'il y ait de la diversité dans les
esprits, c'est-à-dire, que les hommes ne pensent
pas tous de la même manière.

C'est un grand agrément que la diversité.
Nous sommes bien comme nous sommes :
Donnez le même esprit aux hommes,
Vous ôtez tout le sel de la société.
L'ennui naquit un jour de l'uniformité.
LA MOTTE, *Fab.*

Contre les prétendus beaux-esprits qui s'érigent en
juges du Parnasse.

Ah ! mes amis, un peu moins de superbe.
Vous avez lu quelque ode de Malherbe :
Soit. Richelet jadis en raccourci
Vous a de l'art les règles dégrossi ?
Je le veux bien. Vous avez sur la scène
En vers bouffis fait hurler Melpomène ?
C'est un grand point : mais ce n'est pas assez.
Ce métier-ci n'est ce que vous pensez....
Minerve à tous ne départ ses largesses ;
Tous savent l'art, mais bien peu ses finesses.
ROUSSEAU, *Epît.*

OUVRAGES D'ESPRIT.

Que les auteurs, dans leurs ouvrages, ne doivent
jamais blesser la pudeur ni être dangereux à
ceux qui les lisent.

Que votre ame et vos mœurs peintes dans vos ouvrages
N'offrent jamais de vous que de nobles images.
Je ne puis estimer ces dangereux auteurs
Qui de l'honneur, en vers, infames déserteurs,
Trahissant la vertu sur un papier coupable,
Aux yeux de leurs lecteurs rendent le vice aimable.

BOILEAU.

Repos d'esprit.

C'est au repos d'esprit que nous aspirons tous ;
Mais ce repos heureux se doit chercher en nous.
Un fou rempli d'erreurs, que le trouble accompagne,
Est malade à la ville ainsi qu'à la campagne,
En vain monte à cheval pour tromper son ennui :
Le chagrin monte en croupe, et galope avec lui. *Idem.*

SUR L'EXEMPLE.

Qu'il ne faut pas toujours se régler sur l'exemple.

Mal prend aux volereaux de faire les voleurs :
    L'exemple est un dangereux leurre.
Tous les mangeurs de gens ne sont pas grands seigneurs.
Où la guêpe a passé, le moucheron demeure.

LA FONTAINE

Sur les Fables morales.

Les fables ne sont point ce qu'elles semblent être ;
Le plus simple animal nous y tient lieu de maître :
Une morale nue apporte de l'ennui,
Le conte fait passer le précepte avec lui.
En ces sortes de feinte il faut instruire et plaire,
Et conter pour conter me semble peu d'affaire. *Idem.*

Fictions.

Des fictions la vive liberté
Peint souvent mieux l'austère vérité,
Que ne ferait la froideur monacale
D'une lugubre et pesante morale. ROUSSEAU.

Sur les vains désirs des hommes pour la fortune.

Qui ne court après la fortune ?
Je voudrais être en lieu d'où je pusse aisément
Contempler la foule importune
· De ceux qui cherchent vainement
Cette fille du sort de royaume en royaume.
Fidèles courtisans d'un volage fantôme ,
Quand ils sont près du bon moment ,
L'inconstante aussitôt à leurs désirs échappe.
Pauvres gens ! je les plains , car on a pour les fous
Plus de pitié que de courroux.
Cet homme , disent-ils , était planteur de choux ,
Et le voilà devenu pape.
Ne le valons-nous pas ? Vous valez cent fois mieux ;
Mais que vous sert votre mérite ?
La fortune a-t-elle des yeux ?
Et puis la papauté vaut-elle ce qu'on quitte ?
Le repos , le repos , trésor si précieux ,
Qu'on en faisait jadis le partage des dieux ,
Rarement la fortune à ses hôtes le laisse.
Ne cherchez point cette déesse ,
Elle vous cherchera : bien des gens font ainsi.

LA FONTAINE.

Sur le même sujet.

Heureux qui vit chez soi !
De régler ses désirs faisant tout son emploi ,
Il ne sait que par ouï-dire
Ce que c'est que la cour , le monde , et ton empire ;
Fortune , qui nous fais passer devant les yeux
Des dignités , des biens que jusqu'au bout du monde
On suit , sans que l'effet aux promesses réponde.
Désormais je ne bouge , et ferai cent fois mieux.

Idem.

Lorsque de quelque échec notre faute est suivie ,
Nous disons injures au sort ,
Chose n'est ici plus commune ,
Le bien , nous le faisons ; le mal , c'est la fortune.
On a toujours raison , le destin toujours tort. *Idem.*

HAINE.

Effets de la haine entre les grands.

La haine entre les grands se calme rarement :
La paix souvent n'y sert que d'un amusement....
J'oublie, et pleinement, toute mon aventure ;
Mais une grande offense est de cette nature,
Que toujours son auteur impute à l'offensé
Un vif ressentiment dont il le croit blessé ;
Et quoiqu'en apparence où les réconcilie,
Il le craint, il le hait, et jamais ne s'y fie.

Rodogune, de Corneille.

Même sujet.

Ce n'est pas tout d'un coup que tant d'orgueil trébuche,
De qui se rend trop tôt on doit craindre une embûche :
Et c'est mal démêler le cœur d'avec le front,
Que prendre pour sincère un changement si prompt.

Idem.

HISTOIRE.

Rousseau définit ingénieusement l'Histoire dans les vers suivans.

C'est un théâtre, un spectacle nouveau,
Où tous les morts, sortant de leur tombeau,
Viennent encor sur une scène illustre
Se présenter à nous dans un vrai lustre,
Et du public dépouillé d'intérêt,
Humbles acteurs, attendre leur arrêt.
Là, retraçant leurs faiblesses passées,
Leurs actions, leurs discours, leurs pensées,
A chaque état ils reviennent dicter
Ce qu'il faut fuir, ce qu'il faut imiter (1) :
Ce que chacun, suivant ce qu'il peut être,
Doit pratiquer, voir, observer, connaître ;

(1) *Hoc illud est præcipuè in cognitione rerum salubre ac frugiferum, omnis te exempli documenta in illustri posita monumento intueri, indè tibi tuæque Reipublicæ quod imitere capias ; indè fœdum incepta, fœdum exitu, quod vites.* Tite-Live, tom. 1. p. 4.

Et leur exemple en diverses façons
Donnant à tous leurs plus nobles leçons.
Rois, magistrats, législateurs suprêmes,
Princes, guerriers, simples citoyens mêmes,
Dans ce sincère et fidèle miroir,
Peuvent apprendre et lire leur devoir.

SUR L'HOMME.

Diverses réflexions sur l'homme en général.

Qu'est-ce que l'homme ? Aristote répond :
C'est un animal raisonnable.
Je n'en crois rien. S'il faut le définir à fond,
C'est un animal sot, superbe et misérable.
Chacun de nous sourit à son néant,
S'exagère sa propre idée.
Tel s'imagine être un géant,
Qui n'a pas plus d'une coudée.
Aristote n'a pas trouvé votre vrai nom :
Orgueil et petitesse ensemble,
Voilà tout l'homme, ce me semble. LA MOTTE.

Orgueil de l'homme.

J'ai vu quelquefois un enfant
Pleurer d'être petit, en être inconsolable :
L'élevait-on sur une table,
Le marmot pensait être grand.
Tout homme est cet enfant : les dignités, les places,
La noblesse, les biens, le luxe et la splendeur,
C'est la table du nain, ce sont autant d'échasses
Qu'il prend pour sa propre grandeur.
Je demande à ce grand qui me regarde à peine,
Et dont l'accueil même est dédain,
Qui peut fonder en lui cette fierté hautaine.
Est-ce sa race, ou son sang, ou son train ?
Mais quoi ! de tes aïeux la mémoire honorable,
L'autorité de ton emploi,
Ton palais, tes meubles, ta table,
Tout cela, pauvre homme, est-ce toi ?
Rien moins, et puisqu'il faut qu'ici je t'apprécie,
Un cœur bas, un esprit mal fait,
Une ame de vices noircie,
Te voilà nu, mais trait pour trait. LA MOTTE.

ABUS QUE L'HOMME FAIT DE SA RAISON.

Que les hommes mêmes dont l'esprit est cultivé,
ne doivent pas tant se glorifier de leur raison,
à cause du mauvais usage qu'ils en font.

Mais vous, mortels, qui dans le monde
Croyant tenir les premiers rangs,
Plaignez l'ignorance profonde
De tant de peuples différens,
Qui confondez avec la brute,
Le huron caché sous sa hutte,
Au seul instinct presque réduit,
Parlez , quel est le moins barbare
D'une raison qui vous égare,
Ou d'un instinct qui le conduit ?

La nature , en trésors fertile,
Lui fait abondamment trouver
Tout ce qui lui peut être utile,
Soigneuse de le conserver.
Content du partage modeste
Qu'il tient de la bonté celeste,
Il vit sans trouble et sans ennui;
Et si son climat lui refuse
De ces biens dont l'Europe abuse,
Ce ne sont plus des biens pour lui.

Couché dans son antre rustique,
Du nord il brave la rigueur,
Et notre luxe asiatique
N'a point énervé sa vigueur.
Il ne regrette point la perte
De ces arts , dont la découverte
A l'homme a coûté tant de soins,
Et qui, devenus nécessaires,
N'ont fait qu'augmenter nos misères
En multipliant nos besoins.

Il méprise la vaine étude
D'un philosophe pointilleux,
Qui , nageant dans l'incertitude,
Vante son savoir orgueilleux.
Il ne veut d'autre connaissance

Que ce que la Toute-puissance
A bien voulu nous en donner ;
Et sait qu'elle créa les sages
Pour profiter de ses ouvrages,
Et non pour les examiner.

Maintenant , fertiles contrées,
Sages mortels , peuples heureux ,
Des nations hyperborées ,
Plaignez l'aveuglement affreux :
Vous qui dans la vaine noblesse ,
Dans les honneurs , dans la mollesse,
Fixez la gloire et les plaisirs ,
Vous de qui l'infâme avarice
Promène au gré de son caprice
Les insatiables désirs.   ROUSSEAU.

Sur les désirs de l'homme.

Quelle espèce est l'humaine engeance !
Pauvres mortels ! où sont donc vos beaux jours !
Gens de désirs et d'espérance ,
Vous soupirez long-temps après la jouissance :
Jouissez-vous , vous vous plaignez toujours ;
Mille et mille projets roulent dans vos cervelles.
Quand ferai-je ceci ? quand aurai-je cela ?
Jupiter vous dit : Le voilà.
Demain dites-m'en des nouvelles.
Jouissez , je vous attends là.
Ne vous y trompez pas , toute chose a deux faces ,
Moitié défauts et moitié grâces.
Que cet objet est beau ! Vous en êtes tenté ;
Qu'il sera laid , s'il devient vôtre !
Ce qu'on souhaite est vu du bon côté ,
Ce qu'on possède est vu de l'autre. LA MOTTE

Que la cupidité de l'homme est insatiable.

L'homme , sourd à ma voix comme à celle du sage ,
Ne dira-t-il jamais : C'est assez, jouissons ?
Hâte-toi , mon ami , tu n'as pas tant à vivre ;
Je te rebats ce mot , car il vaut tout un livre.
Jouis. Je le ferai. Mais quand donc ? Dès demain.
Eh ! mon ami , la mort te peut prendre en chemin.
LA FONTAINE.

Même sujet.

L'homme est ainsi bâti : quand un sujet l'enflamme,
L'impossibilité disparaît à son ame,
Combien fait-il de vœux, combien perd-il de pas,
Souffrant pour acquérir des biens ou de la gloire !
     Si j'arrondissais mes états ,
Si je pouvais remplir mes coffres de ducats ,
Si j'apprenais l'hébreu , les sciences, l'histoire !
     Tout cela , c'est la mer à boire.
     Mais rien à l'homme ne suffit
Pour fournir aux projets que forme un seul esprit.

Idem.

MÊME SUJET.

*Que les inclinations et les humeurs des hommes
sont différentes selon les âges.*

Le temps qui change tout, change aussi nos humeurs :
Chaque âge a ses plaisirs , son esprit et ses mœurs.
Un jeune homme, toujours bouillant dans ses caprices,
Est prompt à recevoir l'impression des vices ,
Est vain dans ses discours ; volage en ses désirs ,
Rétif à la censure , et fou dans les plaisirs.
L'âge viril , plus mûr , inspire un air plus sage,
Se pousse auprès des grands , s'intrigue et se ménage ,
Contre les coups du sort songe à se maintenir ,
Et loin dans le présent regarde l'avenir.
La vieillesse chagrine incessamment amasse :
Garde , non pas pour soi, les trésors qu'elle entasse,
Marche en tous ses desseins d'un pas lent et glacé ,
Toujours plaint le présent et vante le passé ;
Inhabile aux plaisirs dont la jeunesse abuse,
Blâme en eux les douceurs que l'âge lui refuse.

BOILEAU.

ENFANCE DE L'HOMME.

Sur l'âge de l'enfance et ses suites.

Réflexions sur le bonheur de cet âge.

     Que cet âge doit faire envie !
     Que c'est un temps à regretter,

Si l'on avait su le goûter ,
Que ce premier temps de la vie !
Ni peine , ni soucis cuisans
Dans les tendres enfans
N'altèrent leur humeur toujours gaie et légère.
Tout occupés du bien présent ,
L'avenir ne les trouble guère.
Crainte , désir , joie et colère ,
Tout se passe en un tour de main .
Le soir on se couche , on sommeille ,
Sans souci pour le lendemain; .
Et le lendemain on s'éveille,
Sans retour fâcheux sur la veille.
Tous les jours leur paraissent neufs ;
A chaque heure ils semblent renaître.
Hélas ! ils sont les vrais heureux ;
Et s'ils le sont sans le connaître ,
Nous qui nous le croyons sans l'être ,
Nous sommes plus à plaindre qu'eux.
Le sage instinct qui les éclaire
Est plus sûr , sans comparaison ,
Que la raison qui le fait taire ,
Et dont on se fait une affaire
D'avancer toujours la saison.
Dès que notre esprit se délie,
Tout chez nous se tourne en poison ;
Le premier instant de raison
Est en nous, quoi que l'on publie ,
Le premier accès de folie...
Jouissez de votre innocence ,
Tandis qu'il en est temps encor ,
Cher poupon (1) , l'âge de l'enfance
Est le véritable âge d'or :
Mais courte en sera la durée ;
Les soucis auront bientôt lieu.
Dès quatre ans, la croix de par Dieu ,
Croix de tous les temps abhorrée ,
Va vous apprendre à votre dam ,
Que vous êtes né fils d'Adam.

(1) Le poète avait fait cette pièce pour un enfant qui
venait de naître ; et il faisait en même temps son
horoscope.

Depuis cette heure infortunée,
Déclinant du bonheur passé,
Vous verrez d'année en année
Où quelque plaisir éclipsé,
Ou bien nouvelle peine née.
Cent ba, be, bi, bo, bu fâcheux
Durant le cours de votre vie,
De vos projets et de vos vœux
Renverseront l'économie.
L'alphabet qu'on vous met en main
Comme on l'a mis à votre père,
Est l'alphabet de la misère
Qui tourmente le genre humain,
Et le poursuit jusqu'à la bière.
Plus vous irez en avançant,
Plus les chagrins iront croissant ;
Les Codrets et les Despautères
Vont vous donner bien des affaires ;
Ce sont d'incommodes sergens,
Mais sergens pourtant nécessaires.
Est-on enfin délivré d'eux,
Suit cet âge si dangereux
Quand le poil follet vient à croître,
Qu'on a la bride sur le cou,
Que l'on veut vivre en petit-maître,
Qu'on devient indiscret et fou,
Et qu'on se fait honneur de l'être.
En proie aux violens accès
Du libertinage et du vice,
On les pousse au dernier excès,
Pour n'y point paraître novice.
Je sais qu'il en est que le ciel
Forme d'une pâte meilleure,
Des cœurs sans passions, sans fiel,
Que jamais le vice n'effleure ;
Vigilans à le prévenir,
Ils en évitent jusqu'à l'ombre,
Et vous avez de quoi tenir.
Mais la jeunesse m'intimide,
Sans frayeur je n'y puis penser ;
Et c'est une zone torride
Qui coûte beaucoup à passer. **Du Cerceau.**

12.

DÉFAUTS DES HOMMES.

Qu'ils sont aveugles sur leurs propres défauts, et
très-clairvoyans sur ceux des autres.

. . . . . Tout ce que nous sommes,
Lynx envers nos pareils, et taupes envers nous,
Nous nous pardonnons tout, et rien aux autres hommes.
    Le fabricateur souverain
Nous créa besaciers tous de même manière,
Tant ceux du temps passé que du temps d'aujourd'hui;
Il fit pour nos défauts la poche de derrière,
Et celle de devant pour les défauts d'autrui.

LA FONTAINE.

Sur les vaines occupations des hommes.

L'auteur (le Père du Cerceau) parle ainsi à
ses tisons dans une pièce de poésie qui porte
ce nom.

    A quoi donc nous occupons-nous,
Quand vous et moi, tisons, nous sommes tête à tête?
Le grand livre du monde, où les sages, les fous
    Egalement figurent tous,
A nos réflexions de lui-même se prête :
Ce que j'ai vu le jour, se retrace le soir
    Dans mon esprit comme dans un miroir :
      Le fracas d'une grande ville,
      Où chez les petits et les grands
    Les passions sont le premier mobile ;
Tous ces gens animés d'intérêts différens,
Qui, pleins de leurs projets, occupés de leurs vues,
Roulent de toutes parts ainsi que des torrens,
    Et viennent inonder les rues...
    A juger d'eux en ce moment
Par leur activité, par leur empressement,
    Vous croiriez qu'ils n'ont qu'une affaire,
Et que tout leur bonheur dépend uniquement
    De ce qu'en un jour ils vont faire.
La nuit enfin les chasse, ils rentrent au logis :
Rentrent-ils plus contens qu'ils n'en étaient sortis ?
Hélas ! plus accablés cent fois d'inquiétude

Qu'ils ne l'étaient en sortant le matin,
    Ils n'ont trouvé dans leur chemin
    Que dureté, qu'ingratitude.
    Occupés à ronger leur frein,
Ils se font de leurs maux une triste habitude ;
Et malgré la rigueur d'un sort trop inhumain,
    Victimes de leur servitude,
Ils recommenceront encor le lendemain.
La coutume en effet les condamne à ces peines :
Sans murmurer contre elle, il faut baisser les bras.
C'est agir, travailler, que de porter ses chaînes ;
Et l'on est fainéant, si l'on ne le fait pas.
    Ainsi le conçut dans Athènes,
Ce cynique fameux qui, par un trait nouveau,
Pour n'être seul oisif, remuait son tonneau.
    Il faisait bien, j'en fais de même,
Et, fondé comme lui sur de bonnes raisons,
J'entre autant que je puis dans le commun système,
    En remuant et tournant mes tisons :
Arbitre de leur sort, sans crainte de reproche,
Je les tourne, retourne, et règle entr'eux les rangs ;
    Je les écarte ou les rapproche ;
Je les hausse, les baisse, ainsi que je l'entends.
Mais que me revient-il des peines que je prends ?
    Et que vous revient-il des vôtres,
    Gens importans, gens affairés,
Qui, dupes de vos soins, et tous les jours leurrés,
Vous croyez cependant plus sages que les autres ?
    Avouez-le de bonne foi,
    Vous tisonnez tout comme moi.

*Stances célèbres de Rousseau, sur la condition de
l'homme depuis sa naissance jusqu'à sa mort.*

    Que l'homme est bien durant sa vie
    Un parfait miroir de douleurs !
    Dès qu'il respire, il pleure, il crie,
    Et semble prévoir ses malheurs.

    Dans l'enfance toujours des pleurs ;
    Un pédant, porteur de tristesse,
    Des livres de toutes couleurs,
    Des châtimens de toute espèce.

L'ardente et fougueuse jeunesse
Le met encore en pire état ;
Des créanciers, une maitresse
Le tourmentent comme un forçât.

Dans l'âge mur, autre combat :
L'ambition le sollicite ;
Richesses, dignités, éclat,
Soins de famille, tout l'agite.

Vieux, on le méprise, on l'évite ;
Mauvaise humeur, infirmité,
Toux, gravelle, goutte, pituite,
Assiégent sa caducité.

MAUVAISE HONTE.

Que la crainte des jugemens d'autr
empêche souvent de faire le bie

Des superbes mortels le plus affreux lieu,
N'en doutons nullement, c'est la honte du bien.
Des plus nobles vertus cette adroite ennemie
Peint l'honneur à nos yeux des traits de l'infamie,
Asservit nos esprits sous un joug rigoureux,
Et nous rend l'un de l'autre esclaves malheureux.
C'est là de tous nos maux le fatal fondement :
Des jugemens d'autrui nous tremblons follement,
Et chacun l'un de l'autre adorant les caprices,
Nous cherchons hors de nous nos vertus et nos vices.
Misérables jouets de notre vanité.
Faisons au moins l'aveu de notre infirmité. BOILEAU.

HYMEN OU MARIAGE.

Réflexions du célèbre La Fontaine sur ce sujet.

Que le bon soit toujours camarade du beau,
Dès demain je chercherai femme :
Mais comme le divorce entr'eux n'est pas nouveau,
Et que peu de beaux corps, hôtes d'une belle ame,
Assemblent l'un et l'autre point,
Ne trouvez pas mauvais que je ne cherche point.
J'ai vu beaucoup d'hymens, aucuns d'eux ne me tentent;
Cependant des humains presque les quatre parts
S'exposent hardiment au plus grand des hasards :
Les quatre parts aussi des humains se repentent.

Et ailleurs il dit encore sur le même ton de plaisanterie :

Solennités et lois n'empêchent pas
Qu'avec l'hymen l'amour n'ait des débats.
C'est le cœur seul qui peut rendre tranquille :
Le cœur fait tout, le reste est inutile.
Qu'ainsi ne soit : voyons d'autres états.
Chez les amis tout s'excuse et tout passe ;
Chez les amans tout plaît, tout est parfait :
Chez les époux tout ennuie, et tout lasse :
Le devoir nuit. Chacun est ainsi fait.
Mais, dira-t-on, n'est-il en nulles guises
D'heureux ménage ? Après mûr examen,
J'appelle un bon, voire un parfait hymen,
Quand les conjoints se souffrent leurs sottises.

La leçon que fait une suivante à sa maîtresse vient ici à propos.

Il faut de l'indulgence entre gens mariés,
Madame, ou chaque jour vous vous étrangleriez ;
C'est la première loi que le contrat impose,
De savoir tour-à-tour se passer quelque chose,

CAMPISTRON.

MÉCHANS.

Réflexions sur les méchans et les mauvaises langues.

Il faut faire aux méchans guerre continuelle.
La paix est fort bonne de soi,
J'en conviens ; mais de quoi sert-elle
Avec des ennemis sans foi ? LA FONTAINE.

Ce qu'on donne aux méchans, toujours on le regrette ;
Pour tirer d'eux ce qu'on leur prête,
Il faut que l'on en vienne aux coups,
Il faut plaider, il faut combattre :
Laissez-leur prendre un pied chez vous,
Ils en auront bientôt pris quatre. LA FONTAINE.

Que ne sait point ourdir une langue traîtresse
Par sa pernicieuse adresse !

Des malheurs qui sont sortis
De la boîte de Pandore,
Celui qu'à meilleur droit tout l'univers abhorre,
C'est la fourbe à mon avis.   *Idem.*

MONDE.

Portrait du monde.

Les vers suivans sont adressés à une dame
qui avait formé le dessein de se retirer dans
une solitude fort triste. Le poëte lui conseille
de ne pas quitter le monde : ce qui lui donne
occasion d'en faire le portrait.

La solitude est belle en vers ;
On est charmé de sa peinture :
Mais elle a de fâcheux revers,
Et, malgré ce qu'on s'en figure,
Donne bien de la tablature.
J'en sais mille exemples divers :
Quelque bien qu'on soit, le temps dure,
Et je vois dans cet univers
Qu'on aime à changer de posture....
Le monde a de fort grands défauts ;
Ne craignez pas que je l'excuse.
Il est méchant, léger et faux,
Il trompe, il séduit, il abuse,
Il est auteur de mille maux ;
Mais tel qu'il est, il nous amuse,
Sans cesse il fournit à nos yeux
Mille spectacles curieux.
Sa scène mobile et changeante
Plaît même par son changement ;
Toujours nouvel événement,
Que son esprit fécond enfante,
Nous réveille agréablement.
L'un rit, et l'autre se lamente,
Tous deux trompés également.
L'un arrive au port sûrement ;
L'autre est encor dans la tourmente :
L'un perd son bien ; l'autre l'augmente.

L'un poursuit inutilement
La fortune toujours fuyante ;
L'autre l'attend tranquillement,
Ou parvient , sans savoir comment,
Et presque contre son attente.
L'un réussit heureusement :
L'autre , après bien du mouvement,
Trouve un rival qui le supplante.
L'un fait une bon contrat de rente ,
Et l'autre fait un testament.
L'un à quinze ans , l'ame dolente ,
Va prendre gîte au monument,
Et l'autre prend femme à soixante.
L'un se fait tuer tristement ;
L'autre naît au même moment
Pour remplir la place vacante.
On rencontre indifféremment
Un baptême , un enterrement...
Enfin c'est une comédie
De voir ce qu'on voit tous les jours ;
Vous diriez , en voyant ces tours ,
Que la fortune s'étudie
Sans cesse à varier son cours.
Toujours quelque métamorphose
Donne matière à l'entretien ;
Mais sur la Rhune on ne voit rien ,
Ou c'est toujours la même chose :
En un mot , dans ce pauvre nid
On ne sait qui meurt ni qui vit.

MORT.

Réflexions sur la mort.

La mort ne surprend point le sage ,
Il est toujours prêt à partir ,
S'étant su lui-même avertir
Du temps où l'on se doit résoudre à ce passage.
Ce temps , hélas ! embrasse tous les temps ;
Qu'on le partage en jours , en heures , en momens ,
Il n'en est point qu'il ne comprenne
Dans le fatal tribut ; tous sont de son domaine ;

Et le premier instant où les enfans des rois
    Ouvrent les yeux à la lumière,
    Est celui qui vient quelquefois
    Fermer pour toujours leur paupière.
    Défendez-vous par la grandeur ;
Alléguez la beauté, la vertu, la jeunesse :
    La mort ravit tout sans pudeur.
Un jour le monde entier accroîtra sa richesse.
    Il n'est rien de moins ignoré ;
    Et puisqu'il faut que je le dise,
    Rien où l'on soit moins préparé....
J'ai beau le répéter, mon zèle est indiscret....
Le plus semblable aux morts meurt le plus à regret.
LA FONTAINE.

La mort a des rigueurs à nulle autre pareilles :
    On a beau la prier ;
La cruelle qu'elle est se bouche les oreilles,
    Et nous laisse crier.
Le pauvre en sa cabane, où le chaume le couvre,
    Est sujet à ses lois ;
Et la garde qui veille aux barrières du Louvre,
    N'en défend pas nos rois.   MALHERBE.

    Le trépas vient tout guérir ;
    Mais ne bougeons d'où nous sommes ;
    Plutôt souffrir que mourir,
    C'est la devise des hommes. LA FONTAINE.
        C'est folie
    De compter sur dix ans de vie.
    Soyons bien buvans, bien mangeans,
Nous devons à la mort de trois l'un en dix ans. *Idem.*

Dans l'ode suivante, c'est un homme qui remercie Dieu de l'avoir retiré des portes de la mort.

    Seigneur, il faut que la terre
    Connaisse en moi vos bienfaits :
    Vous ne m'avez fait la guerre,
    Que pour me donner la paix.
    Heureux l'homme à qui la grâce
    Départ ce don efficace

Puisé dans ses saints trésors ,
Et qui , rallumant sa flamme ,
Trouve la santé de l'ame
Dans les souffrances du corps !

Non , non , vos bontés sacrées
Ne seront point célébrées
Dans l'horreur des monumens.
La mort aveugle et muette
Ne sera point l'interprète
De vos saints commandemens.

Mais ceux qui de sa menace ,
Comme moi , sont rachetés ,
Annonceront à leur race
Vos célestes vérités.
J'irai , Seigneur , dans vos temples
Réchauffer par mes exemples
Les mortels les plus glacés ,
Et , vous offrant mon hommage ,
Leur montrer l'unique usage
Des jours que vous me laissez. Rousseau.

NOBLESSE.

Qu'il faut soutenir par de bonnes qualités l'hon-
neur d'être d'un sang noble ; que c'est par-là
seulement qu'on peut mériter de la considération.

On ne m'éblouit point d'une apparence vaine :
La vertu d'un cœur noble est la marque certaine.
Si vous êtes sorti de ces héros fameux ,
Montrez-nous cette ardeur qu'on vit briller en eux ,
Ce zèle pour l'honneur, cette horreur pour le vice.
Respectez-vous les lois ? fuyez-vous l'injustice?
Savez-vous sur un mur repousser des assauts ,
Et dormir en plein champ le harnais sur le dos?
Je vous connais pour noble à ces illustres marques.
Alors soyez issu des plus fameux monarques;
Venez de mille aïeux ; et , si ce n'est assez ,
Feuilletez à loisir dans les siècles passés :
Voyez de quel guerrier il vous plait de descendre;
Choisissez de César, d'Achille , ou d'Alexandre.

En vain un lâche esprit voudrait vous démentir ;
Et si vous n'en sortez, vous en devez sortir.
Mais fussiez-vous issu d'Hercule en droite ligne,
Si vous ne faites voir qu'une bassesse indigne,
Ce long amas d'aïeux, que vous diffamez tous,
Sont autant de témoins qui parlent contre vous ;
Et tout ce grand éclat de leur gloire ternie
Ne sert plus que de jour à votre ignominie.
En vain, tout fier d'un sang que vous déshonorez,
Vous dormez à l'abri de ces noms révérés ;
En vain vous vous couvrez des vertus de vos pères :
Ce ne sont à mes yeux que de vaines chimères :
Je ne vois rien en vous qu'un lâche, un imposteur,
Un traître, un scélérat, un perfide, un menteur,
Un fou dont les accès vont jusqu'à la furie,
Et d'un tronc fort illustre une branche pourrie. BOILEAU.

OPINION OU PRÉVENTION.

Les effets de l'opinion ou de la prévention.

C'est souvent du hasard que naît l'opinion,
Et c'est l'opinion qui fait toujours la vogue.
    Je pourrais fonder ce prologue
Sur gens de tous états : tout est prévention,
Cabale, entêtement ; point ou peu de justice :
C'est un torrent. Qu'y faire ? Il faut qu'il ait son cours ;
    Cela fut, et sera toujours...
    L'enseigne fait la chalandise.
J'ai vu dans le palais une robe mal mise
    Gagner gros ; les gens l'avaient prise
Pour maître tel qui traînait après soi
Force écoutans : demandez-moi pourquoi.

PARIS.

*Description burlesque de la ville de Paris, par
    Scarron.*

    Un amas confus de maisons,
    Des crottes dans toutes les rues,
    Portes, temples, palais, prisons,
    Boutiques bien ou mal pourvues :
    Force gens noirs, blancs, roux, grisons,

Des prudes, des filles perdues,
Des meurtres et des trahisons,
Des gens de plume aux mains crochues,
Maint poudré qui n'a point d'argent,
Maint homme qui craint le sergent,
Maint fanfaron qui toujours tremble,
Pages, laquais, voleurs de nuit,
Carosses, chevaux et grand bruit;
Voilà Paris : que vous en semble ?

PEINTURE.

Eloge de la Peinture.

Le poëte fait parler la peinture elle-même.

A de simples couleurs, mon art, plein de magie,
Sait donner du relief, de l'ame et de la vie.
Ce n'est rien qu'une toile, on pense voir des corps.
J'évoque quand je veux les absens et les morts.
Je transporte les yeux aux confins de la terre.
Il n'est d'événement, ni d'amour ni de guerre,
Que mon art n'ait enfin appris à tous les yeux.
Les mystères profonds des enfers et des cieux
Sont par moi révélés, par moi l'œil les découvre.
Que la porte du jour se ferme ou qu'elle s'ouvre,
Que le soleil nous quitte ou qu'il vienne nous voir,
Qu'il forme un beau matin, qu'il nous montre un
        beau soir,
J'en sais représenter les images brillantes.
Mon art s'étend sur tout : c'est par mes mains savantes
Que les champs, les déserts, les bois et les cités
Vont en d'autres climats étaler leurs beautés.
Je sais qu'avec plaisir on peut voir des naufrages,
Et les malheurs de Troie ont plu dans mes ouvrages.
Tout y rit, tout y charme ; on y voit sans horreur
Le pâle désespoir, la sanglante fureur,
L'inhumaine Cloton qui marche sur leurs traces.
Jugez avec quels traits je sais peindre les Grâces.
Dans les maux de l'absence on cherche mon secours ;
Je console un amant privé de ses amours.

LA FONTAINE, *OEuvres posthumes.*

POÉSIE.

Poème épique.

Boileau parle ainsi de la poésie, et particu-
lièrement du poème épique.

Là, pour nous enchanter, tout est mis en usage;
Tout prend un corps, une ame, un esprit, un visage:
Chaque vertu devient une divinité;
Minerve est la prudence, et Vénus la beauté.
Ce n'est plus la vapeur qui produit le tonnerre,
C'est Jupiter armé pour effrayer la terre.
Un orage terrible aux yeux des matelots,
C'est Neptune en courroux qui gourmande les flots.
Echo n'est plus un son qui dans l'air retentisse:
C'est une nymphe en pleurs qui se plaint de Narcisse.
Ainsi, dans cet amas de nobles fictions,
Le poète s'égaie en mille inventions,
Orne, élève, embellit, agrandit toutes choses,
Et trouve sous sa main des fleurs toujours écloses.

BOILEAU.

SUR L'ÉGLOGUE.

Que doit être une Églogue.

La nature sur chaque image
Doit guider les traits du pinceau;
Tout y doit peindre un paysage,
Des jeux, des fêtes sous l'ormeau.
L'œil est choqué s'il voit reluire
Les palais, l'or et le porphyre
Où l'on ne doit voir qu'un hameau.

Il veut des grottes, des fontaines,
Des pampres, des sillons dorés,
Des prés fleuris, de vertes plaines,
Des bois, des lointains azurés.
Sur ce mélange de spectacles
Ses regards volent sans obstacles,
Agréablement égarés.

Là, dans leur course fugitive,
Des ruisseaux lui semblent plus beaux

Que les ondes que l'art captive
Dans un dédale de canaux,
Et qu'avec faste et violence
Une sirène au ciel élance
Et fait retomber en berceaux.   CRESSET.

Eloge de la Poésie.

C'est elle-même que le poète fait parler
ainsi :

Mes mains ont fait des ouvrages
Qui verront les derniers âges
Sans jamais se ruiner :
Le temps a beau les combattre,
L'eau ne les saurait miner,
Le vent ne peut les abattre.

Sans moi tant d'œuvres fameux,
Ignorés de nos neveux,
Périraient sous la poussière.
Au Parnasse seulement
On emploie une matière
Qui dure éternellement.

Si l'on conserve les noms,
Ce doit être par mes sons,
Et non point par des machines :
Un jour, un jour l'univers
Cherchera sous vos ruines
Ceux qui vivront dans mes vers. LA FONTAINE.

POÈTES LATINS.

Eloge des Poètes latins les plus célèbres.

Le grand Virgile enseigne à ses bergers
L'art d'emboucher les chalumeaux légers ;
Au laboureur, par des leçons utiles,
Fait de Cérès hâter les dons fertiles :
Puis, tout-à-coup, la trompette à la main,
Dit les combats du fondateur romain,
Ses longs travaux couronnés de victoire,
Et des Césars prophétise la gloire.
Ovide, en vers doux et mélodieux,

Sut débrouiller l'histoire de ses dieux :
Trop indulgent au feu de son génie,
Mais varié, tendre, plein d'harmonie,
Savant, utile, ingénieux, profond,
Riche, en un mot, s'il était moins fécond.
Non moins brillant, quoique sans étincelle,
Le seul Horace en tous genres excelle :
De Cythérée exalte les faveurs,
Chante les dieux, les héros, les buveurs ;
Des sots auteurs berne les vers ineptes,
Nous instruisant par gracieux préceptes,
Et par sermons de joie antidotés.
Catulle, en grâce et naïves beautés,
Avant Marot mérita la couronne ;
Et suis marri que le poivre assaisonne
Un peu trop fort ses petits madrigaux.
Tibulle enfin, sur patins inégaux
Faisant marcher la boiteuse Élégie,
De Cupidon traite à fond la magie.
Voilà les chefs qu'il vous faut consulter,
Lire, relire, apprendre, et méditer.   Rousseau.

Sur Juvénal.

Juvénal, élevé dans les cris de l'école,
Poussa jusqu'à l'excès sa mordante hyperbole.
Ses ouvrages, tout pleins d'affreuses vérités,
Étincellent pourtant de sublimes beautés,
Soit que, sur un écrit arrivé de Caprée,
Il brise de Séjan la statue adorée ;
Soit qu'il fasse au conseil courir les Sénateurs,
D'un tyran soupçonneux pâles adulateurs.   Boileau.

Et dans la septième Satyre, il avait parlé ainsi du même Poète, comme aussi d'Horace.

Hé quoi ! lorsqu'autrefois Horace, après Lucile,
Exhalait en bons mots les vapeurs de sa bile ;
Et vengeant la vertu par des traits éclatans,
Allait ôter le masque aux vices de son temps ;
Ou bien, quand Juvénal, de sa mordante plume
Faisant couler des flots de fiel et d'amertume,
Gourmandait en courroux tout le peuple Latin,...

PROCÈS.

Réflexions sur l'abus des Procès, et la manière de plaider.

Plût à Dieu que des Turcs on suivît la méthode !
Le simple sens commun nous tiendrait lieu de code ;
    Il ne faudrait point tant de frais :
    Au lieu qu'on nous mange, on nous gruge,
    On nous mine par des longueurs.
On fait tant à la fin que l'huître est pour le juge,
    Les écailles pour les plaideurs.   La Fontaine.

Mettez ce qu'il en coûte à plaider aujourd'hui :
Comptez ce qu'il en reste à beaucoup de familles ;
Vous verrez que Perrin tire l'argent à lui,
Et ne laisse aux plaideurs que le sac et les quilles.
                      La Fontaine.

ROIS.

M. de la Motte, dans la morale d'une de ses fables, parle ainsi aux rois en général :

Si Dieu sur votre front grava sa ressemblance,
C'est moins en égalant votre pouvoir au sien,
    Qu'en vous faisant, pour notre bien,
    Substituts de sa Providence.
Veillez donc à ce bien, qu'il veut vous confier ;
Mettez là votre gloire, et n'en cherchez point d'autre.
Craindre, aimer, obéir, voilà notre métier,
    Et nous rendre heureux, c'est le vôtre.

Qu'un Roi et ses sujets se prêtent un secours mutuel ; vérité que le célèbre La Fontaine a désignée sous l'allégorie des membres et de l'estomac.

Les membres, l'estomac, c'est la grandeur royale :
Elle reçoit et donne, et la chose est égale.
Tout travaille pour elle, et réciproquement
    Tout tire d'elle l'aliment.
Elle fait subsister l'Artisan de ses peines,
Enrichit le Marchand, gage le Magistrat,
Maintient le Laboureur, donne paie au Soldat ;
Distribue en cent lieux les grâces souveraines,
    Entretient seule tout l'Etat.   La Fontaine.

SAGE.

Définition du vrai sage.

Le plus sage est celui qui ne pense point l'être ,
Qui, toujours pour un autre enclin vers la douceur,
Se regarde soi-même en sévère censeur ,
Rend à tous ses défauts une exacte justice,
Et fait, sans se flatter, le procès à son vice. Boileau.

Avantage de la Satire, ou , pour parler plus juste , d'une Critique sage et raisonnable.

La satire , en leçons ; en nouveautés fertile,
Sait seule assaisonner le plaisant et l'utile ,
Et d'un vers qu'elle épure aux rayons du bon sens,
Détrompe les esprits des erreurs de leur temps.
Elle seule , bravant l'orgueil et l'injustice ,
Va jusque sous le dais faire pâlir le vice ;
Et souvent sans rien craindre , à l'aide d'un bon mot ,
Va venger la raison des attentats d'un sot. Boileau.

SERVICES.

Que les grands services font souvent des ingrats.

Un service au-dessus de toute récompense ,
A force d'obliger, tient presque lieu d'offense.
Il reproche en secret tout ce qu'il a d'éclat ,
Et livre tout un cœur au dépit d'être ingrat. Corneille.

Plus on sert des ingrats, plus on s'en fait haïr :
Tout ce qu'on fait pour eux , ne fait que nous trahir.
Idem.

Les bienfaits ne sont pas toujours ce que l'on pense ;
D'une main odieuse , ils tiennent lieu d'offense.
Plus nous en prodiguons à qui peut nous haïr ,
Plus d'armes nous donnons à qui nous veut trahir.
Idem.

VÉRITÉ.

Quelle est la force de la vérité ; qu'il faut être vrai en tout.

Du mensonge toujours le vrai demeure maître.
Pour paraître honnête homme , en un mot, il faut
l'être ;

Et jamais, quoi qu'il fasse, un mortel ici-bas
Ne peut aux yeux du monde être ce qu'il n'est pas.
En vain ce misanthrope, aux yeux tristes et sombres,
Veut par son air riant en éclaircir les ombres ;
Le ris sur son visage est en mauvaise humeur ;
L'agrément fuit ses traits, ses caresses font peur.

Boileau.

Sur le même sujet.

Rien n'est beau que le vrai, le vrai seul est aimable :
Il doit régner partout, et même dans la fable.
De toute fiction l'adroite fausseté
Ne tend qu'à faire aux yeux briller la vérité.
C'est par elle qu'on plaît et qu'on peut long-temps
    plaire.
L'esprit lasse aisément, si le cœur n'est sincère.
En vain par sa grimace un bouffon odieux
A table nous fait rire et divertit nos yeux ;
Ses bons mots ont besoin de farine et de plâtre.
Prenez-le tête à tête, ôtez-lui son théâtre,
Ce n'est plus qu'un cœur bas, un coquin ténébreux :
Son visage, essuyé, n'a plus rien que d'affreux. *Idem.*

VERTU.

Eloge de la Vertu.

La vertu qui n'admet que de sages plaisirs,
Semble d'un ton trop dur gourmander nos désirs ;
Mais quoique pour la suivre il coûte quelques larmes,
Tout austère qu'elle est, nous admirons ses charmes.
Jaloux de ses appas dont il est le témoin,
Le vice, son rival, la respecte de loin.
Sous ses nobles couleurs souvent il se déguise,
Pour consoler du moins l'ame qu'il a surprise.
Adorable vertu, que tes divins attraits
Dans un cœur qui te perd laissent de longs regrets !
De celui qui te hait ta vue est le supplice.
Parais ; que le méchant te regarde et frémisse !
La richesse, il est vrai, la fortune te fuit :
Mais la paix t'accompagne, et la gloire te suit :
Et perdant tout pour toi, l'heureux mortel qui t'aime,
Sans bien, sans dignité, se suffit à lui-même.

Racine, *Poëme de la Religion.*

Vers à chanter sur la Vertu.

O vertu charmante ,
Que votre empire est doux !
Avec vous tout nous contente :
On n'est point heureux sans vous.
O vertu , etc.

La grandeur brillante ,
Qui fait tant de bruit ,
N'a rien qui nous tente ,
Le repos la fuit ;
Malheureux qui la suit.

Fortune volage ,
Laissez-nous en paix ,
Vous ne donnez jamais
Qu'un pompeux esclavage.
Tous vos biens n'ont que de faux attraits..
La vertu couronne
Ses amans constans.
Heureux qui lui donne
Ses soins et son temps !
Ses vœux seront contens.

Fortune volage , etc.
Prologue de Persée , trag. en musique.

VŒUX.

Que l'homme ne tient guère les vœux qu'il a faits
dans la crainte.

O combien le péril enrichirait les dieux ,
Si nous nous souvenions des vœux qu'il nous fait faire !
Mais , le péril passé , l'on ne se souvient guère
De ce qu'on a promis aux cieux ;
On compte seulement ce qu'on doit à la terre.
Jupiter , dit l'impie , est un bon créancier ;
Il ne se sert jamais d'huissier.
Et qu'est-ce donc que le tonnerre ?
LA FONTAINE.

FIN.

TABLE

DES TRAITS BRILLANS DE NOS POÈTES LES PLUS CÉLÈBRES.

FIN DE LA TABLE.

www.ingramcontent.com/pod-product-compliance
Lightning Source LLC
Chambersburg PA
CBHW071808020726
47502CB00004B/1035